Münsterdorf

Lady Mary Hamilton

Writat

Diese Ausgabe erschien im Jahr 2024

ISBN: 9789359941196

Herausgegeben von
Writat
E-Mail: info@writat.com

Inhalt

BAND I

LORD Munster widmete sich ganz dem Ehrgeiz: Was über Cinna gesagt wurde, ließe sich auf ihn übertragen, *er hatte einen Kopf zum Erfinden, eine Zunge zum Überreden und eine Hand, um jedes Unheil zu begehen* . Schwache Menschen sind nur zur Hälfte böse; Und wann immer wir von schweren und gewaltigen Verbrechen hören, können wir zu dem Schluss kommen, dass sie aus einer Seelenkraft und einer Gedankenreichweite entstanden sind, die völlig ungewöhnlich sind.

Er scheute sich nicht, seine politischen Pläne durchzusetzen, und sein Erfolg machte ihn noch unternehmungslustiger. Als ihm jedoch schließlich eine Gunst seines Herrschers verweigert wurde, zog er sich angewidert vom Hof zurück und suchte vergeblich das Glück an einem Rückzugsort, den er aufgrund seiner Verbrechen nie finden würde. Er war so betrübt, dass ihm alles unerträglich wurde, und er ließ seine Wut ständig an seinen Freunden aus, die aufgrund ihrer Umstände seinen Launen unterworfen waren. Er war bei bester Gesundheit, besaß ein großes Anwesen und hatte schöne Kinder, die seinen kühnsten Erwartungen entsprachen. In den Augen der Welt war er daher ein *sehr glücklicher Mann* , in seinen eigenen jedoch war *es genau das Gegenteil* . Kein Mensch kann über das Glück oder Unglück seines Nächsten urteilen. Wir kennen nur die äußeren Ursachen von Gut und Böse, die nicht immer im Verhältnis zu ihren Wirkungen stehen: Die, die uns klein erscheinen, verursachen oft eine starke Empfindung, und die, die uns groß erscheinen, erzeugen oft nur eine schwache Empfindung. Die großen Vorteile, die Lord Munster besaß, waren an sich unbedeutend, da sie bei ihm nur Gleichgültigkeit hervorriefen. Aber das kleine Übel – dass ihm sein Herrscher ein Ordensband verweigert hatte und das in ihm unerträgliches Unbehagen hervorrief – war in Wirklichkeit ein großes Übel. Lady Munster war seit vielen Jahren tot. Lord [4] Finlay und Lady Frances waren die einzigen überlebenden Kinder. Obwohl der Graf in öffentliche Angelegenheiten vertieft war, schenkte er ihrer Erziehung noch immer besondere Aufmerksamkeit. Obwohl er ein Mann von Welt war, gab er sich größte Mühe bei der Auswahl derjenigen von besonderem Wert, denen er allein die Fürsorge für seine Kinder anvertraute. Lord Finlay hatte vielversprechende Talente; aber Geistesstärke macht einen Mann zu großen Lastern oder großen Tugenden fähig, bestimmt ihn aber zu keinem von beiden.

Bildung, Disziplin und Zufälle des Lebens machen ihn entweder zu einem profunden Philosophen oder zu einem großen Schurken. Die Redlichkeit und Uneigennützigkeit von Mr. Burts Grundsätzen empfahlen ihn Lord Munster als Lehrer für seinen Sohn. – Er war mit einer Neigung dazu in das Ministerium erzogen worden und trat dort mit dem glühenden Wunsch an, so nützlich wie möglich zu sein er konnte. Da seine Bildung sein ganzes Vermögen ausmachte, unterzeichnete er die Kirche und unternahm alle Schritte, die sie verlangte, bevor er mit den Lehren, denen er sich angeschlossen hatte, ausreichend vertraut war; ihre Grundlage in der Heiligen Schrift und die Kontroversen, die er später feststellte, waren aufgeworfen und weitergeführt worden sie in der christlichen Welt: und war nach einer sorgfältigen Untersuchung mit einigen in unseren Artikeln, in der Liturgie usw. verankerten Lehren unzufrieden. und lehnte es ab, einen beträchtlichen Lebensunterhalt durch die Schenkung von Lord Munster anzunehmen, von der er für seinen künftigen Lebensunterhalt *allein* abhing, und die einer liebenswürdigen Frau, die er aufgrund dieser Erwartungen geheiratet hatte.

Ich wünsche mir von Herzen, dass alle, die für den Dienst der Kirche bereit sind, ebenso sorgfältig darauf bedacht wären, sich von der Rechtmäßigkeit der *Konformität zu überzeugen* , und dass die Kirche von England denjenigen, die sowohl bereit als auch qualifiziert sind, die Konformität voranzutreiben, weniger Hindernisse in den Weg legt Interessen von Religion und Tugend; aber trauen Sie sich nicht, öffentlich in ihren Dienst zu treten, aus Angst, den Frieden ihres Geistes zu stören und ihr Gewissen zu verletzen. Was muss ein Geistlicher in einer solchen Situation tun? Muss er Lehren predigen und aufrechterhalten, die er missbilligt? Dies würde sowohl seiner Überzeugung als auch seinem feierlichen Versprechen bei seiner Ordination zuwiderhandeln. Soll er gegen sie predigen oder schreiben? Dies darf er auch nicht tun, sonst wird er wegen Anfechtung seines Abonnements für schuldig befunden und zieht sich dadurch den Tadel der Kirche zu. Soll er dann ganz schweigen und überhaupt nicht darüber predigen oder schreiben? Aber wie soll dies mit seinem anderen feierlichen Versprechen vereinbar sein, das er ebenfalls bei seiner Ordination gegeben hat, *nämlich mit allem treuen Eifer bereit zu sein, alle falschen und seltsamen Lehren zu verbannen und zu vertreiben* – alle Lehren, von denen er *überzeugt ist* , dass sie im Widerspruch stehen ? zum Wort Gottes? Er muss daher notwendigerweise entweder gegen die Kirche oder gegen die Wahrheit und sein eigenes Gewissen verstoßen. Eine traurige Alternative! wenn ein Mensch weder *sicher* sagen kann, was er für die Wahrheit hält, noch schweigen kann, ohne *ihn zu beleidigen* . Diese Überlegungen veranlassten Mr. Burt dazu, eine angebotene Einrichtung abzulehnen – durch dieses Verhalten bewies er seinen Glauben an einen *zukünftigen Staat* , fester als viele von ihnen zu tun scheinen, durch ihre übermäßigen Wünsche nach den guten Dingen *in diesem Staat* : außer seinem Glauben basierte nicht auf den falschen Argumenten allzu vieler seiner Brüder; sondern auf dieser entzückenden Verbindung grenzenloser Macht und Güte, die sicherlich irgendwie so viele tausend unschuldige Unglückliche entschädigen muss, die hier so elend sind. Er besaß jene Tugend in herausragendem Maße, die die Christen Demut nennen und von der die Alten nichts wussten. – Aber er hatte wirkliche Verdienste und konnte leicht bescheiden sein, was für diejenigen, die nur die Affektation davon haben, fast unmöglich ist . Bei diesem angesehenen Mann wurde Lord Finlay im Alter von fünf Jahren untergebracht, als eine beträchtliche Entschädigung für den Verzicht auf andere Beschäftigungen mit ihm vereinbart wurde, verbunden mit der Zusage, dass dieser lebenslang bestehen bleiben würde. Lord Munster untersuchte seinen Sohn von Zeit zu Zeit und war mit den Fortschritten, die er gemacht hatte, höchst zufrieden; und nicht wenig überrascht, dass es ihm in keiner Weise an jenen Leistungen mangelte, die ein verstorbener edler Autor, obwohl sie an sich weniger bedeutsam waren, als absolut notwendig dargestellt hat, um den Charakter eines guten Gentleman zu vervollständigen. Dafür war Lord Finlay Captain Lewis zu Dank verpflichtet, dem Schwiegervater von Mr. Burt. Dieser alte Herr stammte aus einer alten Familie und hatte sich aus Abscheu über seine Situation aus der Armee zurückgezogen, da er viele Jahre in einer sehr untergeordneten Stellung verbracht hatte.

Beklagenswert ist der Zustand vieler tapferer und erfahrener Offiziere, die, nachdem sie im Dienst ihres Landes viele verschiedene Gefahren durchgemacht haben, dem Kommando von Knaben und Jünglingen unterworfen sind. Während Positionen, die der Lohn für kriegerische Tugenden sein sollten, erworben werden können, ist es vergeblich zu hoffen, dass unsere Offiziere wie die einer Nachbarnation belebt werden können.

Allein die Ehre kann den Soldaten an einem Tag der Schlacht unterstützen; Ohne dieses belebende Prinzip wird die Menschheit beim Anblick des Abschlachtens zittern und jede Gefahr wird vermieden, die nicht durch die Notwendigkeit entsteht.

[6]

Captain Lewis behielt jene Würde der Gefühle, die kein Unglück überwinden konnte. Unsere Herzen und unser Verstand sind nicht den Wechselfällen des Schicksals unterworfen. Wir können eine edle Seele haben, auch wenn unsere Umstände begrenzt sind, und eine Überlegenheit des Geistes, ohne von höchstem Rang zu sein. In jungen Jahren war er viel in der *großen Welt unterwegs gewesen, da er Adjutant* von Lord S. gewesen war. Nach der Hochzeit seiner Tochter mit Mr. Burt lebte er ganz bei ihm; und obwohl sie an ihrem ersten Kind starb, blieb er bei ihm und schloss Lord Finlay ebenso ins Herz wie seine Enkelin, die nach dem Tod ihrer Mutter das Objekt seiner zärtlichsten Zuneigung wurde.

So wurden Lord Finlay und Miss Burt zusammen erzogen; und vom Zeitpunkt ihrer Geburt bis zu ihrem neunten Lebensjahr trennte sie sich nie. Zu dieser Zeit wurde sie in ein Kloster in Paris geschickt und kehrte nach sechsjähriger Abwesenheit mit großem Erfolg zurück; Sie vereint in sich alles, was ein entrücktes Herz bezaubern kann.

Die Konsequenzen für Lord Finlay waren unvermeidlich, obwohl nie geahnt wurde. Ein Student von etwa achtzehn Jahren, erfüllt von den Liebesromanen von Ovid und den sanften Oden von Horaz, hat ein Herz, das sehr empfänglich für Liebe ist. Diese Empfindungen waren zu angenehm, um abgestoßen zu werden; er gab sich ganz seiner Leidenschaft hin, die jede andere Fähigkeit seiner Seele in Anspruch nahm. Bald herrschte zwischen diesen jungen Leuten die vollkommenste Zuneigung, aber die Würde von Miss Burts Manieren flößte ihrem Geliebten solchen Respekt ein, dass er zum Thema seiner Leidenschaft schwieg, da er sie ohne die Zustimmung seines Vaters nicht durchsetzen konnte.

Aber es gibt eine Intelligenz zwischen zarten Seelen, und der lebhafteste Ausdruck kann ohne die Hilfe von Worten vermittelt werden; und diese dumme Sprache ist so beredt, dass sie allgemein dort verstanden wird, wo das Herz im Einklang ist. Von Freundschaft wurde tatsächlich nur gesprochen; Aber jeder ihrer Blicke, jede ihrer Handlungen verriet die glühendste Liebe. „Was entzückt" (sagte er eines Tages zu ihr), „kann Freundschaft schenken!" Welche raffinierten Gefühle, welche entzückenden Empfindungen bewegen die menschliche Seele in solch glücklichen Momenten wie diesen!'

Wir betrachten einander schweigend; aber die Seele ist nie beredter als unter dem Einfluss eines solchen Schweigens. Sie drückt in einem Moment eine Reihe von Ideen und Empfindungen aus, die durch Äußerungen nur zunichte gemacht würden.

Miss Burt hatte einen Verdienst, der umso ansprechender war, weil sie Aufmerksamkeit und Zurschaustellung vermied: ein raffiniertes Genie, bereichert durch großes Wissen und glücklichen Ausdruck, vereint mit der aufrichtigsten Aufrichtigkeit und Güte des Herzens; Diese Eigenschaften berechtigten sie zur Achtung und Freundschaft jedes edlen Geistes, und der dichte Schleier, unter dem ihre allzu große Bescheidenheit ihre Vorrangstellung verbarg, erhob sie in den durchdringenden Augen ihres Geliebten. Sie legte *diesen Schleier* kaum jemals beiseite, außer vor ihm, dessen Zustimmung sie gegenüber den Empfehlungen aller anderen gleichgültig machte. Er fühlte sich mit jedem Tag mehr an sie gebunden und war von der Welt so unwissend, dass er erwartete, dass sein Vater seine Leidenschaft gutheißen würde und dass er ihr gegenüber gnädig sein würde.

In dieser Lage befanden sich die Liebenden, als Lord Munster, angewidert vom Hof, sich aufs Land zurückzog. Er ließ sofort Mr. Burt und Lord Finlay kommen: Obwohl die Entfernung nur wenige Meilen betrug, war es für letzteren sehr schmerzlich, einen Ort zu verlassen, an dem er jede Minute des Tages Zugang hatte, um das Objekt seiner Begierde zu sehen.

Bei dieser Gelegenheit war er entschlossen, ihr seine Herzenslage zu offenbaren. Er warf sich ihr in jener rührenden Verwirrung, die die wahre Beredsamkeit der Liebe ausmacht, zu Füßen und versuchte zu sprechen, zögerte aber bei jedem Wort. Inzwischen sah sie seine Verwirrung und bemitleidete sie.

„Ich kann die Gefühle Ihres Herzens lesen", sagte sie mit freimütigem Gesichtsausdruck, „Mylord. Ich bin nicht unempfindlich gegenüber Ihrer Leidenschaft. Aber warum hat das Schicksal uns so weit voneinander entfernt? Wie entzückend wäre es für mich gewesen, wenn – Aber", sagte sie (und hielt in ihrer Rede inne), „schmeicheln wir uns nicht mit Hirngespinsten. Unterdrücken wir die Gefühle unseres Herzens. Es kann gefährlich sein, ihnen nachzugeben."

„Wie? Gefährlich!", erwiderte Lord Finlay. „Warum sie unterdrücken? Machen diese Gefühle nicht unser Glück aus? Es ist die Pflicht der Liebe, das Unrecht des Schicksals wiedergutzumachen. Wie entzückt sollte ich sein, den Gegenstand, den ich liebe, glücklich zu machen. Vorurteile könnten vielleicht etwas dagegen haben, aber das wird meinen Verstand niemals versklaven, besonders da er nur auf Stolz beruhen muss."

Mit diesen Gefühlen trennten sie sich. Man kann sich leicht vorstellen, wie ungeduldig Lord Finlay war, das Idol seines Herzens zu sehen, aber er konnte nicht mit gutem Grund vorschlagen, seinen Vater für die ersten Tage nach seiner Ankunft auf dem Land zu verlassen. Schließlich kam er auf die Idee, vorzuschlagen, ob es nicht angebracht wäre, ihn zu besuchen und nach Munsters Haus einzuladen, da er Captain Lewis gegenüber solche Verpflichtungen hatte. Lord Munster willigte ein und er und sein Sohn [8] besuchten ihn eines Morgens. Als Miss Burt sie mit ein wenig Musik unterhielt, nahm der leicht geflügelte Gott einen der schärfsten Pfeile aus dem Köcher der Schönen, legte ihn auf seinen Bogen und stach ihn, schnell wie der gegabelte Blitz Jupiters, in das Herz des alten Mannes. Lord Munster verliebte sich verzweifelt in sie und beschloss, sie zu seiner Frau zu machen. Es ist überhaupt nicht überraschend, dass eine junge Frau Eindruck auf einen alten Mann macht. Solange wir leben, haben wir unsere Leidenschaften. Das Alter *unterdrückt sie*, löscht sie aber nicht *aus*. Wie in reiferen Jahren das Feuer unter der Asche der Klugheit lauert, so brennt die Liebe, wenn diese fehlt, und lodert wild; und ist im Allgemeinen unauslöschlich, wenn sie das trockene und wurmstichige Holz des Alters erfasst. Menschen mit trägen Leidenschaften (so wurde beobachtet) haben wenig Voreingenommenheit; sie lieben oder hassen nicht, schauen nicht und bewegen sich nicht mit der Energie eines vernünftigen Menschen. Menschen mit echtem Genie und starken Leidenschaften haben große Voreingenommenheit. Die Schuldlosigkeit der ersteren sollte mit ihrer Bedeutungslosigkeit aufgewogen werden; und die Fehler der letzteren mit ihrer Überlegenheit.

Lord Munster machte Herrn Burt noch am selben Tag Vorschläge und zweifelte nie daran, dass Hymen seine *Fackel bald wieder entfachen würde* . – Aber dieselben Prinzipien bestimmten ihn hinsichtlich der Achtung seiner Tochter, die ihn in seinen eigenen Angelegenheiten beeinflusst hatte. Er dankte Lord Munster für die ihm zugedachte Ehre, von der er sie in Kenntnis setzen sollte – aber dass er in einer Affäre, in der ihr Lebensglück so unmittelbar auf dem Spiel stand, seine weitere Einmischung verzeihen musste. Als er sie damit bekannt machte; Anstatt die Annahme der ihr vorgeschlagenen Ehre zu erzwingen, gab er sich große Mühe, sie vor den vielen unangenehmen Folgen einer so ungleichen Allianz, sowohl im Alter als auch in der Lage, zu schützen, damit sie nicht durch Reichtum oder Titel geblendet würde, und sie zu opfern Neigungen!

Miss Burt war mit aufrichtiger Besorgnis sehr betrübt, als sie von Lord Munsters Vorschlägen hörte. Sie erklärte daher mit großer Wärme, dass sie für eine so hohe Stellung völlig ungeeignet sei. „Ich kann weder die Tugenden noch die Laster der Großen annehmen", sagte sie. „Die ersteren sind zu auffällig, die anderen zu undurchsichtig. Eine Reihe friedlicher Beschäftigungen, die den Geist befriedigen und das Herz beruhigen, ist die Art von Glück, zu der ich mich hingezogen fühle."

„Mit solchen Grundsätzen und Neigungen könnte ich in der großen weiten Welt nicht glücklich sein, wo der allgemeine Lebensstil einzig und allein darauf angelegt ist, den Sinnen zu schmeicheln, und wo ein überlegenes Genie verachtet wird oder [9] sich wenigstens nur in lebhaften Ausbrüchen oder schlagfertigen Antworten zeigen darf."

Mr. Burt teilte dem Grafen die Gefühle seiner Tochter mit. Aber die Eigenliebe seiner Lordschaft war so stark, dass er sich nicht vorstellen konnte, dass *er abgewiesen werden könnte* . Er traf daher Vorbereitungen für seine Hochzeit und ließ seine Tochter nach Hause kommen, damit sie bei dieser Gelegenheit anwesend war. Lord Munster hatte sich bei der Erziehung von Lady Frances die gleiche Mühe gegeben wie bei der ihres Bruders. Mrs. Norden, eine entfernte Verwandte, kümmerte sich ausschließlich um sie. Sie lebte in London, bis Lady Frances vierzehn Jahre alt war. Dann begleitete sie sie nach Rom, wo sie die besten Lehrer hatte und wo Santerello ihren Musikgeschmack verfeinerte. Nachdem sie drei Jahre in Rom geblieben waren, gingen sie nach Paris, von wo sie gerade zu der oben erwähnten Zeit zurückkehrten. Lord Munster war sehr entzückt von den persönlichen und erlernten Vorzügen seiner Tochter und gab zu, Mrs. Norden für die große Aufmerksamkeit, die sie ihr entgegengebracht hatte, sehr dankbar zu sein.

Am Tag nach der Ankunft von Lady Frances ging sie zu Mr. Burt, um ihrer künftigen Schwiegermutter ihre Aufwartung zu machen.

Da kein Diener im Weg war, um sie anzumelden, ging sie in ein Zimmer, dessen Tür, wie sie sah, offen stand, mit der Absicht, die Glocke zu läuten, als sie Miss Burt in der Bibliothek ihres Vaters antraf, die bitterlich weinte: nie zuvor Hatte sie eine so träge Sanftheit, gemischt mit so viel Schönheit, gesehen? Was für ein ergreifender Anblick! Sie wollte sich zurückziehen, um sich vor der Verwirrung zu bewahren, die ein vernünftiges Herz oft empfindet, wenn ein Fremder seine Sorgen wahrnimmt; aber die schöne Trauernde, die sie beobachtete, bemühte sich, ihre Gefühle zu unterdrücken; aber ihr Kummer war zu heftig, um kontrolliert zu werden; und ihre Tränen brachen umso mehr hervor, weil sie einen Moment lang gedämpft war. Sie konnte nur sagen: „Dass sie kein Unbekannter sein konnte, *wer* ihr die Ehre erwies, auf sie aufzupassen, nach der Ähnlichkeit, die Lady Frances mit ihrem Bruder hatte." Die Gedanken an Lord Finlay erneuerten dann ihr Kummer; Als sie um Verzeihung für ihre Unhöflichkeit bat, vergoss sie erneut einen Strom von Tränen. Lady Frances antwortete: „Dass ihr nur eine Entschuldigung gebührt, weil sie bei ihrer Pensionierung eingebrochen ist und Gefühle miterlebt hat, die sie vielleicht hätte verbergen wollen." Nach ein paar allgemeinen Dingen erzählte sie ihr von der Freude, die es ihr bereitete, so nahe daran zu sein, das Recht zu haben, sich für alle ihre Anliegen zu interessieren; wenn sie in ihrer Freundschaft glücklich sein würde. Darin war Lady Frances vollkommen aufrichtig; Denn obwohl sie über die geplante Heirat beunruhigt war und obwohl sie von sehr schüchterner Natur war, spürte sie doch auf den ersten Blick die größte Vorliebe für Miss Burt, wiederholte ihre Seufzer, und ihre Augen zeugten von diesen Gefühlen ihres Herzens. Mit der ganzen Zuversicht einer alten Freundschaft beschwor sie sie, ihr die Ursache ihrer Sorgen mitzuteilen; und nahm es auf sich, sie zu trösten, zu beruhigen und zu trösten. Miss Burt hatte nur Zeit, das Gefühl auszudrücken, das sie von ihrer Güte hegte, und hinzuzufügen, ihr Elend sei *zu groß, um gelindert* zu werden ; Als ihr Großvater den Raum betrat, drehte sich das Gespräch um allgemeine Themen.

Als Lady Frances nach Hause zurückkehrte, fragte ihr Vater fröhlich: Was sie von seiner zukünftigen Braut halte? Sie antwortete: Alles, was bezaubernd war; und dass sie für sie eine ewige Behausung im wärmsten Teil ihres Herzens vorbereitet hatte: „In ihr steckt alles", fügte sie hinzu, „das die Zuneigung von Menschen mit Geschmack und Urteilsvermögen wecken oder ihnen Respekt einflößen kann."

Lord Finlay stand währenddessen unter der größten Unterdrückung der Geister. Tausend widersprüchliche Leidenschaften quälten seinen (bis dahin) ungestörten Busen. Liebe und kindliche Frömmigkeit nahmen abwechselnd Besitz von seiner Seele. Jeder wurde der Reihe nach zurückgewiesen. – Wenn die Gefühle nahezu gleich stark sind, weiß die Seele, als wäre sie unruhig und schwankend zwischen gegensätzlichen Gefühlen, nicht, wofür sie sich entscheiden soll; seine Verordnungen zerstören sich gegenseitig; Kaum ist es von seinen Sorgen befreit, wird es erneut in sie verwickelt; Dieser unbestimmte Zustand endet nicht immer zum Vorteil des stärksten Gefühls.

Nach einem langen Kampf verliert die Seele, die durch die Anstrengungen, die sie unternommen hat, erschöpft ist, allmählich ihre Sensibilität und Kraft und gibt schließlich dem letzten Eindruck nach, der so Herr des Feldes bleibt. Nach vielen Kämpfen war Lord Finlay entschlossen, seine *Neigungen* oder mit anderen Worten (was er dachte, sein Leben) seinem Vater zu opfern.

Dieser fromme Entschluss wurde zweifellos dadurch bestärkt, dass er annahm, Miss Burt hätte der geplanten Heirat zugestimmt. Sein Groll stützte seine Vorsicht. In dieser Gemütsverfassung befand sich Lord Finlay, als Lady Frances den folgenden Brief von Miss Burt erhielt.

'Gnädige Frau,

Sie fanden mich in Tränen und deuteten freundlich Ihren Wunsch an, meine Not zu lindern; empfangen Sie von mir alle Anerkennungen, die aus einem vollen Herzen kommen können, das aus der tiefsten Not emporgehoben ist, zu einer schimmernden Aussicht, dem Elend zu entgehen, während jene höhere Macht, die Ihre Großzügigkeit bezeugt, *sie belohnen wird* . Wenn wir unglücklich sind, greifen wir nach dem kleinsten Schatten der Erleichterung! Wir ergreifen ihn mit Eifer und erheben uns in einem Augenblick über unsere Not. Wenn ein unglücklicher, ertrinkender Elender von der Strömung mitgerissen wird, während er von der Steilheit der Ufer und der Schnelligkeit des Stroms eingeschüchtert wird, sieht er den Tod als unvermeidlich an; seine Sehnen erschlaffen, sein Herz versagt, er sieht einer schrecklich gefürchteten Zukunft entgegen: aber wenn der kleinste Zweig seine freundliche Hilfe anbietet, lebt sein Mut endlich wieder auf, er hebt seinen Kopf, er greift mit hastiger Gier danach und unternimmt eine plötzliche und heftige Anstrengung, sich vor dem Untergang zu retten. Dies ist mein Anliegen an Eure Ladyschaft. Möge der Himmel Ihnen helfen, die Übel, die ich so sehr fürchte, von mir abzuwenden! Sogar den Schrecken, meine ehrbaren Eltern *in Not und Elend zu verwickeln* . Die Redlichkeit meines Vaters hat ihm Armut eingebracht; und die Hälfte meines Großvaters ist unser einziger Lebensunterhalt, abgesehen von dem Gehalt, das Lord Munster meinem ehrbaren Vater zusprach, als er die Erziehung seines Sohnes übernahm; und das er versprach, ihm lebenslang zu zahlen, als Ausgleich dafür, dass er *alle anderen Beschäftigungen* aufgab. Ich schmeichle mir, dass die Widerspenstigkeit seiner unglücklichen Tochter die Wohltätigkeit Seiner Lordschaft nicht vereiteln wird, die ihm seiner Meinung nach durch seine Arbeit zusteht. Darf ich Eure Ladyschaft bitten, durch Ihren Einfluss die Ablehnung der mir zugedachten Ehre abzumildern!

Ein Versuch zu täuschen würde meine Seele quälen : Kann ich dann am Altar Gelübde ablegen, die mit den Gefühlen meines Herzens und der Möglichkeit, mich ihnen anzupassen, unvereinbar sind? verbiete es, Dankbarkeit, Wahrheit und Gerechtigkeit! Lasst mich eher zum Märtyrer dieser Menschen werden, als mein unglücklicher Vater. In jedem Fall meines Lebens werden mich Integrität und Ehre beeinflussen. Wenn meine Weigerung nicht auf den *vorteilhaftesten Bedingungen* beruht , dann doch auf den würdigsten *Bedingungen* : wenn die, *Ruhe* vor *Profit zu stellen* und Redlichkeit des Geistes vorzuziehen, selbst wenn sie mit den größten Unannehmlichkeiten verbunden ist, vor dem Gegenteil, obwohl sie von allem Äußerlichen umgeben ist Unterkunft, verdient diesen Beinamen. Ich bitte um Verzeihung für dieses Eindringen und habe die Ehre, es zu tun

„Die ergebene Dienerin
Ihrer Ladyschaft ,
Mary Ann Burt ."

Die geringe Zärtlichkeit, die Lord Munster Lady Frances gegenüber jemals gezeigt hatte, die Eindrücke, die sie von seiner Bitterkeit und seiner Strenge hatte, erfüllten sie mit größter Ehrfurcht und Furcht vor seinem Missfallen. Daraus lässt sich leicht ableiten, wie schlecht sie für das ihr in dem Brief übertragene Amt geeignet war. Zu ihrem Kummer kam noch hinzu, dass ihre wertvolle Freundin Mrs. Norden abwesend war, und sie wagte nicht, den Erhalt des Briefes bis zu ihrer Rückkehr zu verheimlichen, da es sich um ein Thema handelte, das keinen Aufschub duldete.

Sie nahm also all ihren Mut zusammen, um den Brief in die Hand zu nehmen und sich ihrem Vater vorzustellen. Ihre Schüchternheit und Verwirrung waren jedoch ausreichende Beweise dafür, dass sie nicht bereit war, in einer so unangenehmen Angelegenheit mitzuwirken. Ihre Befürchtungen wurden noch größer, als der Graf sie in harschem Ton fragte, *was sie mit ihm zu tun habe* . Da sie nicht antworten konnte und am ganzen Leib zitterte, gab sie ihm den Brief, den er eifrig weiterverfolgte, während er abwechselnd von Empörung, Stolz und Verwirrung erfüllt war! Schließlich brach er in große Wut aus und überhäufte Lady Frances mit Beschimpfungen, weil sie diese Gefühle unschuldig hervorgerufen hatte. Er fügte hinzu, dass er damals den Grund für ihre Vorliebe für Miss Burt entdeckt habe. Wenn sie oder Lord Finlay jedoch von diesem Zeitpunkt an jemals wagten, mit der Familie Burt in Verbindung zu treten , *sollte* er sie als Fremde betrachten ! Wenn Freundschaft in Feindschaft umschlägt und sich in Feindschaft verwandelt, ist *letztere* im Allgemeinen ebenso *extrem* wie *erstere leidenschaftlich* war . Wenn *unsere Gefühle* regelmäßiger wären , wären *unsere Abneigungen* gemäßigter und wir würden, ohne unsere eigenen Interessen zu berücksichtigen, nichts hassen, außer das, was uns wirklich zuwider ist. Aber wir sind so ungerecht, dass wir Dinge nur nach ihrer Beziehung zu uns beurteilen. Wir billigen sie, wenn sie uns gefallen, und schätzen sie aus einer seltsamen Verblendung heraus nicht als gut oder schlecht ein, sondern aufgrund der Befriedigung des Ekels, den sie uns bereiten. Wir möchten, dass sie ihre Qualität unseren Launen entsprechend ändern und wie Kameleons unsere Farben annehmen und sich unseren Wünschen anpassen. Wir möchten gern der Mittelpunkt der Welt sein und alle Geschöpfe unsere Neigung teilen. Lord Munster war nicht nur in seinen Gefühlen enttäuscht, sondern auch stolz, dass ihn ein kleines, unbekanntes Mädchen zum Gespött des Landes machen sollte, nachdem er durch seine Intrigen einige der ersten Prinzen Europas in seinen Bann gezogen und sie seinen Ansichten unterworfen hatte. Lady Frances zog sich zurück und wagte es nicht, ihm eine Antwort zu geben.

Lord Finlay traf sie und folgte ihr, beunruhigt über ihr Erscheinen, in ihre Wohnung und bat sie, den Betreff der Briefe zu erfahren, die sie von Miss Burt erhalten hatte! Sie informierte ihn darüber und über die unangenehme Aufgabe, die sie gerade ausgeführt hatte; als seine Blicke sehr bald (zu einem ihrer Eindringlichkeit) die Situation seines Herzens verrieten. Er gestand Lady Frances, dass sein Leben von Miss Burt, ihrer gegenseitigen Zuneigung und der Gewalt abhing, die er seinen Neigungen angetan hatte, durch die Verpflichtungen, die er sich selbst auferlegt hatte, seine Leidenschaft zu zügeln, während sie seinem Vater im Weg stand; bemerkte aber mit Freude: dass er nun von solch einer schmerzhaften Anstrengung befreit war. „Der Allmächtige", sagte er, „meine liebe Schwester" (denn er befand sich in einem Geisteszustand, der ihn sowohl zu Weisheit als auch zu Güte neigte), „pflanzte sowohl Vernunft als auch Leidenschaften in die menschliche Natur ein, um gegenseitig zum Glück der Menschen beizutragen." . Aber um ein glückliches Geschöpf zu werden, darf der Mensch den Impulsen seiner Leidenschaft nicht blind unter Ausschluss der Vernunft folgen; er darf auch seinen natürlichen Wünschen nicht widersprechen, es sei denn, sie kehren die Ordnung der Natur um und widersprechen dem Gemeinwohl „Ich habe getan, was der Mensch tun konnte", fügte er hinzu; „Ich habe mich nicht eingemischt, als es um meinen Vater ging; aber ich werde den Gegenstand meiner Zuneigung keinem anderen Menschen überlassen, der atmet.' Dies war Lord Finlays Philosophie, an die er sich strikt hielt: Lady Frances war sich seines Interesses zitternd bewusst und sagte ihm, welches Risiko er eingehen würde, wenn sein Vater unzufrieden sei; aber die Ungestümheit seiner Leidenschaft machte ihn gegenüber ihren Einwänden taub; und ungeachtet aller Umstände außer seiner Befriedigung setzte er sich hin und schrieb den folgenden Brief an Miss Burt.

'Gnädige Frau,

Die strengen Vorschriften meines Vaters, dass jede Kommunikation zwischen unseren Familien eingestellt werden soll, machen es notwendig, dass ich Ihnen *schreibe* , anstatt Sie persönlich *aufzusuchen* . Ach, wie schlecht ist ersteres als Ersatz für letzteres! Es ist unmöglich, meinen Kummer auszudrücken oder meinen Schmerz zu beschreiben! Wenn Sie meine Not kennen würden, würden Sie meine Leiden spüren und mein Elend bemitleiden! Von der Anwesenheit Ihrer ehrenwerten Eltern ausgeschlossen zu sein, denen ich tausend Verpflichtungen gegenüber habe und für die ich den größten Respekt und die zärtlichste Zuneigung empfinde, ist eine sehr große Härte: Aber daran gehindert zu werden, Sie zu sehen, ist geradezu Tyrannei und zwingt mich zur Rebellion! Könnte ich Mr. Burt sehen, würde ich ihn bitten, mir zu verzeihen, was ich zu meiner Schande die Ungerechtigkeit meines Vaters nenne, und ihm zu versichern, dass es meinerseits nicht fehlen wird, ihn zu besänftigen und zur Vernunft zu bringen. Aber ich kenne die Unbeugsamkeit seiner Tugend zu gut, er wird mich nicht entgegen den Hemmungen empfangen, die ich erhalten habe.

Erlaube mir, auf meinen Knien von dir den Gefallen zu erflehen, den ich von ihm nicht zu verlangen wage! Wir können uns jeden Tag vor sieben Uhr morgens treffen. Mein Leben hängt von deiner Antwort ab! Lasst uns zumindest das wohltuende Vergnügen und den melancholischen Trost genießen, wenn wir unseren Kummer miteinander vermischen und an den Sorgen des anderen teilhaben. Zufriedenheit, die sogar die Verzweiflung selbst erträglicher macht! Seien Sie überzeugt, dass nichts, nicht einmal mein Vater, mein Auge, mein Herz oder meine Hand von der Gelegenheit ablenken kann, mit größtem Respekt auszudrücken, wie sehr ich bin.

Ihr ergebener
bescheidener Diener,
FINLAY '

Nachdem Lord Finlay den obigen Brief abgeschickt hatte, schwankte er jeden Augenblick zwischen Hoffnung und Verzweiflung, aufgewühlt von allen Qualen einer sorgenvollen Ungewissheit; aber Miss Burt hing zu sehr an ihm, um seinem Antrag nicht zuzustimmen, und ihre Herablassung verletzte ihr Feingefühl keineswegs. – Sie konnte nicht annehmen, dass die guten Eigenschaften, die bei ihrem Liebhaber so deutlich zu erkennen waren und die ihr *Vater so eifrig gefördert hatte, nur* zur Schande *seiner Tochter verletzt* werden konnten . Lord Finlays Leidenschaft war zu glühend, um der Vernunft nachzugeben, und konnte nicht lange verborgen bleiben: Sie trafen sich oft und blieben lange zusammen; in der Gesellschaft derer, die wir lieben, vergisst man leicht die Zeit – Auf Amors Zifferblatt sind *Stunden* nur *Minuten* . – Ihre Zusammenkünfte wurden entdeckt.

Als Kapitän Lewis darüber informiert wurde, bestand er aus Eifersucht auf seine Ehre darauf, dass Lord Finlay sich sofort für seine Enkelin einsetzte. der, beladen mit seinen Vorwürfen, geleitet von seiner Leidenschaft und der Angst, daran gehindert zu werden, sie mehr zu lenken, alles außer der Rechtfertigung seiner ehrenhaften Absichten vergaß.

Die Empörung, die Lord Munster empfand, als er von dieser Heirat erfuhr, kann man sich leichter vorstellen als schildern. Er schwor, dass er seinen Sohn nie wieder sehen oder zu seiner Unterstützung beitragen würde!

Die Leidenschaften werden bei jungen Menschen leichter geweckt als bei alten Menschen; bei Frauen, da sie von zarterer Natur sind als Männer; bei Armen und Bedrängten leichter als bei Reichen und Glücklichen, denn Wohlstand verhärtet das Herz; bei Analphabeten leichter als bei Gebildeten, da sie eher zur Bewunderung neigen; und aus demselben Grund auch bei Menschen, die zurückgezogen gelebt haben, leichter als bei Männern mit großer Erfahrung. Aber wenn sie sich einmal festgesetzt haben, lassen sie sich nicht so leicht wieder ausmerzen wie bei anderen.

Die indiskreten Bitten eines Herrn aus der Nachbarschaft führten dazu, dass er nur *noch mehr verärgert wurde* . Ein schwacher Freund sollte, wenn er freundlich ist, nicht über Wünsche hinausgehen: Wenn er mehr sagt oder tut, ist es *gefährlich* . Gute Absichten sind unerlässlich, um einen guten Menschen auszumachen; Aber es sind noch andere Zusätze notwendig, um den Mann zu formen, der sich für uns einmischt. Eine gute Sache hat oft unter einem gleichgültigen Fürsprecher gelitten; und ich hörte einmal von einem Anwalt, der von seinem Mandanten beauftragt wurde, *für ihn zu schweigen* .

Infolge der Unversöhnlichkeit von Lord Munster waren Lord und Lady Finlay in eine Vielzahl von Elend verwickelt, und zwar in höchst ergreifende Not; unter allem, was sie ertrug, um Standhaftigkeit zu erlangen, und wich nie von der Würde des Verhaltens ab, die angeborene Tugend und bewusste Unschuld inspirieren; gestärkt durch wahre Prinzipien der Religion und ein rationales Vertrauen in die Vorsehung, gemildert durch echte Demut und ungeheuchelte Ergebung in das Schicksal, das ihnen auch immer zuteil werden sollte. In jeder Handlung ihres Lebens hatten sie eine Meinung zueinander: ob sie ernst oder fröhlich, amüsiert oder betrübt waren, doch durch ihr Mitgefühl und ihre Liebe wurde jede Kleinigkeit zu einem Vergnügen, und jedes Vergnügen wurde durch ihr Gegenseitiges zur Verzückung gesteigert Teilnahme daran. Ihre Herzen jubelten vor Freude, die auf dem starken Fundament ungebrochener Zärtlichkeit beruht. Es ist ein Glück für die Sterblichen, dass Trauer in der menschlichen Brust nur ein Exot ist – der Boden bietet von Natur aus keine Nährstoffe für sein ständiges

Wachstum. Eine vollkommene Ähnlichkeit der Gefühle brachte bald das gegenseitige Glück hervor, das entsteht, wenn man einen anderen besser liebt als sich selbst: Sie waren nicht mehr besorgt über Ereignisse, die sie nicht steuern konnten, und empfanden auch nicht mehr den Schmerz über die Enttäuschung ihrer Hoffnungen.

Der halbe Sold von Captain Lewis war der einzige augenscheinliche Lebensunterhalt seiner unglücklichen Familie, der durch die Geburt mehrerer Kinder noch erhöht wurde. Ihr Einkommen war jedoch durch Mr. Burts literarische Produktionen gestiegen. Sein größtes Vergnügen war das Studium – die Freuden variieren mit jedem Alter; denn Gott und die Natur haben nie eine Fähigkeit geschaffen, weder in der Seele noch im Körper, ohne dass er ein geeignetes Objekt für ihre regelmäßige Befriedigung geschaffen hätte.

Aus diesem Grund haben die Torheiten von Männern eines bestimmten Alters den Vorrang vor allen anderen, eine lächerliche Würde, die ihnen *überhaupt das Recht gibt, ausgelacht zu werden* . Das Phänomen, unter grauen Haaren verliebte Beschäftigungen zu verspüren, kann uns ebenso in Erstaunen versetzen, wie der Anblick jener Berge, deren Gipfel mit Schnee bedeckt sind und deren Eingeweide voller Flammen sind. Herr Burt hatte ein fröhliches Gemüt, das auf den Prinzipien der christlichen Philosophie beruhte. Seine Fröhlichkeit war so groß, dass ihn keiner der Zufälle des Lebens aus der Fassung bringen konnte; Seine Stärke war so groß, dass nicht einmal die härtesten Prüfungen ihn entmannen konnten. Er hatte einen gesammelten Geist und brauchte zu keinem Zeitpunkt eine Ressource. Er konnte sich in sich selbst zurückziehen und der Welt trotzen.

Seine liebenswürdige Tochter besaß diese Eigenschaften ebenfalls in hervorragendem Maße. Als Captain Lewis starb, waren ihre Verhältnisse bescheidener; doch Lady Finlay konnte durch ihren Einfallsreichtum den Verlust seines halben Soldes ausgleichen. Sie war ein großes Talent für die Malerei, und in dieser Hinsicht wirkte die Kunst Wunder. Mit dem Verkauf einer *Kreuzigung* und einer *Arcadia* ernährte sie ihre Familie zwei Jahre lang. Sie verbarg ihren Namen, um Lord Munster nicht noch mehr gegen sich aufzubringen; doch sie war zu vernünftig, um sich zu schämen, diese Talente einzusetzen, die ihr die Natur für einen *so natürlichen Zweck verliehen hatte* . Und die Stunden, die die *Faulen der Ruhe* und die Zügellosen dem *Vergnügen* widmen , widmete sie dem Broterwerb für ihre Familie. Gutes Blut kann ohne das Chaos des Marktes nicht erhalten werden, und so ist es kein Skandal, *dies* durch Einfallsreichtum oder Fleiß zu beschaffen, wenn die Anhängsel der Vornehmheit so weit reduziert sind, dass sie es anders nicht leisten könnten.

Das Bild Arcadia genannt, befindet sich im Besitz des Marquis von P——.
Darin wird ein Blick auf die reizvollste Region mit der großartigsten
ländlichen Landschaft der Welt gezeigt; und eine romantische Wildheit
durchzieht das Ganze, was dem Stück ungewöhnliche Schönheit verleiht.
Ihre glückliche Fantasie und die Aussichten auf dem Land (sie hatten sich
wegen der Billigkeit nach Wales zurückgezogen) bescherten ihr Täler, die
bezaubernder waren als die von *Juan Fernandez* , mit Rasenflächen wie die
von *Tinian* und schönere Wasserfälle als die von *Quibo* . Sie kopierte die
größten Schönheiten der Natur und formte die schönsten Nachbildungen.
Die Erfindung des Ganzen ist äußerst erfreulich; und wurde von allen, die
es gesehen haben, als Meisterwerk im Landschaftsbau gelobt.

Lady Finlays Gesundheit verschlechterte sich, sodass sie *dieses Talent nicht
mehr einsetzen konnte* . Und die elende Lage, in die ihr Herr aufgrund seiner
Zuneigung zu ihr geraten war, bereitete ihr ständiges Unbehagen. Die
drückende Hand der Armut erzeugte schmerzhafte Ängste und
zermürbende Sorgen, während die seelische Sorge, die *jeder für den anderen*
erduldete , ihr *gegenseitiges Unglück noch vergrößerte* .

Der Tod zweier wunderbarer Kinder trübte Lady Finlays verbliebene
Stimmung endgültig. Sie starb im Kindbett (das Kind überlebte sie nur
wenige Stunden) und hinterließ ihre einzigen beiden Kinder. Dann war Lord
Finlays Kelch des Kummers gefüllt. Er hatte Grund zu der Befürchtung,
dass der Verstorbene, der ihm am meisten am Herzen lag, aus Mangel an
angemessener Hilfe umgekommen war. *Hilfe!* ihre dürftigen Umstände
werden geleugnet! Wenn er zuvor Anzeichen von Kummer an ihr
wahrnahm, war es für ihn, als sei die ganze Natur in den Hintergrund
gedrängt worden; Was müssen seine Empfindungen *gewesen* sein ? Sie waren
zu groß, als dass die Menschheit sie unterstützen könnte! Sein Verstand
verließ ihn; und am dritten Tag nach ihrem Tod starb er im Delirium des
Wahnsinns.

Nichts kann einen besseren Eindruck davon vermitteln, welche
Rücksichtnahme der Mensch auf sein späteres Ziel haben sollte, als die
folgenden Zeilen von Sir Thomas More:

„Du würdest weinen, wenn du nur einen Monat bleiben würdest;
Doch lachen Sie, unsicher über einen einzigen Tag!'

Es gibt nur wenige glückliche Ehen, die gegen die Zustimmung der Eltern
geschlossen werden. – Ungehorsam ihnen gegenüber bleibt, ebenso wie
Mord, in diesem Leben selten ungestraft [1]. Herr Burt schrieb Lady Frances
Finlay einen Brief, in dem er sie über die traurige Katastrophe dieses
unglücklichen Paares informierte und sie um ihr Interesse bei Lord Munster
im Namen ihrer hilflosen Nachkommen bat.

„Könnten Tränen, meine Dame", sagte er, „so leserlich wie Tinte schreiben, meine tränenden Augen wären ein unerschöpflicher Fundus, der mir helfen würde, Ihnen die Leiden eines armen alten Mannes zu übermitteln und die Sorgen meiner Seele auszuschütten!" Aber *Cicero hätte* die herzzerreißenden Szenen, die ich kürzlich gesehen habe, nicht *beschreiben können* , *Apelles* hätte sie nicht *malen können* , und *Roscius* hätte sie nicht *darstellen können* .

Lord Munster starb am Tag bevor seine Tochter den oben genannten Brief erhielt. Er hatte schon seit einiger Zeit jegliches Gefühl verloren. Die Freuden oder Leiden anderer waren für ihn von so geringer Bedeutung, dass er lebte, als wäre er selbst das einzige Geschöpf im Universum. Er konnte es nicht ertragen, den Beifall zu hören, den einige seiner Gegner in der Politik erhalten hatten, und gönnte ihnen einen Ruf, der seiner Meinung nach nur seinen eigenen herausragenden Fähigkeiten entsprach. Anders als der Eroberer, von dem es heißt, er habe die ganze Erde zum Schweigen gebracht, meinte er, die ganze Welt müsse von seiner Schande sprechen. Er konnte es nicht unterstützen; und eine Pistole setzte seinem elenden Dasein ein Ende. Ein sorgfältiger Beobachter der Ereignisse wird häufig feststellen, dass offensichtliche Laster mit einigen bemerkenswerten Schlägen des Elends bestraft werden und dass schlechte Gesinnungen sich des Übels bewusst werden, das sie anderen zufügen. Niemals hat ein Grieche oder Römer Selbstmord begangen, weil er sich allzu schnell über sein persönliches Unglück im Klaren war. – Der eitle Ruhm des Vulgären mag erträglich, ja vielleicht ablenkend sein; Aber für einen großen Mann ist es *unerträglich* : *Nichts ist für einen Menschen größer, als selbst über die Größe selbst* zu stehen .

Lady Frances erhielt von ihrem Vater den gesamten Besitz des Familienbesitzes. – Sie schrieb sofort an Mr. Burt und bat ihn, einen Ort zu verlassen, der zwangsläufig solche melancholischen Gedanken in ihm wieder aufleben lassen musste, und ihren Neffen und ihre Nichte nach Munster House zu bringen. Sie legte ihm eine Geldsumme bei, um Schulden zu begleichen und die Reisekosten zu bestreiten. Er kam ihrer Bitte sofort nach und wohnte bei ihr, obwohl sie ihm nicht nur sofort die Rente auszahlte, die ihm zuvor versprochen worden war, sondern auch die darauf fälligen Rückstände bezahlte.

Hätten Lord und Lady Finlay ein paar Wochen länger gelebt, hätte Lady Frances ihnen gern das ihr vermachte Anwesen überlassen, auf das sie aufgrund ihrer Tugenden einen so guten Anspruch hatten.

Es ist ein starkes Argument für einen Zustand der Vergeltung im Jenseits, dass in dieser Welt *tugendhafte Menschen* oft *sehr elend* und *bösartige glücklich sind* , was völlig im Widerspruch zur Natur eines Wesens steht, das in all seinen Werken unendlich weise und gut erscheint. es sei denn, wir dürfen annehmen, dass eine solch promiskuitive und unterschiedslose Verteilung von Gut und Böse, die notwendig war, um die Pläne der Vorsehung in diesem Leben in die Tat umzusetzen, in einem anderen Leben berichtigt und wiedergutgemacht wird.

Lady Frances besaß die anziehendste Schönheit, war von jeder Anmut umgeben und mit jeder Tugend gesegnet, die die Gefühle der hartnäckigsten Philosophen fesseln und ihre Seele fesseln konnte. Der Klang ihrer Stimme hatte eine einnehmende Süße und ihre Ausdrücke waren wohlüberlegt, ohne gekünstelt zu wirken. – Kurz gesagt, es waren ihr Charakter und ihr Verstand, die ihrer Person Charme verliehen. Lord Darnley machte ihr seine Ansprachen, bei denen er von Lord Munster unterstützt worden war, und es wurden alle Vorbereitungen für ihre Hochzeit getroffen, noch vor dem Tod ihres Vaters.

Lord Darnley war einer der liebenswürdigsten Menschen. Er verlieh allem, was er sagte, eine gewisse Eleganz – ein raffinierter und feinsinniger Witz belebte all seine Reden, und die Lebhaftigkeit seiner Vorstellungskraft zeigte sich ständig in neuen Ausbrüchen. Aber was Lord Munsters Voreingenommenheit unwiderstehlich machte, war die Kunst, mit der er seinen *eigenen Witz* und *sein Wissen verkleidete*, um *ihn glänzen zu lassen*. Er entsprach ganz dem angenehmen Kriterium des wahren Humors, das Mr. Addison angab: „Dass er selbst ernst aussieht, während er alle anderen zum Lachen bringt." Er hatte eine Neigung, Dinge aus einem lächerlichen Blickwinkel darzustellen, was sehr unterhaltsam war – aber damit fiel er nie auf; er machte sich über einen Umstand lustig, den die Partei, die er angegriffen hatte, ihm im Grunde nicht verübelte: dass er sich eines Übermaßes in etwas schuldig gemacht hatte, das an sich lobenswert war [2]. Er verstand sehr gut, was er sein wollte, was seine vorherrschende Leidenschaft war, und er wusste, dass er seinen Zorn nicht fürchten musste, wenn er erklärte, er sei ein bisschen *zu sehr das Richtige*.

Netter Spott ist eine anständige Mischung aus Lob und Tadel; er geht nur oberflächlich auf kleine Verfehlungen ein, um dann umso intensiver auf große Qualitäten einzugehen. Ich glaube, was Höflinge angenehm macht, ist die Aufmerksamkeit, die sie der Eigenliebe anderer schenken. Ich möchte nur hinzufügen, dass Lord Darnleys höfliche Umgangsformen es ihm nicht erlaubten, auf jene einnehmenden Aufmerksamkeiten zu verzichten, die so viel Freude bereiten können; und da er tief in Lady Frances verliebt war, weckte er in ihr gegenseitige Gefühle. Wie muss es die Welt dann überraschen, dass die Heirat trotz ihres plötzlichen Reichtums nicht stattfand! Der Philosoph, der die Wechselfälle menschlicher Ereignisse kennt, betrachtet solche plötzlichen Auflösungen der intimsten Verbindungen ohne Überraschung oder Erstaunen. In Bezug auf die moralische und politische Welt sind es nicht immer große und angemessene

Ursachen, die seltsame und überraschende Ereignisse hervorbringen; im Gegenteil, sie sind oft das Ergebnis scheinbar kleiner Dinge, die in keinem Verhältnis zu ihren Auswirkungen stehen. Die gleichen ständigen Schwankungen, die die Jahreszeiten und alle Anhängsel der Erde, die wir bewohnen, begleiten, beeinflussen das Herz des Menschen und machen es abwechselnd zur Beute verschiedener Leidenschaften. Nur ein ausgeglichener Geist kann sich eines gewissen Maßes an Beständigkeit rühmen, und *das ist* oft erst spät im Leben das Ergebnis langer Erfahrung und unzähliger Sorgen. Es war vergebens, dass Lord Darnley die Uneigennützigkeit seiner Leidenschaft erklärte und Lady Frances bat, den Besitz der Familie vor ihrer Heirat aus seiner Macht zu regeln.

Sie blieb ungerührt und versicherte ihm nur, dass nichts sie von ihm entfremden könne, außer was sie als ihre oberste Pflicht ansehe, und dass sie sich nie einem *anderen hingeben würde* . Sie riet ihm jedoch zu heiraten. Sie widmete sich ganz der Versorgung ihrer Familie und der Aufbesserung des in ihrer Person angelegten Vermögens.

Sie lebte ausschließlich auf dem Land und suchte in der Schönheit der Natur, in der Wissenschaft und der Liebe zur Ordnung jene Befriedigung, die in der Welt (wo die Menschen *Sklaven der Entschuldigung und Opfer von Launen sind*) eifrig gesucht, aber *nie gefunden wird* . Hauptsächlich aus diesem Grund wettern die Menschen im Allgemeinen so oft gegen das menschliche Leben. Sie war der Ansicht, dass die Gesellschaft offensichtlich durch einen Kreislauf der Güte aufrechterhalten wird: Wir alle brauchen auf die eine oder andere Weise Unterstützung und sind in gleicher Weise qualifiziert, diese zu geben. Niemand ist von seinen Mitgeschöpfen unabhängig. Die am wenigsten Begabten sind keine bloße Belastung für die Gemeinschaft; selbst sie können ihren Anteil zum Gemeinwohl beitragen. Aus dieser gegenseitigen Abhängigkeit lernen wir, was unsere gerechten gegenseitigen Ansprüche sind; dass aus diesem Grund sowie aus anderen Gründen unser Leben nicht in einem Kreislauf der Freuden des Müßiggangs oder nach den Eingebungen der bloßen Einbildungskraft oder in schmutzigen oder selbstsüchtigen Beschäftigungen verbringen sollte. Gibt es etwas, das unsere Pflicht offensichtlicher macht, als die Freundlichkeit, die wir empfangen, zu erwidern; als dass wir, wenn viele damit beschäftigt sind, unsere Interessen zu fördern, ebenso darauf bedacht sind, ihre zu fördern? Alle Menschen sind von Natur aus gleich: Ihre gemeinsamen Leidenschaften und Neigungen, ihre gemeinsamen Schwächen, ihre gemeinsamen Bedürfnisse erinnern selbst diejenigen, die am ehesten dazu neigen, sie zu vergessen, so ständig an diese Gleichheit, dass sie sie trotz all ihrer Bemühungen nicht vergessen können. Sie können nicht *gleichgültig werden* , wie wenig sie auch *bedenken* wollen, dass ihre Schuld ebenso sehr ihre Forderungen sind, wie sie anderen so viel schulden, wie sie vernünftigerweise von ihnen erwarten können. Es ist nicht anzunehmen, dass die Vorsehung solche Unterscheidungen unter den Menschen, solche ungleiche Verteilungen vorgenommen hätte, wenn sie sich nicht durch gegenseitige Hilfe und Verpflichtungen füreinander gewinnen wollten. Dankbarkeit ist das sicherste Band der Liebe, Freundschaft und Gesellschaft.

Die verschiedenen Bedingungen des menschlichen Lebens scheinen so bewundernswert an die unterschiedlichen Veranlagungen der einzelnen Menschen angepasst zu sein, dass, wenn unser Glück in diesem Leben beabsichtigt wäre, die ungleiche Verteilung der Gaben des Glücks das plausibelste Mittel darstellt, es zu erreichen. Von Natur aus konzentriert sich die Liebe in der Tat auf das Zuhause und nicht auf ungebührliche Weise, obwohl das Liebenswürdigste und Gottähnlichste am weitesten auseinandergeht. Da aber die Grundprinzipien der menschlichen Liebe zum größten Teil übermäßig egoistisch und engstirnig sind, hat die göttliche Güte ihre Wirkungen so gelenkt, dass sie notwendig und sehr oft unbeabsichtigt zum Gemeinwohl beitragen. Ich habe oft beobachtet, dass Menschen, die vom Glück begünstigt sind, selten mit seelischen Schmerzen zu kämpfen haben, obwohl sie selbst die Urheber davon sind; Ihr Mitleid wird allein durch bestimmte Schande, bestimmte äußere Übel, wie Krankheit und Armut, erregt. Dies war bei Lady Frances keineswegs der Fall, die sich mit einer ebenso edlen wie vernünftigen Güte für die Nöte der Seele interessierte und den Unglücklichen, allen, die unter irgendeiner Art unschuldiger Not litten, Trost und Erleichterung bot.

Ihre Erziehung lehrte sie, dass nur *Tugend* und *Fähigkeiten* uns wahres Glück verschaffen können und dass nur das *Gute* in unserem Lebensbereich einer edlen Seele wahres Glück bringen kann. Nach dem Tod ihres Vaters besaß sie ein Vermögen von zwanzigtausend Pfund pro Jahr und Hypotheken in Höhe von dreihunderttausend Pfund. Das Haus und die Vergnügungsanlagen waren in einem sehr schlechten Zustand, da der verstorbene Graf ständig in London und Umgebung gewohnt hatte . Lady Frances ließ Mr. Brown kommen, der die Lage sehr *lohnenswert fand* : Unter seiner Leitung ist es jetzt einer der schönsten Orte in England. Sie erzählte ihm von ihrer Absicht, eine Anzahl Häuser zu bauen, um Handwerker aufzunehmen und bestimmte Manufakturen anzusiedeln. Er entschied sich für eine schöne Lage am Ufer eines schiffbaren Flusses. Mr. Adams war mit dem Plan, den Lady Frances ihm zur Prüfung vorlegte, sehr zufrieden – er vervollkommnete und verbesserte ihn. Er bestand aus einhundert Häusern und einer *Tribuna* [3] in der Mitte. Auf dem soliden Fundament der dorischen, ionischen und korinthischen Ordnung erhebt sich allmählich all ihre Schönheit, Proportionen und Verzierungen.

Der Stoff erregt selbst das uninteressierte Auge. Kein modernes Gebäude ist hinsichtlich der äußeren Verzierungen mit ihm vergleichbar; und für die

Inneneinrichtung wurde es aus allem zusammengestellt, was die antike und moderne Zeit am besten an den Zweck des Bauwerks angepasst und geeignet gemacht hat, Dekorationen nicht ausgeschlossen, die mit gleichem Geschmack und Sparsamkeit verteilt werden. Die Wissenschaften und Künste sind in diesem schönen Gebäude versammelt und (wenn ich den Ausdruck erlauben darf) durch eine große und gut ausgewählte Bibliothek in allen Fakultäten verbunden: Hier ist alles, was das Interesse des niederen Volkes oder die Neugier des Mannes mit Geschmack begehren kann . Das erste Objekt, das sich dem Auge beim Betreten dieses edlen Saals, der nicht weniger geräumig als prächtig ist, präsentiert, ist die Statue der Gründerin, die die Liebhaber der Literatur einlädt, die Hilfen in Anspruch zu nehmen, die sie ihnen zur Verfügung gestellt hat. Diese Statue ist aus weißem Marmor, lebensgroß und Herrn More, dem Künstler, absolut würdig; der das genaue Abbild mit einem Hauch von Erhabenheit und Wohlwollen, Würde und Freundlichkeit verbessert hat.

Und was ein sehr gut gewählter Schmuck für einen solchen Ort ist, ist die Darstellung von neun der bedeutendsten Bibliotheken – der babylonischen, athenischen, alexandrinischen, pfälzischen usw. – mit kurzen Inschriften, die von jeder berichten. Und um den Ursprung und die ersten Fortschritte des Lernens in mehreren Ländern in den Blick zu nehmen: Auf großen Pilastern in der Mitte der Bibliothek sind Personen gemalt, die angeblich die Buchstaben in mehreren Sprachen erfunden haben. Adam, Abraham, Moses, Mercurius, Ägyptius, Herkules, Kadmus, Kekrops, Pythagoras und mehrere andere, mit den Buchstaben, die jeder von ihnen erfunden haben soll, unter ihren Bildern.

Diese Bibliothek ist zu bestimmten Zeiten geöffnet (wie die des Vatikans und des französischen Königs) und bietet allen Fremden die nötige Vorkehrung. Dies war in diesem Königreich sehr erwünscht. Nach so vielen Jahrhunderten gibt es in London noch immer keine nennenswerte öffentliche Bibliothek. Das Beste ist das der Royal Society: aber selbst das ist unbedeutend; es ist auch nicht für die Öffentlichkeit zugänglich; Auch werden Fremden nicht die notwendigen Annehmlichkeiten zum Lesen oder Transkribieren geboten. Das British Museum ist reich an Manuskripten, der Harleian Collection, der Cottonian Library, der Sammlung von Charles I. und vielen anderen, insbesondere zu unserer eigenen Geschichte; aber es ist erbärmlich dürftig an gedruckten Büchern: und es ist der Öffentlichkeit nicht ausreichend zugänglich; Ihre Einnahmen reichten nicht aus, um eine angemessene Anzahl von Betreuern zu bezahlen. [4]

Ein genialer Perser berichtete kürzlich in England von vielen tausend arabischen Manuskripten, die den Herren der Universität Oxford völlig unbekannt waren. Es wäre zu wünschen, dass diese beschafft würden. Die Orientalen und Hebräer waren die Väter des Wissens und die Griechen nicht mehr als ihre Gelehrten: Wie grob waren ihre Vorstellungen von Klugheit und *Tugend* , bis Orpheus und die weitgereisten Philosophen sie eines Besseren belehrten! Die Institutionen moderner Nationen sind nicht mit denen der Antike zu vergleichen, da fast alle von ihnen den Vorteil hatten, von Philosophen gegründet worden zu sein. Athen und Sparta waren die beiden ersten Staaten Griechenlands. Solon und Lykurg, die den Erfolg des von Minos auf Kreta durchgeführten Plans gesehen hatten und die diesem weisen Prinzen teilweise nacheiferten, errichteten diese beiden berühmten Republiken. Das kluge System Ägyptens diente dem gesamten Osten als Vorbild.

Das astronomische Observatorium ist mit den besten Instrumenten ausgestattet; die Anatomie verfügt über ein Amphitheater und einen geräumigen Raum, der mit einem kompletten Satz anatomischer Modelle aus Wachs gefüllt ist.

Die Abteilung für Malerei und Bildhauerei verfügt neben einem äußerst bequemen Raum für das Studium und die Ausübung dieser Künste über zwei große Räume voller Modelle der wertvollsten Überreste der Antike, die den Originalen nachempfunden sind.

Den Architekturstudenten steht eine Halle zur Verfügung, die vollgestopft ist mit Entwürfen und Modellen der schönsten Stücke aus alter und moderner Zeit. Außerdem gibt es angrenzende Räume, in denen alle freien Wissenschaften gelesen und gelehrt werden, wie Logik, Physik, Ethik, Metaphysik, Astronomie, Geographie, Geometrie usw.

Dieses Studienangebot in jedem Zweig wird noch durch interessante Museen für Antiquitäten und Naturgeschichte bereichert. All diese Vorteile werden durch die Vorlesungen fähiger Professoren in jeder Kunst und jeder Wissenschaft noch verstärkt.

Diese Akademie nimmt zweihundert Gelehrte auf, gewährt ihnen großzügige Unterstützung und führt sie durch eine perfekte Ausbildung; von den ersten Elementen der Buchstaben bis zum gesamten Kreis der Wissenschaften; von der untersten Klasse des Grammatiklernens bis zu den höchsten Abschlüssen in den verschiedenen Fakultäten. Es besteht eigentlich und natürlich aus zwei Teilen, die mit Recht zwei Einrichtungen bilden, von denen die eine der anderen untergeordnet ist. Der Zweck des einen bestand darin, den Grundstein für die Wissenschaft zu legen; das des anderen, um den Überbau zu erhöhen und zu vervollständigen: Ersteres sollte letzteres mit geeigneten Untertanen versorgen; und letzteres sollte die im ersteren erhaltenen Vorteile verbessern.

Den jungen Herren der Nachbarschaft ist es gestattet, Unterricht von den verschiedenen Professoren entgegenzunehmen – und es wird ein Tag dafür reserviert, an dem sie junge Leute prüfen, um herauszufinden, inwiefern ihr Talent in Konflikt steht und für welche Art von Studien oder Beschäftigungen sie von Natur aus geeignet sind. Jeder Mensch findet in sich eine besondere Neigung und Veranlagung zu einem bestimmten Charakter, und sein Kampf dagegen ist die vergebliche und endlose Arbeit des Sisyphus. Lassen Sie ihn *dieser* Berufung folgen und sie pflegen, wird er darin Erfolg haben und zumindest in einer Hinsicht beachtlich sein; wenn er davon abweicht, wird er bestenfalls *unbedeutend*, wahrscheinlich *lächerlich sein*. Cicero sagte, Lehrer sollten die Natur ihrer Schüler bedenken, damit sie sich nicht wie ungeschickte Landwirte verhielten, die Weizen auf einen Boden säen, der nur für Hafer geeignet ist. Könnte es sich nicht als nützliche Einrichtung erweisen, öffentliche Gesellschaften nach diesem Plan zu errichten? Auf diese Weise könnten die meisten Fächer für die Öffentlichkeit von Nutzen sein; und nicht nur die Künste müssen zur Vollkommenheit gebracht werden, sondern auch alle Regierungsposten müssen gut besetzt werden. Jetzt hingegen hören wir täglich Klagen über den Mangel an geeigneten Personen zur Leitung der Angelegenheiten, während die Jugend zum Studium verurteilt ist und für bestimmte Künste oder Berufe immatrikuliert wird, bevor sie das Reifealter erreicht.

Manche Eltern legen bei der Geburt ihres Sohnes fest, welchen Beruf er ausüben soll. Manchmal sieht der Vater für seinen Sohn Richter vor, weil sein Großvater Richter war [5], was ebenso absurd sein kann, wie ein *schwaches Kind* als *Lakaien* oder einen *blinden Jungen* als *Maler* zu ernennen. Manchmal soll ein junger Mann Oberst werden, weil er groß ist, oder Ratsherr, weil er einen dicken Bauch hat.

Wenn sich in einem der jungen Männer ein bemerkenswertes Genie zeigte, waren ihre Talente für diese Kunst der Wissenschaft kultiviert. Der Meister für Redekunst wurde von Mr. Sheridan empfohlen, der sagt, dass die Kunst der Redekunst nach bestimmten Grundsätzen und mit ebenso guten Erfolgsaussichten gelehrt werden kann, wie es jemals von den Rhetorikern Griechenlands oder Roms oder den Künsten der Fall war Musik, Malerei usw. werden von mehreren Professoren unterrichtet. Er orientierte sich an Quintilians Lehren der Beredsamkeit, der besonders *die Chironomie* oder die Anmut des Handelns empfiehlt, die im Zeitalter des Heldentums aufkam, von den größten Männern Griechenlands praktiziert wurde, von Sokrates gebilligt wurde und von Platon zu den bürgerlichen Tugenden gezählt wurde, und von Chrysippus in seiner Abhandlung über die Erziehung der Jugend empfohlen. Hundert Jahre nach Ciceros Tod hatte Quintilian die Gelegenheit, sein Wissen zu verbessern – er hatte größere Möglichkeiten als Cicero jemals hatte, „diese intellektuelle Beziehung, diesen geheimen

Charme in den freien Berufen zu studieren, der, wenn er das eine mit dem anderen verbindet, es verbindet." das Einkaufszentrum.'

Ein Bereich der *Tribuna* ist ausschließlich der Bildung von Frauen gewidmet. Zwanzig junge Damen werden aufgenommen, und es gibt Mittel für ihren ständigen Unterhalt, ebenso wie für den der zweihundert Gelehrten. Bei der Auswahl dieser jungen Damen gibt sie stets denjenigen den Vorzug, die unter irgendeiner Unvollkommenheit ihres Körpers leiden und bestrebt sind, ihre *äußeren Mängel durch die Erweiterung ihrer inneren Ressourcen* zu kompensieren . Wenn sich herausstellt, dass eine dieser Damen eine Vorliebe für irgendeine manuelle oder geistige Kunst hat, kultivieren sie diese und unterstützen sie auf die angenehmste Art und Weise und bestätigen diese Neigungen durch verschiedene kleine Aufmerksamkeiten mit dem ganzen Geist des Strebens, der zur Erhaltung des Geistes erforderlich ist (im Allgemeinen) aus diesem Zustand der Trägheit und Untätigkeit, wodurch das Leben für diejenigen lästig wird, die es nie als unglücklich empfunden haben. In diesem Lokal steht sie im völligen Gegensatz zu dem von Madame de Maintenon in Saint Cyr; wo die jungen Frauen, die durch ihre Ausbildung in der Arbeit auf dem Land und in der Wirtschaft in den Pflichten einer Familie, in den Beschäftigungen der *tugendhaften Frauen Salomons* hätten unterwiesen werden sollen, nur dazu geeignet waren, von Männern angesprochen zu werden, die reich genug waren, um darauf zu bestehen eine Frau, nichts *als Tugend* . Dies ist auch die Schwäche allzu vieler Eltern, die alle von ihren Töchtern eine hohe Stellung im Leben erwarten und sie dadurch, dass sie diese Ansicht vertreten, für ihr späteres Los disqualifizieren.

Wie die Geistlichen sagen, dass manche Menschen sich mehr Mühe geben, verdammt zu werden, als es sie kosten würde, gerettet zu werden, so verwenden viele Menschen mehr Gedanken, Gedächtnis und Einsatz, um Narren zu sein, als sie zu weisen und nützlichen Mitgliedern der Gesellschaft machen könnten. Die Alten betrachteten es als eine Ehre, alles, was zum Leben notwendig ist, selbst herzustellen, ohne auf andere angewiesen zu sein; und es ist das, was Homer am häufigsten *Weisheit* und *Wissen nennt* . Er beschreibt den alten Eumæus, der seine eigenen Schuhe herstellte, und sagt, er habe einige schöne Ställe für das Vieh gebaut, das er züchtete. Odysseus selbst baute sein eigenes Haus und richtete sein Bett mit großer Kunstfertigkeit ein, dessen Struktur dazu diente, Penelope wieder auf ihn aufmerksam zu machen. Als er Calypso verließ, war er allein derjenige, der das Schiff baute und rüstete. – Aus all dem ersehen wir den Geist dieser alten Zeiten.

Diesen jungen Damen wird nicht beigebracht, mit Anmut zu deklamieren oder mit Geschmack zu singen; aber wenn sie weniger amüsant sind, sind sie doch unendlich nützlichere und interessantere Begleiter für diejenigen, mit denen sie später Umgang haben, sei es in der Rolle von Ehefrauen oder

Freunden. Einige von ihnen haben in der Nachbarschaft sehr gut geheiratet. Es gibt kein Gefühl, das kälter oder von kürzerer Dauer ist als die Bewunderung. Wir werden einer Reihe von Funktionen überdrüssig, auch wenn sie noch so schön sind. Zwischen Torheit und einem heimeligen Menschen besteht dieser Unterschied; Letzteres ist stets das Gleiche, zumindest mit unmerklicher Veränderung, während die Torheit immer wieder ein neues Erscheinungsbild annimmt und dadurch neuen Schmerz und Ekel hervorruft. So wahr das auch sein mag, ich glaube, es bedarf einiger Rhetorik, um einen jungen Mann davon zu überzeugen, die Torheit, die mit Schönheit einhergeht, nicht der Weisheit und Missgestalt vorzuziehen. Obwohl Sir Francis Bacon uns in seiner Naturphilosophie versichert, dass unser Geschmack nie besser zufrieden ist als mit den Dingen, die zunächst Ekel in uns hervorrufen. Er führt besondere Beispiele für Porter, Oliven und andere Dinge an, die der Gaumen zunächst selten gutheißt; aber wenn es einmal Gefallen daran gefunden hat, behält es es im Allgemeinen ein Leben lang.

Die Straßen, die auf beiden Seiten der *Tribuna angelegt wurden* , waren einheitlich und die Häuser mit symbolischen Figuren der verschiedenen Berufe geschmückt, die für die Besitzer bestimmt waren. Sie erlaubte ihnen, in den ersten beiden Jahren mietfrei zu wohnen, und nahm nur diejenigen auf, die sich in ihrer Kunst auszeichneten. Das war sicherlich sehr politisch. Indem man sie auf diese Weise ermutigte, ermöglichte es ihnen zunächst, zu arbeiten und ihre Erzeugnisse zu einem moderaten Preis zu verkaufen; Dies sicherte ihnen das Geschäft der benachbarten Landkreise, die sie sonst aus größerer Entfernung geschickt hätten, für das, was auch im Inland produziert werden konnte. [6]

Die Größe der Häuser nimmt von der Mitte jeder Straße aus allmählich ab. Da Lady Frances bei der Ausführung keine Kosten scheute, leitete Mr. Adams sie mit größtem Geschmack und Anstand. Die kleinsten Häuser sind in der Tat wegen ihrer gewundenen Säulen äußerlich die schönsten; Doch da sie eine Vorstellung von Schwäche vermitteln, sind sie immer unzufrieden, wenn sie als Stützen für schwere Gebäude verwendet werden. Die verschiedenen Ordnungen folgen aufeinander, von der korinthischen bis zur toskanischen, je nach Größe der Häuser. Herr Hogarth stellt hierzu fest, dass die Größe und Proportionen von Gegenständen von Eignung und Anstand abhängt; dass dadurch die Größe und Proportion von Stühlen, Tischen und allen Arten von Utensilien und Möbeln festgelegt wurde; hat die Abmessungen von Säulen, Bögen usw. zur Unterstützung großer Gewichte festgelegt; und regelte so alle Ordnungen in der Architektur.

Im Laufe von zehn Jahren brachte Lady Frances all diese Pläne zur Vollendung. Dies fiel ihr umso leichter, da Mr. Burt mit den *Literaten* in den meisten Teilen der Welt in Korrespondenz stand. Und da die Unterstützung groß war, ist es nicht verwunderlich, dass ihre Akademie zu einem Zentrum der Musen wurde und zu einem Ort, an den sich viele zur Lösung literarischer Zweifel wandten.

Waren ihre Ohren von der Harmonie bezaubert, so wurden ihre Augen gleichermaßen von den Schönheiten der Malerei und Bildhauerei entzückt. In diesem reizenden Herrenhaus vermischen sich die Fortschritte der Künste mit denen der Philosophie: eine erlesene Zusammenstellung aller Freuden des Lebens. Architektur, Bildhauerei, Malerei und Musik finden in ihr eine Gönnerin. Verfeinerung des Geschmacks geht in einer Nation immer mit verfeinerten Sitten einher. Menschen, die es gewohnt sind, Ordnung und Eleganz in öffentlichen Gebäuden und öffentlichen Gärten zu sehen, eignen sich Urbanität im Privaten an. Die Italiener gaben ihnen bei der Wiederbelebung der freien Künste und Wissenschaften den Namen „ *virtù* " ; davon leitete sich der Begriff „ *virtuoso* " *ab* , der in ganz Europa akzeptiert wurde. Sollte diese Bezeichnung nicht denen, die es für sich selbst halten, andeuten, dass das Studium des Schönen in der Natur oder in der Kunst sie tugendhafter machen sollte als andere Menschen? Abgesehen von den oben genannten Gebäuden gibt es noch andere, die ihren verschiedenen Zwecken genau angepasst sind und gleichzeitig dazu geeignet sind, das Gelände zu schmücken. Es gibt Manufakturen verschiedener Art; und Seiden werden mit hydraulischen Maschinen hergestellt, was die Verarbeitung einfacher und schneller macht. Lady Frances heuerte Kunsthandwerker aus der Toskana für eine Porzellanmanufaktur an, die ihre Tradition seit den alten Etruskern fortführt. Sie gründete außerdem eine Manufaktur für Steingut und beschaffte Modelle etruskischer Vasen aus Terrakotta, die denen in der Vatikanischen Bibliothek nachempfunden sind. Diese werden sogar für die gewöhnlichsten Gefäße verwendet. Sie gab sich auch große Mühe, die Kleidung der jungen Frauen zu regeln. Ein Landmädchen, das mit einem Wasserkrug auf dem Kopf von der Quelle zurückkehrt, ähnelt vollkommen jenen Figuren, die auf den erlesensten Antiquitäten in derselben Haltung dargestellt sind. Den großen Anteil der *Vielfalt* an der Entstehung von Schönheit kann man im ornamentalen Teil der Natur sehen: den Formen und Farben der Pflanzen, Blumen, Blätter; das Malen mit Schmetterlingsflügeln, Muscheln usw., die scheinbar keinen anderen Zweck haben, als das Auge mit der Freude der Abwechslung zu unterhalten: Alle Sinne haben daran Freude und sind der Eintönigkeit gleichermaßen abgeneigt. Das Ohr ist von einem einzigen, anhaltenden Ton ebenso beleidigt wie das Auge davon, auf einen Punkt oder den Blick auf eine tote Wand fixiert zu sein.

Jedes Gebäude ist dekorativ für das Gelände gestaltet. Es gibt einen botanischen Garten voller Pflanzen und Blumen, die Linnaeus aus allen Teilen der Welt geschenkt wurden, von dem sie sie erhielt. Einer seiner

Schüler wohnte hier in einem eleganten Wohnhaus, in dem sich eine Rotunde befindet, in der Vorlesungen über Botanik gehalten werden: Dieser schöne Raum ist von exotischen Pflanzen umgeben. Mr. Burt stimmte völlig mit Linnæus überein, indem er wünschte, dass Herren, die für theologische Studien vorgesehen waren, angewiesen würden, ebenso viel Zeit für das Studium der Physik aufzuwenden, wie sie für Metaphysik und Logik aufwendeten, die er weder für so unentbehrlich notwendig noch nützlich hält wie erstere.

Lady Frances errichtete auch ein Hospital zur Aufnahme von zweihundert Unheilbaren, etwas, das in diesem Königreich sehr nötig war, ohne Rücksicht auf deren Land, Religion oder Krankheit und ohne dass im Todesfall eine Sicherheit erforderlich war. Die Handhabung in den meisten öffentlichen Krankenhäusern dieses Landes ist sehr anders, und die Aufnahmebeschränkungen sind derart, dass viele häufig der vom Gründer ursprünglich beabsichtigten Wohltat beraubt werden. Aber sie hatte einen Wohltätigkeitsfonds anderer Art, der ihr unendlich mehr Freude bereitete, da er frei von der Prunkhaftigkeit dieser öffentlichen Großzügigkeitsakte war. Dabei handelte es sich um private Spenden an diejenigen, deren Umstände noch nicht so schlecht waren, dass sie öffentlich betteln mussten. Wenn ein fleißiger Handwerker eine große Familie, ein kleines Geschäft oder ein kleines Kapital hatte, fand sie Mittel, um seine Bedürfnisse zu befriedigen oder ihm eine Möglichkeit zu geben, sein Geschäft vorteilhafter zu betreiben, und zwar auf eine Weise, dass er manchmal selbst die Quelle seiner Hilfe nicht kannte. höchstens wusste niemand außer der Hilfsgruppe und Mr. Burt etwas von der Sache, denn dieser würdige Mann war ihr heimlicher Almosengeber und suchte nach den geheimen Bedürfnissen bescheidener und fleißiger Armen. Sie war glücklich, weil sie wusste, dass sie zahlreichen Familien ein anständiges Auskommen ermöglicht hatte, die ohne ihre gut getimte und heimliche Großzügigkeit eine Belastung für die Gemeinde gewesen wären. Aber sie war eine große Feindin der Armensteuer und urteilte mit Davenant, dass sie der Fluch unserer Industrie sein werden.

Lady Frances war über die hohen Kosten ihrer Unternehmungen keineswegs beunruhigt. Sie glaubte, ihr großes Vermögen und die lange Minderjährigkeit ihres Neffen, so wie es in ihrer Macht stand, könnten nicht besser eingesetzt werden als in Werken von nationaler Pracht. Die Macht und der Reichtum des antiken Griechenlands wurden am deutlichsten in der Pracht der Tempel und anderen erhabenen Bauwerke des Perikles sichtbar und bewundert. Er prahlte damit, dass jede Kunst ausgeübt, jede Hand beschäftigt, jeder Bürger vom Staat bezahlt und die Stadt nicht nur verschönert, sondern selbst erhalten würde. Die Summen, die Lady Frances ausgab, um diese Pläne zu perfektionieren, verbreiteten Reichtum und Überfluss unter den Menschen und haben das Anwesen bereits verdoppelt. Sie hat eine schöne Sammlung von Bildern. – Die einzige Möglichkeit, ein Genie für die Malerei zu erziehen, besteht darin, ihn zu ermutigen: Historienmaler verdienen mit ihrem Beruf so wenig, dass wir nur sehr wenige haben. Diese Lady Frances hatte es sich zum Ziel gesetzt, unserer Jugend einfachen Zugang zu guten Bildern zu ermöglichen: Solange sich diese in Großbritannien nicht vervielfachen, werden wir niemals den Ruf haben, einen guten Maler hervorgebracht zu haben. Wenn wir mit der italienischen, der flämischen oder sogar der französischen Schule konkurrieren wollen, müssen unsere Künstler die fertigen Werke der größten Meister vor Augen haben. Es ist bedauerlich, dass, als ein genialer Herr [7] letzten Winter dem Parlament einige Überlegungen vorlegte, die seiner Aufmerksamkeit würdig waren und die zur Förderung nützlicher Kenntnisse und zum Fortschritt in diesem Reich der Künste und Wissenschaften beitragen könnten, er hat nicht mit seiner üblichen Intelligenz die schlimmen Folgen der auf nach Großbritannien importierte Bilder erhobenen Steuer dargelegt: Wäre dies unserer Legislative dargestellt worden, wäre es unmöglich, aber es muss geändert werden. Dieser Herr wies in seiner Rede darauf hin, dass er hoffte, dass eine bemerkenswerte Gelegenheit zur Verbesserung des nationalen Geschmacks in der *Malerei* , die kürzlich verloren gegangen war, jetzt wiederhergestellt werden würde. Der unvergleichliche Sir Joshua Reynolds und einige andere große Maler, die unserem Land Ehre erweisen, boten großzügig an, die Kathedrale von St. Paul (ein herrliches Denkmal der Großartigkeit unserer Vorfahren) mit einigen ihrer wertvollsten Werke zu schmücken: aber das Angebot wurde vom verstorbenen Bischof von London abgelehnt [8] , obwohl er sich schmeichelt, dass es erneuert und von dem gegenwärtigen Herrn in diesem Amt angenommen wird [9] , der nicht nur ein Mann von *solider Frömmigkeit* , sondern auch von *höchster Gelehrsamkeit ist* und von *exquisitem klassischem Geschmack* . Die große Kunst des menschlichen Lebens besteht nicht darin, die Leidenschaften auszurotten, sondern sich die richtigen Ziele zu eigen zu machen: Wenn die Menschheit nicht so abstrakt denken kann, wie eine reine Anstrengung reiner Vernunft impliziert, dann gehe ich davon aus, dass daraus ein gewisses Maß an Leidenschaft gerechtfertigt ist Hingabe. Während wir uns in unserem gegenwärtigen unvollkommenen und verkörperten Zustand befinden, wird es für die ordnungsgemäße Ausübung des religiösen Gottesdienstes notwendig sein, *Außenstehende* zu Hilfe zu rufen . Selbst bei denen, die in ihren privaten Andachten am aufrichtigsten sind, werden äußere Handlungen und Zeremonien, wenn sie richtig durchgeführt werden, zu echten Hilfsmitteln; denn die Verbindung zwischen Körper und Seele, zwischen den Sinnen und der Vorstellungskraft, zwischen den Leidenschaften und der Vernunft der Menschheit ist so stark und gegenseitig, dass sie einheitlich aufeinander einwirken und reagieren und die Seele gegenseitig zu Neuem erheben und höhere Grade an Inbrunst.

Dies war so sehr Lady Frances' Meinung, dass sie einige schöne Gemälde in ihrer Kapelle hatte, die auch ein sehr schönes neues Gebäude ist; die Architektur und die Gemälde machen den Künstlern Ehre. Sie machte es sich zur Regel, regelmäßig in die Kirche zu gehen. Öffentliche Anerkennung der Güte Gottes und die Bitte um seinen Segen tragen dazu bei, einer ganzen Gemeinschaft angemessene Vorstellungen von ihm zu vermitteln: und wenn es ihre Pflicht war, diese zu pflegen, war es ebenso ihre Pflicht, sie zu verbreiten; sowohl indem die Wertschätzung zum Ausdruck gebracht wurde, die sie den göttlichen Vortrefflichkeiten entgegenbrachte, als auch indem derselbe Vorteil, den sie aus solchen Vorstellungen zog, von allen empfangen wurde, die davon in gleicher Weise betroffen waren.

Sie hatte nicht den geringsten Grad an Aberglauben und hatte zu viel gesunden Menschenverstand, um sich vorzustellen, dass die Gottheit überredet werden könne, von den festen Gesetzen des Universums und der Unveränderlichkeit seiner Natur abzuweichen. Aber sie weiß, dass die Vollkommenheiten Gottes Grund und ausreichender Grund für das Gebet sind und dass es sowohl eine Handlung als auch ein Mittel zur Tugend ist. [10] Sie hatte einen Geist, frei von Vorurteilen, geschmückt mit Wissen und erfüllt von den besten Prinzipien; eine edle Festigkeit darin, diese Prinzipien zu zeigen und sie aufrechtzuerhalten; kurz, jedes Talent gepaart mit der liebenswürdigsten Bescheidenheit. Ihr wurde geraten, ihr elegantes Dorf *Athen* zu nennen ; aber sie lehnte dies ab und nannte es „ *Munster Village* "; aber sie war zu Recht der Meinung, dass es es verdient hätte; mit dem Unterschied, dass die Einwohner zu gut informiert sind, um solch grobem Aberglauben nachzugeben, und sich so leicht von Astrologen, Geistlichen, Wahrsagern und vielen anderen Arten von Zauberern aufdrängen lassen, wie es die Griechen taten.

Sie waren herausragende Künstler; ihre Gesetze waren weise; sie hatten alles perfektioniert, was das Leben einfach und angenehm macht: aber sie gaben sich wenig Mühe mit den spekulativen Wissenschaften, Geometrie, Astronomie und Physik. Die Anatomie von Pflanzen und Tieren, das Wissen über Mineralien und Meteore, die Form der Erde, der Lauf der Sterne und das gesamte System der Welt waren für sie immer noch Geheimnisse.

Die Chaldäer und Ägypter, die etwas über sie wussten, hielten es streng geheim und sprachen nur in Rätseln darüber; so dass sie bis zur Zeit Alexanders und der Herrschaft der Mazedonier keine großen Fortschritte in der Gelehrsamkeit gemacht hatten, die sie vom Aberglauben hätte heilen können. Eine maßlose Liebe zum Studium der Astrologie war eine Schwäche, die auch das 15. Jahrhundert kennzeichnete. Zur Zeit Ludwigs XIV. war der Hof von der Idee der Gerichtsastrologie besessen: Viele Fürsten nahmen in abergläubischem Stolz an, dass die Natur ihr Schicksal in die Sterne geschrieben habe, um sie auszuzeichnen. Viktor Amadeus, Herzog von Savoyen und Vater der Herzogin von Burgund, hatte selbst nach seiner Abdankung stets einen Astrologen bei sich. Dieselbe Schwäche, die der absurden Chimäre der Gerichtsastrologie Glaubwürdigkeit verlieh, führte auch zum Glauben an Zauberei und Hexerei; Gerichte, die aus Richtern bestanden, die mehr Verstand hätten haben sollen als das gemeine Volk, wurden eingesetzt, um Personen abzuurteilen, die der Hexerei angeklagt waren. — Die jüngste Nachwelt muss mit Erstaunen vernehmen, dass Madame d'Ancre in *Gréve* als Zauberin verbrannt wurde. Als diese unglückliche Frau von Ratgeber Courtin nach der Art der Zauberei gefragt wurde, die sie angewandt hatte, um den Willen von Maria de Medecis zu beeinflussen, antwortete sie: „ *Sie habe nur die Macht angewandt, die große Seelen immer über schwache Geister haben* ." Diese vernünftige Antwort diente nur dazu, das Todesurteil zu beschleunigen [11] .

Man muss zugeben, dass es in der Natur des Menschen eine starke Neigung gibt, alles Ungewöhnliche übernatürlichen Mitteln zuzuschreiben. Aber obwohl ich sehr geneigt bin zu glauben, dass in den meisten Köpfen mehr Leichtgläubigkeit steckt, als offen zugegeben werden will, muss der Grad davon doch im Verhältnis zur Unwissenheit und dem Mangel an Informationen der Menschen stehen. So waren die berühmten Doktoren der Fakultät in Paris, als Johannes Faustus die ersten gedruckten Bücher, die damals in der Welt oder zumindest dort zu sehen waren, brachte und sie als Manuskripte verkaufte, über die Leistung überrascht und befragten Faustus darüber; aber er behauptete, es seien Manuskripte und er habe viele Schreiber damit beschäftigt, sie zu schreiben, und sie waren zufrieden. Als sie sich das Werk jedoch genauer ansahen und eine so genaue Einheitlichkeit im Ganzen feststellten, dass, wenn es einen Makel in einem gab, dieser in allen derselbe war usw. usw. usw., wurden ihre Zweifel wiederbelebt. Die gelehrten Theologen konnten die Sache nicht verstehen (und das reichte immer aus) und schlossen daraus, dass es der *Teufel sein musste* ; dass es durch Magie und Hexerei geschah und dass, kurz gesagt, der arme Faustus (der tatsächlich nichts weiter als ein einfacher Drucker war) mit dem *Teufel paktierte* .

Sie hielten ihn daher für einen *Zauberer* und *Zauberer* , der mit der *schwarzen Kunst* , also mit Hilfe des Teufels, arbeitete, und drohten, ihn zu hängen; Einleitung eines Prozesses gegen ihn vor ihren Strafgerichten; Als die Angst vor dem Galgen Faustus dazu veranlasste, *das Geheimnis zu entdecken* , dass er ein Schriftsetzer von Koster aus Harlem gewesen war, dem ersten Erfinder des Buchdrucks.

Die Gartenarbeit machte bei den Alten viel langsamere Fortschritte als die Architektur. Der Palast des Alkinoos im siebten Buch der Odyssee ist großartig und reich verziert, aber sein Garten ist nicht besser als das, was wir einen Gemüsegarten nennen. Auch darin war Lady Frances herausragend. Sie hatte auch einen Unterschlupf für alle Arten von Tieren, in den sie sich im Alter zurückziehen konnten. Es war früher Brauch, den Lieblingshund neben dem Herrn zu begraben. Die brutalen Geschöpfe, die sich zu unserem Vergnügen abmühen oder für unseren Profit schuften, hart und unfreundlich zu behandeln, ist eine Art von Unmenschlichkeit, die alle Menschen als abwertend für die Tugend ansehen. Die Urheber mutwilliger Grausamkeit gegenüber der dummen Schöpfung werden zu Recht für ihre Brutalität verabscheut. Es ist ein Verbrechen, das meiner Meinung nach viele begehen, ohne das Elend zu bedenken, das es *verursacht*, oder die Schuld, *die es auf sich zieht*: und viele andere, die in Anfällen grundlosen oder launischen Missfallens das Elend zufügen wollen, haben noch kein Gefühl dafür, dass sie Schuld auf sich ziehen. Lady Frances zieht ihre Pflüge mit Büffeln. Diese Tiere sind viel stärker als Ochsen und fressen weniger. Warum gibt es sie in diesem Land nicht, ebenso wenig wie Dromedare und Kamele?

Sie kultiviert Mais, der in großen Schilfgebieten wächst und sehr nützlich ist. Sie hat sich mit leidlichem Erfolg am Anbau von Reis und anderen Pflanzen auf sumpfigem Boden versucht. Da unser Kork früher aus Frankreich kam und jetzt in Italien wächst, hat sie ihn hier ausprobiert, wo er erstaunlich gut gedeiht. Er ähnelt der immergrünen Eiche und trägt Eicheln. Wenn man anderen Bäumen die Rinde abzieht, sterben sie ab. Diese wird jedoch stärker und bildet eine neue Schale. Sie lässt nichts unversucht, was sich als nützlich erweisen könnte. Sie hat auch Schafe aus Norwegen beschafft, die eine Besonderheit aufweisen, da sie vier Hörner haben und wie Hirsche gefleckt sind. Zwischen Haar und Wolle befindet sich eine dicke Schale, die sich für viele Zwecke hervorragend eignet.

Edward IV. wurde stark getadelt, weil er eine sehr unhöfliche und schädliche Maßnahme ergriffen hatte, als er dem König von Spanien einige Cotswold-Schafe schenkte; Deren Rasse war für die englische Wollmanufaktur, die seitdem ein nationaler Handelszweig ist, sehr schädlich. Der berühmte Buffon behauptet, dass unsere Schafe sehr weit von ihrem natürlichen Zustand entfernt sind; von dem es üblich war, abzulehnen.

Lady Frances züchtet Seidenraupen. Die alten Römer hätten lange nicht davon geträumt, dass in ihrem Land Seide hergestellt werden könnte; und die erste Seide, die jemals in Griechenland gesehen wurde, stammte nach der Eroberung Persiens durch Alexander den Großen. Von dort wurde es nach Italien importiert, aber zum Preis des gleichen Goldgewichts verkauft. [12]

Da die Perser das einzige Volk waren, das Seide besaß, erlaubten sie nicht, dass auch nur ein einziges Ei oder Wurm aus ihrem Land ausgeführt wurde. Daher waren die alten Griechen und Römer so wenig mit der Natur der Seide vertraut, dass sie dachten, sie würde wie eine Pflanze wachsen. Holosericum, ein Stoff, der nur aus Seide bestand, wurde nur von Damen ersten Ranges getragen. [13] Aber Männer von höchstem Stand und sogar Fürsten begnügten sich mit Subsericum, einem Stoff, der halb aus Seide bestand; daher wird Heliogabulus als der erste bezeichnet, der Holosericum trug [14]. Während der Herrschaft des Kaisers Justinian wurde ein Versuch unternommen, lebende Seidenraupen nach Konstantinopel zu bringen, jedoch ohne Erfolg; jedoch wiederholten zwei Mönche, die damit beschäftigt waren, den Versuch mit Seidenraupeneiern. [15] Das Experiment war so erfolgreich, dass alle Seidenraupen und Seidenprodukte Europas ihre Existenz und Herkunft dieser konstantinopolitanischen Kolonie verdanken. Bis zur Mitte des 12. Jahrhunderts waren alle Seidenstoffe in Rom und anderen Teilen Europas griechischer Herstellung. Doch Roger I., König von Sizilien, fiel um das Jahr 1138 mit einer Flotte von Schiffen mit zwei oder drei Ruderbänken, genannt Galeæ oder Sagittæ (woher die Wörter Galeere und Saique stammen), in Griechenland ein und plünderte und brandschatzte Korinth, Theben und Athen. Er brachte neben anderen Gefangenen eine große Zahl Seidenweber nach Palermo, um seine Untertanen in dieser Kunst zu unterweisen. Von ihnen lernten die Italiener, wie uns Otto Trisingensis de gestis Frederici, lib. I. cap. 23. mitteilt, bald die Methode der Seidenherstellung.

Lady Frances hat weder Bauern noch deren Söhne vom Schießen abgehalten, denn niemand hat ein besseres Recht auf Wild als diejenigen, deren Eigentum der Unterhalt dafür ist.

„Sehen Sie diese Ansammlung der Söhne des Reichtums,
deren Mitleid und Menschlichkeit sich
auf die stumme Schöpfung erstrecken!" Mit welcher kostspieligen Sorgfalt
streben sie danach, die brutale Rasse
vor *vulgärer* Verfolgung zu bewahren! Wahrhaftig großartig
, wenn ihr Design solch eine Güte hätte, könnte es
einen so lobenswerten Namen verdienen! – Leider! Was sind sie anderes als
Blutmonopolisten,
die sich selbst bemühen,
das grausame Privileg
des Abschlachtens und der Zerstörung unangetastet zu bewahren? Was ist
das
anderes als kleinliche Tyrannei, das ehrgeizige Kind
von Luxus und Stolz? Wenn der Himmel
ein Recht zum Töten gewährt, kann jeder frei geborene Brite sicher
seinen Anteil am Blutbad beanspruchen. Alle
Bürger der Natur plädieren aufgrund des Naturgesetzes
für gleiche Privilegien: Was unterstützt dann
diese Usurpation im wohlhabenderen Stamm?
Die *qualifizierenden* Hektar? Nein, stolzer Mann,
Besitztümer geben dir keinen höheren Anspruch
auf das, was allen gleichermaßen zusteht –

Wessen Besitz, du schüchterner Hase, der
in deiner Einfriedung nährt? deins? verweigert – erlaubt,
doch wenn das furchtbare Tier dein ist,
weil es *heute unschuldig*
die Kräuter deines Grundbesitzes erntet, wem wird
morgen der Anspruch zustehen , wenn der Boden deines Nachbarn
seine Weide bietet? Angenommen, Mann!
Wie wird der Geist des zähen Briten
durch deinen bedrückenden Stolz gezähmt! – wenn Gefahr kommt
 Wer soll dein Eigentum verteidigen? dich?
NEIN; Dieser arme Brite, den du
durch Strafverfolgungen zu Fall gebracht hast – wird er nicht erwidern:

„
Was ist Freiheit für mich? Sie ist verloren! Sie ist weg
! Ich setze mein Leben aufs Spiel
. „Für jene herrischen Herren, die
„das Privileg, das Himmel und Natur
für alle bedeuteten, für Nahrung, Sport oder Bewegung?" verweigerten.

Britisches Philippisch.

Herr Burt widmete seine Zeit viel seinen Enkelkindern, obwohl er
keineswegs den Wunsch hegte, ihnen zu viel Wissen in ihre jungen Jahre
aufzudrängen, da der Geist durch zu intensiven Einsatz ebenso überfordert
werden kann, wie der Körper dadurch geschwächt werden kann zu viel
Bewegung, bevor es seine volle Stärke erreicht.

Quintilian vergleicht das Verständnis von Kindern mit Gefäßen, in die man
nur Tropfen für Tropfen Alkohol gießen kann. Aber es gibt eine bestimmte
Zeit, in der unser Geist erweitert werden kann – in der wir uns einen großen
Vorrat nützlicher Wahrheiten aneignen können – in der unsere
Leidenschaften sich bereitwillig der Herrschaft der Vernunft unterwerfen –
in der richtige Prinzipien so in uns verankert werden können, dass sie jede
wichtige Handlung unseres zukünftigen Lebens beeinflussen. Wenn wir sie
in dieser Zeit vernachlässigen, werden wir, je nach dem normalen Lauf der
Dinge, Irrtum oder Unwissenheit auf uns nehmen. Unsere Leidenschaften
gewinnen eine Stärke, der wir uns später vergeblich widersetzen – falsche
Neigungen werden in uns zu stark verankert, sodass sie all unsere
Bemühungen, sie zu korrigieren, zunichte machen. Eine überlegene
Begabung, ein brennender Wissensdurst und die feinsten Veranlagungen
zeigten sich bald bei Lord Munster; insbesondere eine außergewöhnliche
Wärme der Zuneigung und ein uneigennütziges Temperament. Und obwohl
die Erfahrung zeigt, dass Gedächtnis, Verstand und Phantasie selten in einer
Person vereint sind, ist er doch einer jener überragenden Genies, die mit
allen drei gesegnet sind. Mr. Burt behandelte ihn immer mit jener

distanzierten Herablassung, die zwar zur Freiheit ermutigt, aber gleichzeitig Respekt einflößt. Er erschien ihm in verschiedenen Rollen, damit er in seiner Unterhaltung etwas Neues und Angenehmes finden konnte.

Montaigne sagt; „Es gibt nichts Schöneres, als Leidenschaften und Zuneigungen zu verführen; Sonst machen wir nur mit Büchern beladene Ärsche.' Vorzüglich ist die Frucht, die durch die richtige Temperatur der verschiedenen Qualitäten und eine Mischung aus Welt und Philosophie, Geschäft und Vergnügen, Würde und Höflichkeit hervorgebracht wird. Die Römer nannten es *Urbanitas* , die Griechen *Attizismus* .

Im Alter von sechzehn Jahren hatte der Earl of Munster alle Vorteile genossen, die ihm die Bildung bieten konnte, und erfüllte die optimistischsten Erwartungen, die seine Tante an ihn gestellt hatte. Sie deutete ihm dann seine abhängige Situation an – ihre eigenen Heiratsabsichten, die großen Ausgaben, die sie für die verschiedenen Verbesserungen, die sie am Anwesen vorgenommen hatte, getätigt hatte, was es für ihn notwendig machte, sich dem Geschäft zu widmen, da dies sie daran hindern würde, so viel für ihn zu tun, wie sie es gern getan hätte; da sie ihm alle Vorteile der Bildung gewährt hatte, stand er vor der Alternative, sich anzustrengen *oder* die strengste *Kritik* der Welt zu ertragen.

Lady Frances verfolgte diesen Plan mit Lord Munster, um ihn über ihre Absichten ihm gegenüber im Unklaren zu lassen, damit sie ihn nicht daran hindern konnte, all seine physische und moralische Kraft einzusetzen, um jenes Wissen und jene Tugend zu erwerben, die er gegenwärtig so hervorragend besitzt. Obwohl ein Mann von Rang, der mit einem großen Vermögen geboren wurde, über schöne natürliche Anlagen verfügen mag, braucht es doch eine Menge, um ihn zu einem *großen Mann zu machen* . Seine großartigen Titel und sein großes Anwesen sind in gewissem Maße ein Hindernis für diese Errungenschaften, da er sich in seinem Rang und seinem unabhängigen Vermögen sicher fühlt. Wie würde die Zahl des Adels verringert, wenn nur jenen erlaubt würde, diesen Titel zu tragen, die ihren Anspruch darauf durch die hervorragenden Begabungen geltend machen könnten, die den Gründer der Familie großgezogen haben? Ein Mann von Rang, der Jockey in Newmarket ist, steht in meiner Achtung nicht höher als der niedrigste Mechaniker. Literaten sind der einzige Adel, den man in China kennt: In anderen Ländern bestrafen die Gesetze *kriminelle Handlungen* : Dort tun sie mehr; *sie belohnen Tugend* . Wenn sich der Ruf einer großzügigen Tat in einer Provinz verbreitet, ist der Mandarin verpflichtet, den Kaiser davon in Kenntnis zu setzen, der der Person, die es so sehr verdient hat, umgehend ein Ehrenzeichen überreicht. Egal wie niedrig ihre Geburt auch sein mag, sie werden Mandarine von höchstem Rang, im Verhältnis zu ihrem Wert oder ihrer Bildung. Andererseits, egal wie erhaben ihre Geburt auch sein mag, versinken sie schnell in Armut und Bedeutungslosigkeit, wenn sie die Studien vernachlässigen, die ihre Väter erzogen haben. [16] [17]

Die Sorgfalt, Aufmerksamkeit und Arbeit, die den Menschen zu ihrem Lebensunterhalt obliegt, beleben sowohl die Seele als auch den Körper und sind die natürlichen Ursachen für Gesundheit und Scharfsinn. Die Tugend selbst wäre träge, wenn sie keine Leidenschaften zu besiegen und zu regulieren hätte. Es ist in jeder Hinsicht unser Vorteil, dass wir kein so träges Paradies haben, wie es die Dichter im goldenen Zeitalter vortäuschten: und die angeblichen Makel der Natur sind entweder die unvermeidlichen Begleiterscheinungen oder Folgen einer Struktur und von Gesetzen, die den Vorteilen dienen und diese Unannehmlichkeiten völlig aufwiegen, oder manchmal die direkten und natürlichen Mittel zur Erlangung dieser Vorteile. Die Lage des Königs von Sardinien, der auf allen Seiten von mächtigen Monarchen umgeben ist, verpflichtet ihn, mit größter Umsicht zu handeln; dieser Umstand scheint den Charakter jenes Hauses geprägt zu haben. – Da Lady Frances sich nach dem verständnisvollen Handel ihres Neffen sehnte, schlug sie ihm vor, Kaufmann zu werden. Mit großer Bescheidenheit und Respekt vor ihrer Meinung unterbreitete er ihr die Frage, ob die beschränkten Grundsätze eines Kaufmanns nicht die sozialen Tugenden zerstören würden; ob sie nicht dazu neigten, jene feinen Gefühle der Seele zu zerstören, die einen Menschen vom anderen unterscheiden? [18] Sie antwortete: „Welche Lage ist der eines Mannes vergleichbar, der sich mit einem Federstrich von einem Ende der Welt zum anderen Gehorsam verschafft? Sein Name, seine Unterschrift sind wie die Armee eines Herrschers nicht darauf angewiesen, dass der Wert des Metalls dem Eindruck zu Hilfe kommt: Er selbst tut alles; er hat unterschrieben, und das ist genug."

Lord Munster antwortete: „Es gäbe zwei Ränge im Leben, die er bevorzugen sollte, da sie besser zu dem Titel passten, den er trug, wenn auch nicht von Glück begleitet, den des Richters, der die Gesetze unterstützt, oder den des Soldaten, der sein Land verteidigt!" Seine Tante, die ihn sehr liebte, war von seinen Gefühlen höchst entzückt und bedurfte keiner geringen Entschlossenheit, den Charakter zu unterstützen, den sie angenommen hatte; Aber als sie sich erinnerte, stellte sie fest, dass es für Männer von hoher Geburt nicht ungewöhnlich sei, ihre Familie *durch Handel* zu bereichern .

Als der Earl of Oxford in England an der Spitze der politischen Angelegenheiten stand, war sein Bruder ein Faktor in Aleppo; und wenn Lord Townshend im Parlament als Staatssekretär respektiert wurde, so wurde sein Bruder in der Stadt als Kaufmann nicht weniger geschätzt. Ohne den Gedanken an die Herkunft nachzugeben, fügte sie hinzu, können Sie glücklich sein und durch Ihr Temperament, Ihren Einsatz und Ihre persönlichen Leistungen im Leben ohne die Hilfe eines solchen zufälligen

Anhängsels eine Figur machen ; und durch Ihre Errungenschaften und gewinnenden Eigenschaften allgemeine Wertschätzung erlangen, der sicherste Schritt zu Aufstieg und Ehre.

Lord Munster schien von ihren Argumenten *überzeugt* , wenn auch nicht verführt, und unterwarf sich ihrer Führung mit jener Sanftmut, die, obwohl an sich so liebenswürdig, doch so beängstigend ist. Denn diese Geisteshaltungen, die allgemein als tugendhaft bezeichnet werden, sind häufig der Grund dafür, dass wir in Laster verfallen, vor denen uns entgegengesetzte, obwohl allgemein verurteilte, Laster bewahrt hätten.

Gemäß Lady Frances Plan wurde Lord Munster nach Holland geschickt, wo er zwei Jahre lang bei einer angesehenen Familie in Amsterdam lebte und die beste Schule für Gelehrsamkeit, Mäßigung, Sparsamkeit und alle häuslichen Tugenden fand.

Menschen aller Klimazonen und Religionen, die ebenfalls in Holland geboren waren, vermittelten ihm liberale Ansichten und erweiterte Ideen; ihre Erde ist so frei wie ihre Luft. Ihre Toleranz gegenüber der Religion ist in der Tat so extrem, dass sie einer völligen Gleichgültigkeit ihnen gegenüber gleichkommt. Beim selben Abendmahl in derselben Kirche empfangen einige sitzend, andere stehend oder kniend; und diese Freiheit erschien diesem schlauen Volk als eine so unumstößliche Politik, dass sie nur aus gesundem Menschenverstand kam und ohne Gesetz verabschiedet wurde. [19] Diesem Grund wird die Zahl der Einwohner zugeschrieben, da das für den Ackerbau geeignete Land in Holland 400.000 Acres nicht übersteigt [20] . Dieses Land an sich liefert ein Beispiel für den Plan, den Lady Frances mit ihrem Neffen verfolgte. Fleiß, Ehrlichkeit und Sorge um das Gemeinwohl machten die Einwohnerzahl beträchtlich. Wenn sie von diesen abweichen und das Meer über sie zurückkehrt, wird man von ihrer Existenz nur aus Überlieferungen und Büchern wissen. Die Erhaltung sowohl Ägyptens als auch Hollands hängt davon ab, wie sorgfältig sie ihre Deiche und Kanäle pflegen; aber es gibt im ersteren Fall keine so große Arbeit wie den Bau einer Stadt wie Amsterdam auf Pfählen im Meer [21] . Venedig liefert auch ein eindrucksvolles Beispiel dafür, welche Wunder durch Fleiß bewirkt werden können: dass aus einem Morast eine so prächtige Stadt entstehen konnte, die zum Handelszentrum Europas wurde, wie sie es vor der Entdeckung Ost- und Westindiens war, ist außergewöhnlich. Aber dieser Handel verfiel, als der holländische zunahm: früher wurden fast alle Waren, die aus dem Mittelmeer kamen, in Venedig angelandet und von dort nach Augsburg gebracht; von wo aus sie in ganz Deutschland verteilt wurden. Aber Holland hat alles weggenommen und verteilt alles; und Augsburg leidet darunter, ebenso wie Venedig, Mailand, Antwerpen und unzählige andere Städte, die heute ebenso arm sind, *wie* sie *früher* reich waren . *Dies* ist ein hervorragendes Beispiel für die Vorteile, die aus Fleiß entstehen, und für die Notwendigkeit von Anstrengung. Lord Munster eignete sich unser englisches Handels- und Privilegienwissen vollkommen an. Er eignete sich auch gute Kenntnisse in der Geschichte der Rechtswissenschaft [22] an. Da es für jeden Mann, der Zeit und Begabung für solche Forschungen hat, erforderlich ist, die Natur und das Ausmaß jener richterlichen Autorität zu kennen, die über seine Person und sein Eigentum zu entscheiden hat und der er sich als Bürger zu unterwerfen hat, studierte er die englische Verfassung und Regierung in den alten Büchern des Common Law und bei neueren Schriftstellern, die anhand dieser Bücher einen Bericht über diese Regierung gegeben haben. Als nächstes wandte er sich der Geschichte Englands zu und verband sie mit den damals erlassenen Gesetzen der Regierungszeit jedes Königs. Dies gab ihm Einblick in die Gründe unserer Gesetze und zeigte ihm den wahren Grund, auf dem sie erlassen wurden, und welches Gewicht sie haben sollten. Auf diese Weise las er die Geschichte seines eigenen Landes mit Intelligenz und war imstande, die *Vorzüge* oder *Mängel* seiner *Regierung zu untersuchen und die Eignung* oder *Ungeeignetheit* seiner *Ordnungen* und *Gesetze* zu beurteilen . Und durch diese Methode kennt er das englische Recht für einen Gentleman genug, obwohl er die *Schikanen* , Streitereien und Spitzfindigkeiten darin nicht kennt und auch nicht die Künste beherrscht, wie man das *Richtige vermeidet* und *sich* beim *Falschtun sichert* . Da Lord Munster nun achtzehn Jahre alt war, schrieb und teilte ihm Lady Frances mit, dass sie wünschte, er solle das Handelssystem aufgeben, da er eine ziemliche Abneigung dagegen gezeigt hatte; und da nichts mehr zur Aufklärung und Verbesserung des Verständnisses beiträgt als die persönliche Bekanntschaft mit fremden Klimaten, wünschte sie, er solle reisen. – Der Mann, der von Geburt an ein freies Mitglied der Gesellschaft und kein Sklave despotischer Macht ist und der in religiösen Angelegenheiten den unschätzbaren Segen der privaten Urteilskraft genießt, sollte es nicht versäumen, andere Länder zu besuchen. denn dies wird nicht nur alle selbstsüchtigen Schärfen ausmerzen, die er sich vielleicht durch eine engstirnige Betrachtung der Dinge zugezogen hat, sondern wird ihn auch mit einer vernünftigeren Bindung an jene Verfassung nach Hause begleiten, unter der er das Glück hatte, geboren zu werden. Der Himmel hat uns in eine äußerst vorteilhafte Lage gebracht; wenn wir nicht zu Hause gespalten sind, können uns Angriffe von außen zwar belästigen, aber nicht ruinieren. Unsere Gesetze sind die Gesetze der Freiheit; unsere Waren der Handel des Reichtums – Unsere Verfassung ist aus den erlesensten Teilen zusammengesetzt und zusammengefügt, die aus Aristokratien, Demokratien und Souveränitäten ausgewählt und gewonnen wurden. Wir haben eine natürliche Kraft, um das Reich der Meere *zu verteidigen* und *aufrechtzuerhalten* . Wir erfreuen uns an Reichtum und Besitztümern in beiden Indien, wenn wir sie nicht durch unser eigenes Fehlverhalten verlieren – Wir rühmen uns regelmäßiger Wahlmöglichkeiten und eines einzigartigen Systems parlamentarischer Regierung, das so gut berechnet ist, dass es zugleich die Verteidigung und die Unterstützung des Königreichs und des Volkes ist. Unser Souverän hat die Macht – aber das Parlament hat immer noch das Gesetz dieser Macht [23]. – Welche Menschen auf der Erde können das Gleiche sagen? Die Studien, die Lord Munster über unsere Verfassung anstellte, verglichen mit seinen Beobachtungen anderer Länder, ließen ihn nach drei Jahren zurückkehren, nicht als *nomineller*, sondern als *echter* Patriot. Das ist nicht immer der Fall. Zu viele unserer jungen Herren bringen nur eine klägliche Kehrseite all der guten Absichten mit nach Hause, für die sie ausgesandt wurden: – da niemand mehr reist als die Engländer, sollten sie sich deshalb von niemandem in männlicher oder großzügiger Auffassungsgabe übertreffen lassen. Aber wir haben Grund zu der Befürchtung, dass das, was Mr. Pope über *einen von ihnen beobachtet, auf die meisten* zutreffen könnte .

„ Europa sah er, und Europa sah ihn auch. "'

Liegt das nicht daran, dass sie schon früh Frankreich besuchten, wo die Sklaverei so kunstvoll vergoldet ist, dass ihre natürliche Missbildung verborgen bleibt? Wenn unsere Landsleute zuerst Dänemark bereisen würden, wo die Menschen offenbar eher Sklaven sind, würde das diesem Übel Abhilfe schaffen. Im Gegenteil, wenn der Untertan einer willkürlichen Regierung in Länder gereist ist, die sich der unschätzbaren Vorteile der bürgerlichen und religiösen Freiheit erfreuen, kehrt er mit einer verminderten Zuneigung zu seinem eigenen Land zurück und lernt, die Verfassung zu verachten und nicht zu mögen, die ihm den Genuss dieser Freiheit verwehrt jene natürlichen Rechte, deren Kenntnis und Wert er von seinen glücklicheren Nachbarn gelernt hat.

Aus diesem Grund gehen despotische Fürsten sehr vorsichtig vor, wenn es darum geht, ihren Untertanen das *Reisen im Ausland zu gestatten* . Aus den oben genannten Gründen wurde das Reisen in freien Staaten schon immer gefördert.

Lord Munster war ein vornehmer Mensch und besaß alle Tugenden und Eigenschaften. Sein Benehmen war selbstgefällig und sein Wesen sanft; er war menschlich, empfänglich und mitfühlend.

Obwohl Lady Frances sich so sehr um seine Erziehung gekümmert hatte, kann man leicht annehmen, dass sie Lady Elizas, seine Schwester, nicht vergaß – deren Aussehen makellos und von mittlerer Größe ist – ihr Gesicht ist ein süßes Oval, und ihr Teint ist ... *Brünette* der hellen Sorte. Die schönsten Leidenschaften gehen ihr stets ins Gesicht; und in ihren lieblichen Augen liegt ein flüssiges Feuer, das ausreicht, um Dutzende unbelebter Schönheiten zum Leben zu erwecken. Sie hat ein klares Verständnis und ein gesundes Urteilsvermögen; hat viel gelesen und spricht äußerst glücklich; besitzt einen großen Anteil an Witz und kann mit gleicher Kraft und Anstand die ganze Reihe der Leidenschaften in komischen Figuren ausdrücken. Die Geschmeidigkeit ihres Gemüts kann angenehme Empfindungen hervorrufen und aufrechterhalten und ihre Gesellschaft unterhalten.

Lord L. erklärt, er habe noch nie etwas gesehen, das ihr in der Übergangsphase von Leidenschaft zu Leidenschaft im komischen Leben gleichkäme, nicht einmal auf der französischen Bühne. Sie ist eine perfekte Meisterin der Musik und spielt bewundernswert gut Cembalo; sie ist sehr sauber und hat mehr Ausdruck und Bedeutung in ihrem Spiel, als man es oft bei weiblichen Musikern findet. – In diesem wie in jedem anderen Zweig ihrer Ausbildung hatte sie alle Vorteile – Lady Frances selbst war sehr begabt – und ihr langer Aufenthalt in Italien und Frankreich hat ihren Geschmack in jeder Hinsicht vervollkommnet und verbessert, die die Jugend und Schönheit ihrer Nichte verschönern oder ihr Anmut verleihen kann – Ihre gesamte Musikgruppe bestand aus Schülern der ersten Meister und wurde ihr von Santirelli, Jomelli, Galuppi, Piccini und Sacchini empfohlen. Es ist daher nicht überraschend, dass die Werke dieser verschiedenen Meister in Münsterhaus bewundernswert gut aufgeführt werden; und da ihre Art sehr unterschiedlich ist, hat jeder von ihnen etwas, das auch die Unempfindlichsten bezaubert und erfreut. Lady Frances ist von Jomelli höchst bezaubert, während die Fantasie, das Feuer und das Gefühl Galuppis und Piccinis komischer Stil für Lady Eliza unendlich viel anziehender sind als der Geschmack, die Gelehrsamkeit, die großen und edlen Ideen Jomellis oder der ernste Stil Sacchinis. – Einer der Bezzodzis aus Turin, der sich auf der Oboe hervortut, ist ebenfalls in Münsterhaus.

Es gibt auch eine Reihe sehr hervorragender Schauspieler, die in der Tribuna auftreten und der Meinung sind, dass die Darstellung genialer dramatischer Werke ebenso dazu beiträgt, die Manieren zu mildern, wie früher die Ausstellung der Gladiatoren, um sie zu verhärten. Wenn wir uns über die *Zügellosigkeit* auf der Bühne beschweren, fürchte ich, dass wir mehr Grund haben, uns über *schlechte Maßnahmen* in unserer Politik und einen allgemeinen Verfall der *Tugend* und *guten Sitten* unter uns zu beschweren.

Molieres Komödien sollen den Höflingen mehr gedient haben als die Predigten von Bourdalone und Massillon. Es wird angenommen, dass der große Heilige Chrysostomus, ein Name, der durch seine Tugend der Unsterblichkeit geweiht ist, einen großen Teil seiner Beredsamkeit und Vehemenz bei der Korrektur von Lastern seiner ständigen Lektüre von Aristophanes verdankt; In jenen Zeiten reinen Eifers und primitiver Religion wurde er aus diesem Grund nicht einmal getadelt.

Lord Shaftesbury sagt: „Die Bigotterie treibt uns zu den wütendsten Exzessen, und zwar wegen Kleinigkeiten ohne jede Bedeutung." Was ist für eine Nation nützlicher als die Darstellung starker Leidenschaften und ihrer tödlichen Folgen, schwerer Verbrechen und ihrer Bestrafung, großer Tugenden und ihrer Belohnung? Kaum hatte Peter der Große Russland veredelt, wurden dort schon Theater eingerichtet. Je mehr sich Deutschland entwickelte, desto mehr unserer dramatischen Darstellungen wurden übernommen. Die wenigen Orte, an denen sie im letzten Zeitalter nicht aufgenommen wurden, werden nie zu den zivilisierten Ländern gezählt: und Theaterunterhaltungen werden überall gebraucht und halten das einfache Volk oft von einer schlechteren Beschäftigung ihrer Zeit ab – und die Einrichtung von Theatern war insofern kein Vorläufer der Sklaverei oder ein Zeichen des Despotismus, als sie in freien Staaten am meisten gefördert wurde und am besten gedieh.

Es ist leicht vorstellbar, dass die Bekanntschaft von Lady Frances sehr umworben wurde, da keine Privatperson es so sehr in der Hand hatte, ihre Gesellschaft so gut zu unterhalten; Im Munster-House gibt es alles, was man braucht, um das Herz zu erfreuen, die Augen zu erfreuen und den Verstand zu befriedigen. – Niemand von irgendeinem Geschmack würde sich erröten, wenn er zugeben würde, dass er nicht in Shropshire war, um ihre Gebäude, Manufakturen, Schulen usw. zu bewundern. – Und es verhält sich mit ihrem Verdienst wie die Bilder von Raffael, die von allen mit Bewunderung betrachtet werden, oder zumindest wagt niemand zuzugeben, dass er keinen Geschmack für eine Komposition hat, die so allgemeinen Beifall erhalten hat.

Als Lord Munster volljährig wurde, war sie 37 Jahre alt. Doch die Regelmäßigkeit ihres Lebens trug dazu bei, dass sie in ihrer Person nicht mehr verlor als das, was man als die leichten Striche eines Gemäldes bezeichnen könnte, die, wenn sie verblassen, nichts von den Meisterstrichen des Werks schmälern. Lord Darnley war, seit er erwartet hatte, Lady Frances' Ehemann zu werden, weiterhin an ihr hängen geblieben. „Was auch immer ihre Entschlossenheit sein mag", sagte er, „ich bin mir des Wertes ihrer Seele bewusst. Ihre Freundschaft ist zärtlicher als die Zärtlichkeit der Liebe bei anderen Frauen." Solche Nachsicht war in Zeiten der Ritterlichkeit nicht ungewöhnlich. Und wie sehr der unnachahmliche *Cervantes sie auch zu Recht verspottete* , wenn sie auf die Spitze getrieben wurde und in Donquichottesk mündete, scheint sie doch ein wesentlicher Bestandteil des Charakters eines *wahren* Ritters zu sein. Lord Darnleys Zuneigung zu Lady Frances beruhte nicht auf der Schwäche seines Intellekts. Sie ließ ihn nie seine Pflichten gegenüber der Gesellschaft vergessen. Er ist zugleich Philosoph und Politiker und bringt in beiden Bereichen Praxis in die Spekulation und Erfahrung in das Wissen ein. Obwohl die brillanten Taten einiger Helden nur überliefert sind und wir ihre Charaktere durch das Vergrößerungsglas betrachten, konnte Herkules selbst seine Keule beiseite legen und sich mit dem Spinnrocken vergnügen, um die Gesellschaft der Frau zu genießen, die er liebte. Alle großen Seelen sind gelegentlich herabgestiegen und haben sich ihres Heldentums entledigt und sind für die *zarte Leidenschaft empfänglich geworden* .

Lady Frances respektierte Lord Darnleys Charakter ebenso sehr, wie sie seine Person liebte; und nun war die Zeit gekommen, als sie ihm aufrichtig vorschlug, ihm die Gründe für ihr früheres Verhalten zu gestehen und ihm anzubieten, den Rest ihres Lebens der Belohnung seiner zärtlichen, zärtlichen und treuen Aufmerksamkeiten zu widmen. Aber sie vermutete, dass – die Jahre hatten eine solche Veränderung in ihrer Person hervorgerufen, dass sie aufgehört hatte, ein Objekt *der Liebe* (für Seine Lordschaft) zu sein, obwohl sie vollkommen überzeugt war, dass sie *seine Wertschätzung besaß* –, dass es ihr aufgrund dieser Befürchtung unmöglich wurde, die Rolle zu spielen sie beabsichtigte – Sie wurde unruhig und war entschlossen, sich niemals mit jemand anderem zu verbünden, wenn das wirklich der Fall gewesen wäre. Nachdem sie tausend Dinge durcheinander gebracht hatte, beschloss sie schließlich, ihre Hoffnungen zu bestätigen oder zu widerlegen, indem sie einen bestimmten Freund und einen Verwandten Lord Darnleys damit beauftragte, seine Gefühle herauszufinden. Lady Frances' Vertraulichkeit mit dieser Dame hatte in Paris begonnen, als sie sich im Kloster des – befanden. Da ihr Charakter eigenartig ist, wird der nachsichtige Leser die Einleitung ihrer Geschichte an dieser Stelle vielleicht verzeihen.

Als Lady Frances nach England zurückkehrte, wurde Frau Lee zur Hochzeit aus dem Kloster geholt. Ihre Eltern, geblendet von Mr. Lees Reichtum, vergaßen, sich um andere Dinge zu kümmern, die diesen Staat glücklich machten. Obwohl er kein besonders glänzender Mann war, verfügte er über Talente, die ihn für Frauen akzeptabel machten, insbesondere für ein Mädchen, das so jung war, als diese Allianz zustande kam. Er sang und tanzte gut, war lebhaft bis extravagant, voller angenehmer Kleinigkeiten und immer gut gelaunt; außerdem war er von Natur aus gutaussehend, großzügig bis zum Exzess und auf die Verführung der Messe eingestellt. Mrs. Lees große Schönheit, von der sich ihre Eltern teilweise schmeichelten, würde seine Zuneigung festigen. – Alle Anmut, zu denen die Figur und die Gefühle einer Frau fähig waren, waren in ihr vereint; aber seine Liebe zu ihr war nichts weiter als ein Impuls der Leidenschaft, der bald nachließ. Süchtig von seiner natürlichen Veranlagung zum Vergnügen, verachtete er diejenigen, die ein zartes Gefühl so außerordentlich erfreulich macht; das hätte seine Eitelkeit zu sehr verletzt. Unerfahren und naiv konnte seine unschuldige Frau seine Zuneigung nicht lange aufrechterhalten, und in den wenigen Jahren, die sie mit ihm zusammenlebte, musste sie viele Demütigungen erleiden; Zuerst aus der Entfremdung seiner Gefühle, dann aus der Notlage seiner Angelegenheiten, die seine Stimmung völlig veränderte und ihn ungeduldig und leidenschaftlich machte. Selbst seinen Dienern wurde beigebracht, sie zu beleidigen, und jeder in der Familie wusste, dass der wirksamste Weg, sich bei ihm einzuschmeicheln, darin bestand, seine Frau zu missachten. Doch sie ertrug alles mit Geduld, handelte ihre Rolle mit Umsicht und bemühte sich, seinen Zorn mit Sanftmut zu entwaffnen. Sie klagte und beklagte sich tatsächlich manchmal, aber auch die Taube und das Lamm – „Das Gift der Trauer strömt nur in Klagen aus." – Sie war weder mürrisch noch fröhlich, als er den Humor verlor; noch unverschämt oder melancholisch, wenn er zufrieden war – Sie zwang ihre Zuneigung, abzuwarten und sich den verschiedenen Wendungen seines Temperaments zu unterwerfen – und versuchte, seine Leidenschaften zu bestechen, um ihr Interesse zu wecken. Sie bemühte sich auch, durch Sparsamkeit und angemessene Aufmerksamkeit den Ruin, der ihn bedrohte, so lange wie möglich hinauszuzögern; und die Haushaltsausgaben erheblich gesenkt.

Das gefiel ihrem Mann; er wollte sich zurückziehen, ohne weniger großartig zu erscheinen; denn seine Klugheit (oder vielmehr sein Wunsch, zu Hause zu sparen, um es im Ausland zu verprassen) war immer noch seiner Prahlerei untergeordnet. Aber all diese unschuldigen Listen waren wirkungslos; er verbrachte seine ganze Zeit mit Frauen, Rennen und Spielen, ein Exzess folgte dem anderen, bis seine Angelegenheiten völlig involviert waren. Zuvor hatte Mrs. Lee ihre Juwelen abgegeben, um eine seiner Spielschulden zu bezahlen, die sie später ein Mädchen schmücken sah, das er hielt. Die Welt sah, dass er sich nur Objekten der Verachtung widmete, und bedauerte seine Vernachlässigung einer Frau ihres Wertes, die immer noch schön war und jenen Schönheitsstil hatte, der das Bild eines vernünftigen Herzens ist, obwohl Kummer und Tränen es seiner Frische beraubt hatten. Dies machte sie dem Fleiß galanter Männer zugänglich, die bei solchen Gelegenheiten im Allgemeinen so zuvorkommend sind, ihre Hilfe anzubieten, um *die Tränen einer hübschen Frau* zu trocknen . Man muss gestehen, dass sich eine Frau unter diesen Umständen in einer sehr *gefährlichen Situation befindet* .

Keiner von Herrn Lees Verhalten beruhte auf Anstand – er war witzig, freundlich, kalt, wütend, locker, steif, eifersüchtig, nachlässig, vorsichtig, selbstbewusst, verschlossen, offen, aber alles *am falschen Ort* . Sie zog sich oft in ihren Schrank zurück und weinte die stillen Stunden über seine Hartherzigkeit – doch ohne ein einziges unfreundliches Wort oder einen Vorwurf. Ihre Eltern waren tot, Lady Frances in einiger Entfernung, und ihre Sorgen waren komplizierter Art, deren Entdeckung große Fingerspitzengefühl erforderte; Sie hatte niemanden, dem sie ihr Herz öffnen konnte, niemanden, dem sie die Sorgen ihrer Seele mitteilen konnte! Sie hatte ein empfängliches Herz und keinen Gegenstand, an dem sie sich interessierte oder der an ihren Prüfungen teilnahm. – Das bedeutete (der Aufrichtige muss zugeben), dass es ihr vielleicht mehr zu bedauern *als* zu *tadeln war* , dass sie zuließ, dass ein anderer Gegenstand unmerklich hineingleitete ihre Zuneigung – insbesondere, als Mr. Lee ihn als jemanden vorstellte, dem sie sein Leben und sein Vermögen zu verdanken hatte.

Das erste hatte er verteidigt, als zwei Spieler, seine Gegner, im Begriff waren, ihn zu töten; *Letzteres* hatte er bewahrt, indem er einen Plan entdeckte, den sie bei ihm angewendet hatten, als er vom Alkohol betrunken war, von dem er sehr abhängig war. Ihr Mann überließ ihr junges und unerfahrenes Herz allen Qualen und Qualen der Eifersucht und der *Langeweile* , *die* ein unbeschäftigtes Herz mit sich bringt; Nachdem sie sich selbst schmeichelte, da sie nichts getan hatte, was die Entfremdung seiner Zuneigung verdient hätte, würden diese ebenso dauerhaft sein wie ihre eigenen. Warum hat er sie verlassen; Warum hat er sie den Versuchungen ausgesetzt? Ihr Herz hätte sein eigenes sein können, wenn er sie nicht grausam im Stich gelassen hätte – auf jeden Fall war es zu gut, eine neue Bindung einzugehen, wenn er nicht endlich *Verachtung* zur *Vernachlässigung hinzugefügt hätte* und seine grausame Behandlung endlich zumindest eine Statue zum Leben erweckt hätte Ich kann mit Sicherheit sagen, dass nichts, das mit Fleisch und Blut erwärmt wurde, es ertragen könnte. Ein Mann mit diesem Humor darf nur im Sinne des Christentums geliebt werden – das bedeutet den größtmöglichen Gehorsam gegenüber den Geboten Gottes und der Autorität der Religion.

Wäre ich gezwungen, ein Bild zu zeichnen, das die glückliche Verbindung zwischen einer erhabenen Seele, einem durchdringenden Verstand und einem Herzen, in dem süße Menschlichkeit wohnt, darstellen sollte, würde ich es ganz aus der Person und den Gesichtszügen von Mr. Villars gestalten; und ich stelle mir vor, dass alle, die eine richtige Vorstellung von diesen drei Eigenschaften haben, sie deutlich in seiner Gestalt, seinem Aussehen und seinem Benehmen ausgedrückt erkennen könnten. Mr. Lee drängte ihn, oft in seinem Haus zu sein; und da seine *unschuldige* , wenn auch *unterdrückte* Frau in ständiger Sorge über die Folgen seines Glücksspiels war, konnte sie Mr. Villars nur als die Gunst ihres Schicksals betrachten und als jemanden, dem sie die Besserung ihres Mannes zu verdanken hatte. Ich werde nicht weiter auf die Süße und den Charme seiner Stimme, sein edles Aussehen und den Anflug von Melancholie eingehen, der die Lebhaftigkeit seiner schönen Augen mildert; aber was ihn von den meisten anderen Männern unterscheidet, ist der sentimentale Blick bescheidener Tugend, der niemals Anstoß erregt. Er ist nicht im Geringsten ein Sklave des Interesses; aber da ihm die Notwendigkeiten des Lebens nicht fremd sind, ist sein Verhalten immer regelmäßig und er gibt sich nie irgendwelchen Exzessen hin. So ist und war Mr. Villars. Mrs. Lee bemerkte sehr bald seine Vorliebe für sie – unter ihren Umständen waren seine Aufmerksamkeiten gefährlich –, aber sie konnte ihm nicht mit Fug und Recht *ein Haus verbieten* , in das ihr Mann *ihn so häufig einlud* , ohne ihn merken zu lassen, dass sie sich selbst misstraute – insbesondere, da er ihr gegenüber nie seinen Respekt verlor.

Er wurde ihr einziger Tröster und Freund; und wenn sie aufgrund ihrer Jugend und Unerfahrenheit dazu neigte, auch nur den Anschein eines Irrtums zu erleiden, so war es diese Art, dieser freundliche Aufseher, der sie davor bewahrte.

Seine Aufmerksamkeit wurde für ihre Seele so notwendig, wie Nahrungsmittel für die Unterstützung des Körpers wichtig sind, während die respektvolle Distanz seines Verhaltens ihr bewies, dass seine Leidenschaft durch seinen Respekt kontrolliert wurde.

Schließlich wurden Mr. Lee einige Vermutungen zugetragen, die seiner Frau Unehre bereiteten. Er schenkte ihnen wenig Beachtung – doch als er eines Abends alkoholisiert nach Hause kam und Mr. Villars allein beim Abendessen mit ihr vorfand (keine ungewöhnliche Angelegenheit und auf seinen eigenen Wunsch hin), zog er sein Schwert und verwundete ihn, bevor er Zeit hatte, sich zu verteidigen! Mrs. Lee fiel in Ohnmacht – als sie wieder zu sich kam, verließ sie ein Haus, in das sie trotz seiner Bitten nicht zurückkehren konnte – und erklärte, sie würde nicht länger mit einem Mann zusammenleben, der sofort ihre Tugend anzweifeln, das Leben seiner Freundin gefährden und ihren Ruf ruinieren könnte.

Die Welt sprach anders über diese Angelegenheit. Sollte man nicht dem Beispiel des Gesetzes folgen, das in Kriminalfällen so sanft ist, dass Straftäter oft aus Mangel an rechtlichen Beweisen für *nicht schuldig befunden werden* , während das Gericht, die Jury und alle Anwesenden bei der Verhandlung die stärkste *moralische* Überzeugung ihrer *Schuld verspüren* ? Im Gegensatz dazu werden die wichtigsten und verhängnisvollsten Entscheidungen bei Skandalen immer durch *Anschein* und *Vermutungen getroffen* , obwohl einer ehrenhaften Frau ihr Ruf wichtiger ist als das Leben selbst. Mrs. Lee erlebte die Böswilligkeit ihres eigenen Geschlechts besonders. Was, sagten sie, könnte Mr. Villars dazu bewegen, ihr seine ganze Zeit zu widmen? Ist die Freundschaft zwischen einem Mann und einer Frau nicht eine Schimäre, das Zeichen einer Leidenschaft, die Ehre oder Eigennutz ihnen zu verbergen gebieten? Doch während die Welt diese Angelegenheit in den schlimmsten Farben darstellte, schrieb Lady Frances ihr einen liebevollen Brief, in dem sie ihre Hilfe anbot und sie bat, ihre wahre Situation mitzuteilen, damit sie ihr umso wirksamer dienen könne; worauf Mrs. Lee die folgende Antwort gab.

'Sehr geehrte Frau.

Ich habe die Ehre Ihres Briefes erhalten und fühle mich durch Ihre Aufmerksamkeit erhoben – wenn es Stolz geben kann, der mit Tugenden gleichzusetzen ist, dann ist es der Stolz, den wir aus Freundschaften mit Würdigen empfinden. Die liberalen Gefühle, die Sie zum Ausdruck bringen, sind ein Beweis für die Güte Ihres Herzens – ich habe immer gedacht, dass das Schlimmste zu glauben ein Zeichen eines gemeinen Geistes und einer bösen Seele ist; zumindest bin ich sicher, dass die gegenteilige Eigenschaft, wenn sie nicht auf mangelnden Verstand zurückzuführen ist, die Frucht eines großzügigen Gemüts ist. Als Gegenleistung für Ihre Großzügigkeit werde ich Ihnen mein ganzes Herz öffnen; und wenn ich dadurch Ihre Wertschätzung verliere, werde ich zumindest die Genugtuung haben, die sich aus dem Bewusstsein meiner Aufrichtigkeit ergibt. Dies ist eine Freiheit, die ich mir schon früher genommen hätte, wenn sie nicht aus der Schüchternheit resultiert wäre, die ich empfand, als ich mich jemandem gegenüber ausschüttete, dessen Tugenden ich fürchtete, und als ich *meine Schwäche* gegenüber jemandem offenbarte, der meiner Meinung nach *selbst keine hat* . Ihre Ladyschaft kennt die Prüfungen, die ich viele Jahre lang erlitten habe; mein Verhalten unter den schwersten Demütigungen, die die menschliche Natur ertragen kann. Ich war in meinen Gefühlen verletzt, persönlich verurteilt und beleidigt, in meinen Umständen verarmt: Ich hatte immer noch die Geistesstärke, mich so zu verhalten, dass ich Ihre Zustimmung fand: Ich war von keiner Art von Unglücksfällen fremd, und es fehlte auch nicht an Menschen des anderen Geschlechts, die aus meiner Situation schlossen, dass sie eine Chance haben könnten, bei mir Erfolg zu haben, wenn ich schwach genug wäre, auf sie zu hören – aber sie gaben das Streben bald auf, da sie urteilten, dass das Übermaß meiner Unglücksfälle mein Herz gegenüber gewissen Eindrücken völlig abgehärtet hatte. Aber das war weit davon entfernt, der Fall zu sein, dass meine Sorgen und Leiden mein Herz (das von Natur aus zart war) empfänglicher für jene feine Leidenschaft machten, die, wenn sie durch Respekt gewürdigt und durch Zärtlichkeit gemildert wird, so leicht Zugang zu ihr fand [24] .

Kurz gesagt, wenn Liebe ein Verbrechen ist, so bin ich in meiner Lage sehr schuldig! Hätte ich jedoch unglücklicherweise etwas getan, das meinen Verpflichtungen gegenüber Mr. Lee zuwider lief, hätte ich ihn selbst darüber informiert, obwohl er nach Meinung vieler nicht so viel Aufrichtigkeit von mir verdient hätte.

Da dies der tatsächliche Sachverhalt ist, schmeichle ich mir, Eure Ladyschaft werden mich eher für *schwach* als für *böse* , eher *für gebrechlich* als für *schuldig* , eher *für unglücklich* als für *indiskret* halten. Und jetzt muss ich Ihnen mitteilen, dass ich entschlossen bin, nie wieder zu meinem Mann zurückzukehren. Ich habe meinen Verstand zu dieser Angelegenheit befragt, und wenn wir das getan haben, können wir, wie auch immer die Entscheidung ausfällt, ob für oder gegen unsere Vorurteile, zufrieden sein, denn nichts kann sicherer sein als dies, dass derjenige, der diesem Führer bei der Suche nach der Wahrheit folgt, wie er ihm gegeben wurde, um ihn zu leiten, viel bessere Argumente für sein Verhalten haben wird, als derjenige, der sich blind der Führung anderer ergeben hat. Mein Grundsatz lautet, dass unser *richtig* eingesetzter Verstand das *Medium ist, durch das Gott* uns seinen *Willen* mitteilt , und dass in allen *Fällen* die Stimme der unparteiischen Vernunft die *Stimme* Gottes ist. Selbst wenn meine Ehe annulliert würde, könnten alle Theologen der Welt nicht die geringste Gottlosigkeit darin beweisen. – Milton schrieb *die Doktrin und Disziplin der Scheidung* ; darin beweist er, dass ein für Glück, Frieden und Freude zerstörerischer Gemütsstreit ein größerer Scheidungsgrund ist als Ehebruch, besonders wenn keine Kinder vorhanden sind und die Trennung auf gegenseitigem Einverständnis erfolgt.

Er widmete die zweite Ausgabe dem englischen Parlament mit der Versammlung der Geistlichen. Diese berief ihn vor das Oberhaus, das ihn entließ, ob es nun seine Doktrin billigte oder seine Ankläger nicht befürwortete. Notwendige und gerechte Ursachen haben notwendige und gerechte Konsequenzen: Was Irrtum und Unglück vereinten, sollten Vernunft und Gerechtigkeit trennen.

Ich sehe keinen Grund, warum diejenigen, die auf der Grundlage von mehr als vierzehnjähriger Erfahrung nicht zueinander passen, *verbunden* , nicht *gleich sind* , unangenehm zusammenleben und elend leben sollten – nur aus der unzureichenden Befriedigung heraus, sich über den Grad ihrer Geduld zu freuen zu sagen, dass sie *sich nicht getrennt haben* . Eine Person kann einen Fehler machen, wenn sie Liebe festlegt, ohne die Partei zu kennen, aber sie kann keinen Fehler begehen, der aus einer traurigen Erfahrung Anlass zur Abneigung findet. Es ist in der Tat für die Herren der Schöpfung bequem, eine andere Doktrin einzuprägen, und zwar auf denselben Grundsätzen, die Jakob I. aufgrund seiner extremen und ängstlichen Sorge um seine eigene Sicherheit sehr darauf bedacht machte, seinen Untertanen den Glauben an das göttliche Erbrecht einzuflößen ein gewissenhafter, vorbehaltloser Gehorsam *gegenüber der Macht, die Gott über sie eingesetzt hatte* . Herr Villars, der sich inzwischen mit meinem Mann ausgesöhnt hat, hat geschrieben, um für ihn zu intervenieren, und mir seine Reue und Zuneigung versichert. Boileau hat beobachtet, dass es für *Gott in einem christlichen Gedicht* leicht ist, *den Teufel zur Vernunft* zu bringen . Könnte ich glauben, dass alles, was mein Mann tat, die Wirkung von Liebe war, würde das meinen Entschluss nicht im Geringsten ändern, da ich eine Person, deren Zuneigung solch schreckliche Auswirkungen hatte, als gefährlich für meine Ruhe betrachten würde, als jemanden, dessen Zorn unerbittlich war .--Was bedeutet es für mich, ob es Liebe oder Hass ist, unter denen ich leide, wenn die Gefahr und die Unannehmlichkeiten dieselben sind? Ich bin mir sicher, dass wir, wenn wir wieder zusammenleben würden, jedes Mal, wenn wir uns treffen würden, genauso natürlich streiten würden wie der Elefant und das Nashorn. Versöhnungen in der Ehe sind nach gewaltsamen Brüchen selten von Dauer, und nach dem, was zwischen uns geschehen ist, werden wir wie der Vater der Götter und die Königin des Himmels die beste Gesellschaft sein, wenn wir *uns trennen* .

Er sagt, sein Verhalten sei aus einem Übermaß an Liebe entstanden! Ich möchte solchen Exzessen nicht mehr ausgesetzt sein! Ich bin zufrieden damit, mäßig geliebt zu werden; auch werde ich nie wieder Anlass zu solch außergewöhnlichen Beweisen der Zuneigung geben. Würde ich anders handeln, würde das den Männern zu viel Ermutigung geben, ihre Frauen schlecht zu behandeln. *Zu gute Untertanen sind leicht schlechte Könige.* Er hat meine Zustimmung, mit jeder Frau zusammenzuleben, die sich an einem so *liebevollen Ehemann erfreuen kann* , während ich ihn zwingen werde, mein Verhalten zu schätzen, und seine Feindseligkeit reizen werde, indem ich eine Versöhnung ablehne. Wir sind der ewigen Dankbarkeit und des ewigen Hasses müde. – Er möchte sich mit mir versöhnen, nicht aus religiösen Gründen oder um seine Zuneigung zu erwidern, da seine Feindseligkeit immer noch dieselbe ist –, sondern weil er es leid ist, die Rolle eines gereizten Ehemanns zu spielen.

Ich bin überrascht, dass Herr Villars sich für diese Angelegenheit interessiert. Ich werde seinen Brief eine Woche lang nicht beantworten; Ich misstraue meiner eigenen Lebhaftigkeit.

Unsere Vorstellungskraft ist oft unser größter Feind: Ich versuche, meine Vorstellungskraft zu ermüden, bevor ich handele. Das Geschäft hat wie Obst seine Reifezeit, und wir sollten nicht daran denken, es zu versenden, solange es halbreif ist. Der Kardinal de Retz sagte: „Ich habe mein ganzes Leben lang Menschen für das, was sie bei manchen Gelegenheiten unterließen, mehr geschätzt als für das, was sie getan haben.“

Ich habe hier eine ganz entzückende Wohnung – sie ist mit Stroh gedeckt und auf allen Seiten mit Rosen, Geißblatt und Geißblatt bedeckt, umgeben von einem Garten von kunstvollster Verzierung. Die Bäche ringsum murmeln und stürzen in tausenderlei Richtungen. Eine große Vielfalt an Vögeln hat sich hier versammelt und tummelt sich in großer Harmonie auf den Zweigen. Die Ruinen einer Abtei bereichern die Schönheit dieses Ortes: Sie sind 400 Meter vom Haus entfernt zu sehen; und da jetzt einige große Bäume zwischen den Überresten gewachsen sind und ein Fluss sich zwischen den zerbrochenen Mauern windet, ist die Aussicht feierlich, das Bild schön. Hier sinniere ich oft über mein Unglück.

„Es liegt eine Freude in der Trauer, wenn Frieden
in der Brust des Traurigen wohnt.“
OSSIANS Gedichte.

Die Traurigkeit wird in der Heiligen Schrift so oft gelobt, dass man leicht davon ausgehen kann, dass sie, auch wenn sie nicht zu den Tugenden gehört, doch sinnvoll in deren Dienst gestellt werden kann. Und man kann mit Recht feststellen, dass wir den wahren Wert des Lebens ohne die Erfahrung von Kummer nie erfahren würden.

Etwa eine Meile oberhalb des Hauses liegt eine Reihe sehr hoher Hügel, deren Anblick mich die Geschichten über den Olymp und den Berg Athos weniger unglaubwürdig macht. Hygeia wohnt hier und spendet die größten Segnungen des Lebens, der Bequemlichkeit und der Gesundheit. Ich werde meine Tage in angenehmer Ruhe und mit Studien verbringen.

„An beiden Orten ist es Torheit, sich zu beschweren.
Der Geist und nicht der Ort verursacht den Schmerz."
HORAZ , lib. I. Epist. 14.

Könnte ich mir schmeicheln, dass ich jemals durch Ihre Anwesenheit geehrt werden würde, wie glücklich ich sein würde! – Ich bin sicher, Ihr Auge würde Freude daran haben, wenn es die umliegende Landschaft (selbst zu dieser Jahreszeit) mit rostroten Rasenflächen misst und graue Brachflächen, auf denen die knabbernden Herden umherirren; auch die Berge, die die mühsamen Wolken zu stützen scheinen, verleihen der bezaubernden Szene Erhabenheit. Wenn ich nach einer sitzenden Tätigkeit einen Spaziergang mache, verspüre ich ein spürbares Vergnügen; Die Ruhe wiederum wird angenehm, wenn ihr eine mäßige Müdigkeit vorausgegangen ist. Jede Handlung unseres Lebens kann in eine Art Vergnügen umgewandelt werden, wenn sie nur rechtzeitig erfolgt: Das Leben verdankt alle seine Freuden dieser gut angepassten Abfolge; und wer es nicht versteht, Vergnügen mit Ausschweifung zu verbinden, wird seinen wahren Genuss nie genießen. Ich bitte um Verzeihung, dass ich Ihre Ladyschaft so lange aufgehalten habe – Mein Cousin Lord Darnley war zu Besuch in meinem Cottage und bewundert es. – Ich sehe deutlich, dass er sich schmeichelt, dass Sie ihn eines Tages glücklich machen werden. Ich maße mir nicht an, meinen Rat anzubieten; es wäre eine Nachahmung des wilden Häuptlings, der der Sonne den Kurs vorgibt, den sie nehmen soll – aber sicherlich verdient seine respektvolle, ununterbrochene Verbundenheit Ihre Beachtung. Wäre ich nicht vollkommen von seinem Wert und seiner Aufrichtigkeit überzeugt, wäre ich *die letzte* Person, die in seinem Namen sprechen würde. Die Bitterkeit der ehelichen Reue, die ich erlebt habe, ist mehr als alles andere ergreifend; und glücklich ist es, wenn daraus *Uneinigkeit* statt ständiger *Meinungsverschiedenheit resultiert.*

Ich bin immer Euer Ladyschafts
verpflichteter und liebevoller Freund,

„LUCY LEE ."

Lady Frances gab Mrs. Lee umgehend folgende Antwort.

'Sehr geehrte Frau, Münsterhaus.

Ich danke Ihnen vielmals für das Vertrauen, das Sie mir entgegengebracht haben, und ich bemitleide Sie aufrichtig wegen der vielen unangenehmen Ereignisse, die Ihnen widerfahren sind. Wenn meine Zustimmung Sie zufriedenstellen kann, dann besitzen Sie sie in hohem Maße: denn obwohl ich Ihre Ansichten in Bezug auf Scheidung usw. nicht gutheißen kann, war Ihr Verhalten in Ihrer Familie dennoch vorbildlich.

Über die Bewegungen des Herzens kann man nichts sagen. Reflexion und Empfindung sind völlig verschieden – unsere Gefühle liegen nicht in unserer eigenen Macht, obwohl Ihre anscheinend unter gewissen Bedingungen gestanden haben.

Ich bin nicht überrascht über die Verleumdung, die Ihnen begegnet ist. Viele Menschen erliegen der Niedrigkeit, in einem Menschen, der sich durch herausragende Eigenschaften auszeichnet, die Schwächen der Menschheit zu entdecken, während es kaum ein ehrliches Herz gibt, das die Überlegenheit eines anderen edel und aufrichtig zu würdigen weiß. Ich bekenne mich Ihnen gegenüber einer allzu häufigen Ungerechtigkeit schuldig, nämlich dem Wunsch, dass andere sich immer nach unseren Grundsätzen *verhalten würden!* Ich bin umso schuldiger, als ich Ihrer Meinung völlig zustimme, dass unser gesamtes Handeln auf den festen Grundsätzen basieren sollte, die wir übernommen haben. Ich respektiere niemals blind das Urteil eines Menschen oder irgendeiner Gruppe von Menschen. Ich kann mich nicht mit einer Entscheidung zufrieden geben, wie gewaltig die Zahlen auch sein mögen, wenn meine eigene Vernunft nicht befriedigt wird. Wenn der Geist über keine *Daten* und keine festen Prinzipien verfügt, auf die er als Handlungsregel zurückgreifen kann, kann der Handelnde wenig oder gar keine Befriedigung in sich selbst verspüren, und die Gesellschaft kann überhaupt keine moralische Sicherheit gegen ihn haben.

Die dauerhafteste und angenehmste Freude, die die menschliche Seele empfinden kann, ist jene, die aus dem Bewusstsein erwächst, gemäß jenem Standard an Rechtschaffenheit gehandelt zu haben, den wir als angemessenes Maß unserer Pflicht ansehen. Und der beste Grund, aufgrund dessen wir erwarten können, dass andere Vertrauen in uns haben, ist die Gewissheit, dass wir unter dem Einfluss solcher moralischer Verpflichtungen handeln. Dieser Grundsatz hat mein Verhalten beeinflusst. Und wie Sie sagen, sind Sie absolut entschlossen, nie wieder mit Ihrem Mann zusammenzuleben. Obwohl meine Gefühle in diesem Punkt nicht mit Ihren übereinstimmen, werde ich zu diesem Thema nichts weiter hinzufügen, sondern Sie auf bestimmte Passagen in der Heiligen Schrift verweisen, die meiner Meinung nach bei nüchterner Überlegung Ihre gegenwärtige Meinung entkräften müssen [25] .

Hätten Sie die Beweggründe dafür gekannt, hätten Sie die Launenhaftigkeit, die Sie mir oft stillschweigend vorgeworfen haben, Lord Darnley zu respektieren, gebilligt – ich werde jetzt als Belohnung für Ihre Offenheit *mir gegenüber* ebenso aufrichtig *mit Ihnen sein* – im Vertrauen auf Ihre Ehre, dass Sie es nicht tun werden *verrate* , was es für mich so wichtig ist, es zu *verbergen*

.

Als ich einwilligte, Lord Darnley meine Hand zu geben, stand es mir frei, meinen Neigungen nachzugeben und mich ihm ganz zu widmen. Doch nach dem Tod meines Vaters und als ich das Anwesen in meinem Besitz vorfand, betrachtete ich mich als Mutter der Kinder meines Bruders. Dies war mein Beweggrund, den Mann abzuweisen, den ich (*früher* und *jetzt noch*) innig liebte: der durch sein großzügiges und freundliches, sein respektvolles und zärtliches Verhalten alles von mir verdient. Wer vorgibt, ohne Leidenschaften zu sein, tadelt die Weisheit jener Macht, die ihn erschaffen hat. Und wenn vernünftige Männer (denn nur sie sind zu verfeinertem Vergnügen fähig) die Liebe so weit zulassen würden, dass sie ihre notwendigen und wichtigeren Pflichten nicht ausschließen, brauchen sie sich nicht zu schämen, auf einen der wertvollsten Segnungen eines unschuldigen Lebens zu verzichten. Ich ehre den Ehestand und habe hohe Vorstellungen vom Glück, das aus einer Verbindung der Herzen erwächst. Die häusliche Gesellschaft gründet sich auf die Verbindung zwischen Mann und Frau. Unter allen zivilisierten Nationen wird diese Verbindung als heilig und ehrenhaft angesehen. und daraus ergeben sich jene erlesenen Freuden oder Leiden, die alle Freuden verbittern oder alle Schmerzen im menschlichen Leben lindern können. Das Herz hat nur ein gewisses Maß an Sensibilität, mit der wir haushalten sollten. Lord Darnley nahm meine ganze Seele in Anspruch; nichts konnte mir Freude bereiten, das nicht mit ihm zu tun hatte. – Er war immer das Wichtigste in meinen Gedanken, und ich widmete allen anderen Themen nur zweitrangige Gedanken.

Ich hätte freudig für sein *Gespräch* die ganze Gesellschaft auf Erden außer Acht lassen können und wäre gesegneter gewesen, als wenn ich für sie *seiner beraubt worden wäre* . Aber wenn wir zulassen, dass eine bestimmte Pflicht (sogar die Verehrung der Gottheit) uns völlig in Anspruch nimmt oder sogar in den Rest eindringt, geben wir nur einen sehr unvollkommenen Aufsatz in Bezug auf Religion oder Tugend ab; und sind immer noch weit vom Geschäft eines moralischen Agenten entfernt. „Das Zifferblatt, das eine Stunde falsch anzeigt, ist folglich den ganzen Tag über falsch.“

Tugend ist meiner Ansicht nach nichts anderes als das Prinzip, nach dem unsere Handlungen *absichtlich* auf die verschiedenen Ziele unserer freien Entscheidungsfreiheit ausgerichtet sind, um Gutes zu bewirken. Mir war bewusst, dass es nicht nur notwendig war, dass ich die richtige Rolle spielen und den besten Weg einschlagen musste, der mich dazu führen konnte, sondern dass ich vorher auch alle in meiner Macht stehenden Maßnahmen ergreifen musste, um mir das Wissen anzueignen meiner Pflicht und der Schwächen, vor denen ich mich hüten musste. Ich war mir darüber im Klaren, dass ich, wenn ich Lord Darnley meine Hand gegeben hätte, die mir gegenüber meiner eigenen Familie obliegenden Pflichten nicht erfüllt hätte: – Die Liebe hätte meine Seele völlig in Besitz genommen und die Wege meines Herzens verschlossen gegen jedes andere Gefühl. Bei dieser Gelegenheit habe ich gespürt, wie gerecht das Opfer unseres eigenen Glücks zu den höchsten Tugenden zählt. Wie schmerzhaft muss es für das großzügigste Herz sein! Männer verlieren ihr Leben, um – ich habe meine Liebe aufgegeben – das Leben des Lebens zu ehren. Ich bin mir bewusst, dass ich verurteilt wurde, weil ich ihm erlaubt habe, so viel mit mir zusammen zu sein. Aber welchen Lohn kann mir die Welt dafür erweisen, dass ich die Gesellschaft eines echten und zärtlichen Freundes aufgegeben habe? Gemeinsame Bindungen, die Schatten der Freundschaft, die Frage des Zufalls oder phantastische Vorlieben, die *vorschnell zementiert wurden* , können genauso schnell *aufgelöst werden* : aber meine hat die reinste Tugend als Grundlage und wird bestehen bleiben, solange der Lebensatem in mir bleibt. Meine Zuneigung gründet sich auf jene liebenswürdigen Eigenschaften, die selten vereint sind und deshalb kaum verdrängt werden können. Meine Parteilichkeit basiert auf Wertschätzung: Beseitigt man die Ursache, hört die Wirkung auf. Die Angst vor der Welt hat mich noch nie davon abgehalten, den Neigungen meiner eigenen Neigungen und den Geboten meines eigenen Herzens zu folgen, noch hat die Angst vor Tadel jemals mein Verhalten beeinflusst.

Ihre Erwähnung seiner anhaltenden Verbundenheit ist äußerst schmeichelhaft und sehr erfreulich. Da haben Sie die zartesten Quellen meines Herzens berührt, mich in die ganze Sanftheit meines Geschlechts gebracht und mir eine Menge zärtlicher, lieblicher Ideen aufgedrängt.

Wenn das Bewusstsein des guten Willens gegenüber anderen, auch wenn es untätig ist, höchst erfreulich ist, was für eine überragende Freude habe ich dann nicht empfunden, mein lieber Freund, als ich diese Veranlagung in wohltätigen Taten ausübte! Ist das nicht die höchste Freude der Natur? Es ist wahr, die großen Werke, die ich vollbracht habe, die Förderung des Lernens, die Fabriken, die ich in diesem Königreich eingeführt habe, usw. usw. haben mir die Zustimmung der Welt verschafft und können meinen Namen an die Nachwelt weitergeben. Aber was mir am meisten schmeichelt, ist, dass, wenn ich Ruhm erlangt habe, dieser von dem Mann herrührt, den ich liebe. Meine Bekanntschaft mit ihm war ein Glück für meinen Geist, weil sie seine Fähigkeiten verbessert und erhöht hat. Der Beiname „ *groß* ", der Fürsten so großzügig verliehen wird, würde in den meisten Fällen, wenn man ihn eng betrachtet, eher ihren Ministern zustehen. Wo hätten wir Augustus ohne die Unterstützung von Agrippa und Mecænas einordnen sollen? Was ist die Geschichte von Ludwig XIII. anderes als die glänzenden Taten von Richelieu? Ludwig XIV. war in der Tat ein großer König; aber die Condés, die Turennes sowie die Luvois und Colberts hatten keinen geringen Anteil am Ruhm seiner Herrschaft. In allen Lebenslagen ist es von großer Bedeutung, die richtigen Leute zu wählen, denen wir vertrauen – von dieser Wahl hängen unser eigener Ruhm und Frieden ab. – Aber noch mehr gilt dies für Prinzen oder Personen mit großem Vermögen. Ein Privatmann wird tausend Leute finden, die bereit sind, ihm die Augen zu öffnen, indem sie ihm die falschen Schritte vorwerfen, zu denen ihn ein schlechter Rat verleitet hat; wohingegen Höflinge oder diejenigen, die interessiert sind, alles billigen und applaudieren, was der Prinz oder die große Person tut. Ein geistreicher Höfling antwortete seinem Freund, der ihm seine zu große Nachsicht gegenüber dem Kaiser vorwarf, der schlechte Verse gemacht hatte, die er lobte: „Wollen Sie, dass ich mehr Verstand habe als ein Mann, der zwölf Legionen befehligt und mich verbannen kann?"

An dem Tag, an dem mein Neffe volljährig ist, werde ich sein Vermögen abtreten und ihn über seine Verpflichtungen gegenüber Lord Darnley informieren, dem ich gleichzeitig meine Hand reichen werde, wenn ich Grund zu der Annahme habe, dass dies angenehm sein wird zu ihm. Wenn nicht, werde ich beschämt sein, obwohl ich meine Stirn nicht mit der klagenden Weide schmücken werde. Ich brauche Ihnen nicht zu sagen, wie angenehm es für mich sein wird, Sie an diesem Ort zu sehen, der sich seit Ihrem letzten Aufenthalt hier erheblich verbessert hat. An diesem Tag im Monat gebe ich ein Fest in Anlehnung an die Saturnalien [26] ; mach mich durch deine Anwesenheit bei dieser Gelegenheit glücklich.

Ich verbleibe mit großer Hochachtung
Ihr liebevoller Freund,

FRANCES FINLAY .

Kurz nach Erhalt des obigen Briefes kam Mrs. Lee nach Munsterhouse, wo sie (nach ihrer Trennung von ihrem Mann) normalerweise die Wintermonate verbrachte und sich im Sommer in ihr Cottage in Wales zurückzog.

Lady Frances hatte immer eine erlesene Anzahl von Freunden um sich. Trotz ihrer Leidenschaft für die Musik hielt sie die Künstler auf ihrem eigenen Gebiet; und obwohl sie die freien Wissenschaften verehrte und so viel zu ihrer Pflege beitrug, bedienten ihre verschiedenen Professoren sie nur auf

Einladung: Auf diese Weise konnte sie immer in ihrer Gesellschaft sein und sich nie belästigen lassen; denn die besten Dinge sind für diejenigen lästig, deren Neigungen, Geschmäcker und Launen sie nicht entsprechen.

Ich habe bereits Frau Norden erwähnt, die sich um die Erziehung von Lady Frances kümmerte und nun weiterhin bei ihr wohnte: Die Ernsthaftigkeit dieser Dame stand in einem angenehmen Gegensatz zu Lady Elizas Lebhaftigkeit, während Lady Frances' wissenschaftliche Kenntnisse durch die beobachtbaren Naturstreiche angenehm aufgelockert wurden bei Frau Lee – die erklärte, sie hätte nie gelesen oder studiert, nur um ihr dabei zu helfen, das zu entschlüsseln, was sie *verstehen musste* . „Ich hasse deine Weisen", sagte sie, „es gibt keine Meinung, die so absurd ist, dass sie nicht von einem Philosophen erwähnt wurde." Sie ist die Natur selbst, ohne Verkleidung, ganz originell und verachtet jede Nachahmung, selbst in ihrer Kleidung, die einfach, aber ungekünstelt ist. Sie spielt höchst göttlich auf der Geige. Ihr musikalisches Genie ist erhaben und universell. Sie hält die Geige wie ein Mann und bringt Musik in all ihren wahren Reizen hervor, die die Seele zu den schönsten Gefühlen erweckt.

Eine Tante und eine Schwester von Sir Harry Bingley waren ebenfalls oft im Munster-House. Miss Bingley war im gleichen Alter wie Lady Eliza: Sie vereint den Charme einer gewöhnlichen Schönheit mit allen Reizen eines kultivierten Geistes, zusammen mit einem Gemüt voller Offenheit und einer Neigung zur Lächerlichkeit; Zwei Dinge kommen selten zusammen: eine ruhige, leidenschaftslose Liebe zur Wahrheit, die Neigung, sorgfältig zu prüfen und unparteiisch zu urteilen, und die Liebe, sich auf Kosten anderer zu zerstreuen, treffen selten im selben Geist zusammen. Mrs. Dorothea Bingley ist eine junge Frau von fünfzig Jahren und besitzt ein großes, unabhängiges Vermögen, das sie ihrer Nichte schenken möchte. Sie war in ihrer Jugend sehr hübsch, aber da sie ihr ganzes Leben auf dem Land verbracht hatte, bezog sie alle ihre Vorstellungen von Liebe aus der heroischen Romanze. Mit ihr von Liebe zu sprechen, war ein Kapitalverbrechen. Ihre Strenge muss durch das Blut von Riesen, Nekromanten und Paynim-Rittern geschmolzen werden. Sie erwartete, dass sie sich um ihretwillen in die Wüste zurückziehen, ihre Grausamkeit betrauern, von *nichts leben* und es auf die leichte Schulter nehmen würden, über unpassierbare Berge zu huschen und durch unbezwingbare Flüsse zu reiten, ohne sich daran zu erinnern, solange die Einbildung des Liebhabers reicht Verbunden mit diesem *schlammigen Gewand des Verfalls* muss sie sich hin und wieder herablassen, an der Fleischlichkeit des Lebens in den Trümmern teilzuhaben.

Diejenigen des anderen Geschlechts, die sich hauptsächlich im Munster-House aufhielten, waren Lord Darnley, Sir Harry Bingley, Sir James Mordaunt usw. usw. usw. Lady Frances waren große Heiraten vorgeschlagen worden; aber sie hatte schon lange aufgehört, in diesem Punkt belästigt zu werden. Als Lord Munster volljährig war, gab sie der Nachbarschaft ein großartiges Unterhaltungsprogramm, das mit einem Ball endete. Am Tag danach zeigte sie ihrem Neffen den Stand ihrer Angelegenheiten, als sie in den Besitz des Anwesens gelangte: und dass sie es, abgesehen von den Gebäuden usw. usw., bereits verdoppelt hatte; dass die ewigen Belastungen, die sie mit sich gebracht hatte, dies nicht taten Sie habe für Lady Elizas Vermögen fünfzigtausend Pfund und einen entsprechenden Betrag für sich selbst zurückgelegt und den Rest dann mit großer Freude Seiner Lordschaft, die sie war, überlassen glücklich, den Platz seiner Vorfahren so würdig zu finden. Gleichzeitig machte sie ihn mit den Beweggründen vertraut, ihre Absichten zu seinen Gunsten zu verheimlichen, und dass sie ihm, wenn sie gesehen hätte, dass er irgendwelchen Unregelmäßigkeiten verfallen wäre, das Eigentum nicht so schnell an ihn abgetreten hätte – wie es das Gesetz dieses Landes vorsieht nicht eingreifen wie in Frankreich, wo jemand, bevor er das 25. Lebensjahr erreicht, sein Vermögen durch Vorfreude oder auf andere Weise verschwendet und auf dem besten Wege ist, sich selbst und vielleicht auch seine Familie zu ruinieren; die Regierung greift ein: Es werden Vormunde für seinen Nachlass ernannt, und seine Person kann in Gewahrsam gehalten werden, bis er dieses Alter erreicht; aber *da* hört die Gerichtsbarkeit auf. Die Anerkennung von Lord Munster ist leichter zu verstehen als auszudrücken – er schloss mit den Worten: „Er hoffte, dass Lady Frances das Munster-Haus immer noch als ihr Eigentum betrachten und es zu ihrem Hauptwohnsitz machen würde!" Sie lächelte, schaute zu Lord Darnley und sagte: „Da mein Herr meine Pflicht gegenüber dieser Familie erfüllt hat; Es liegt jetzt in meiner Macht, mich glücklich zu machen, indem ich Ihren Wünschen nachkomme – Vor sechzehn Jahren hatte ich eine einzige Verpflichtung zu erfüllen; aber ich muss jetzt einen Bruch reparieren.' Die Freude von Lord Darnley bei dieser Gelegenheit kann leicht als groß angesehen werden, da er seit so langer Zeit eine ununterbrochene Bindung zu Lady Frances pflegte. Einige Tage später heirateten sie. Niemals hat Phoebus einen glückverheißenderen Tag vergoldet; niemals hat Amor zwei Liebenden ein größeres Gespür für die Verdienste des anderen vermittelt; und nie hat Hymen seine Fackel mit größerer Selbstzufriedenheit angezündet, als um jene Beständigkeit zu belohnen, die in Lord Darnley unbesiegbar blieb, ohne dass sie auch nur durch Hoffnung gestützt wurde.

Die Rolle, die Lady Darnley spielte, wäre für jeden anderen schwierig gewesen; doch die Keule, die ein Mann von normaler Größe kaum hochheben konnte, war für Herkules nur ein Spazierstock.

Niemand genoss diese Hochzeit mehr als Mrs. Dorothea Bingley. Eine sechzehnjährige Brautwerbung entsprach ganz ihren Vorstellungen von Recht und Gesetz. Sie hielt ihrer Nichte und Lady Eliza eine lange Rede zu diesem Thema und erzählte ihnen, dass Lady Darnley die einzige Frau sei, die sie in diesem degenerierten Zeitalter kenne, die sich nach den Regeln der Antike verhalten habe – dass sie die Erhabenheit ihrer Ideen respektiere. Sie wünschte sich sehr, dass ihre Nichte einen Mr. Bennet heiratete, weil er heroische Liebe machte, berauscht war von seiner Wissenschaft und dachte, dass alle Welt ihn als Phönix des Witzes betrachtete. Miss Bingley diskutierte oft mit ihrer Tante über dieses Thema. „Wozu in aller Welt (sagte sie) ist eine so wilde und so anmaßende Gelehrsamkeit gut?"

Eine Moral oder eine bloße, wohlwollende Tat
übersteigt alles, was in den Wissenschaften fehlt.'

SHEFFIELD

Aber Frau Dorothea bestand immer darauf, dass er ein klassischer Gelehrter und ein feiner Gentleman sei! Die Nichte erklärte, er sei ein Heide und hätte vor zwei Jahrhunderten leben sollen, da er eine Sprache sprach, die sie nicht verstand! „Er mag gebildet sein (sagte sie), aber er hat keine Leidenschaft!"

„Keine Leidenschaft (antwortete Frau Dorothea), wie kommt er dann dazu, so schöne Briefe zu schreiben?"

„Die schönen Briefe (antwortete Miss Bingley) zeigen Gedächtnis und Fantasie, aber keine Gefühle des *Herzens* ! Liebende, die sich extravaganter Tropen bedienen, sind auf dieses Mittel angewiesen, den Mangel an Leidenschaft durch die betrügerische Nachahmung hyperbolischer Sprache auszugleichen. Die Leidenschaften des *Herzens* hängen nicht von den Schlussfolgerungen des *Verstandes ab – aber es war notwendig, dass er eine Corinna* hatte , weil Ovid *eine hatte* ; und er macht mich unbeständig, obwohl ich ihn nie ermutigt habe, weil Gallus' Liebling mit einem Soldaten durchgebrannt ist. Er scheint mit der Geschichte von Amor und Venus bestens vertraut zu sein, weiß aber nichts *von Liebe* : und würde lieber dafür gelobt werden, eine gute Elegie zu schreiben, als dass seine Geliebte ihm zulächelt."

Frau Dorothea sagte ihr, dass sie äußerst pervers sei, aber sie würde ihr die Erlaubnis *zum Reden geben* , wozu sie die Macht *habe* .

Miss Bingley sagte: „Da Mr. Bennet so sehr in ihren Gunsten stand, zweifelte sie nicht daran, dass er ihr bei der kleinsten Andeutung seine Ehrerbietung erweisen und seine Zuneigung erwidern würde – da die Grundlage seiner Leidenschaft für *beide die gleiche war* . " auf dem ihres *Herrenhauses gebaut* , würde mit ihren *Bäumen wachsen* und mit ihrem *Besitz wachsen* – – Zuwachs, wissen Sie, meine liebe Tante, ist das Ende der Ehe; und dein Vermögen ist besser als Medeas Charme, denn das hat einen alten Mann nur wieder jung gemacht; aber dein Reichtum wird einen jungen Mann in eine alte Frau verlieben lassen! Er wird schwören, dass du nicht nur klüger bist als Minerva, sondern auch gerechter als die paphianische Königin! Obwohl du alt bist, sind deine

Bäume grün; und obwohl Sie die Rosen auf Ihren Wangen verloren haben, gibt es auf Ihrem Vergnügungsgelände eine Menge davon.
Frau Dorothea lachte mit großer Fröhlichkeit über die Ausfälle ihrer Nichte und sagte: „Sie erinnern sich, was Martial sagt;
„Ich würde Paula gern heiraten, wenn sie könnte.
Ich werde es nicht tun, sie ist alt; Wenn ich noch älter wäre, würde ich es tun.'
„Aber im Ernst, Nichte (sagte sie), du wirst nie eine Entscheidung treffen, die ich so gutheißen würde – er hat so viel Witz.“
Miss Bingley antwortete, dass sein ganzes Verdienst für seinen Witz auf die Befriedigung zurückzuführen sei, die er anderen Bösewichten entgegenbringt, und sagte, sie würde sich sehr gerne den Wünschen ihrer Tante fügen; aber sie war nicht so religiös veranlagt und wünschte sich nicht so sehr eine spätere Heiligsprechung (wenn Leiden einen Heiligen machen können), dass sie einen Mann seines Charakters geheiratet hätte, damit sie in diesem Leben ihre Demütigungen und Strafen erleiden könnte; gleichzeitig würde sie es aber tun gelobe ihr treu, niemals einen Mann zu heiraten, den sie missbilligt.
Im Munster-House herrschte einige Wochen lang große Freude: Zu dieser Zeit machten sich Lord und Lady Darnley auf den Weg zu ihrem Anwesen in Dorsetshire, und Lady Eliza begleitete Lord Munster nach London. Da in dieser Zeit ein Briefwechsel zwischen den Parteien begann, die ich dem Leser bereits vorgestellt habe, wird sich die Fortsetzung dieser Geschichte aus ihren Briefen ergeben. Ich möchte nur bemerken, dass Lord Munsters Gestalt bemerkenswert angenehm und seine Ansprache ansprechend war; Er zog zuerst die Bewunderung aller an, die ihn kannten, und erregte sie dann. Bei der geringsten Bekanntschaft mit ihm konnte man in seinem Verhalten eine äußerst genaue Beachtung aller Anstands- und Anstandsregeln des Lebens beobachten; und ein so offensichtlicher Wunsch, zu gehorchen und alles um ihn herum einfach zu machen, wie es sich für einen guten Geist und eine liberale Bildung gehörte. Eine angenehme Fröhlichkeit machte seine Unterhaltung ebenso lebhaft und angenehm wie nützlich und lehrreich. Aber das scharfsinnige Auge der Freundschaft konnte entdecken, dass er nicht glücklich war und dass die Feinfühligkeit gegenüber den Gefühlen seiner Freunde ihn davon abhielt, einem Unbehagen nachzugeben, unter dem er offensichtlich zu leiden hatte. Sein allgemeines Verhalten trug den Stempel wahrer Höflichkeit, das Ergebnis einer überbordenden Menschlichkeit und Güte des Herzens. Solche Eigenschaften werden zu Recht und mit Nachdruck empfohlen, da sie für fast jeden Beobachter offensichtlich sind; Doch wer etwas anspruchsvoller war, entdeckte bei genauerem Hinsehen schnell Begabungen, die weit über dem üblichen Standard lagen. Er verfügte tatsächlich über die geistige Begabung, jeder Stellung Ehre zu erweisen.

Als Lady Darnleys Brust in jener erhabenen, inbrünstigen Nächstenliebe glühte, die die weitreichenden Interessen der Menschen, der Gemeinschaften und der Gattung selbst umfasst; Man kann sich leicht vorstellen, wie froh ihr Herz war, als sie feststellte, dass ihr Neffe all das verdient hatte, was sie für ihn getan hatte. Aber obwohl sie die größte Befriedigung darüber empfand, dass er ihren Wünschen so entsprach und sein Vermögen seiner Wohltätigkeit so angemessen war; Die gleiche Empfindsamkeit machte sie unglücklich wegen der offensichtlichen Melancholie, in die er versunken war. Ihre stets erwachten gesellschaftlichen Zuneigungen, selbst gegenüber denen, deren Ziele außerhalb der engeren Bindungen der Natur liegen, lösten bei ihr bei vielen Gelegenheiten schmerzlichste Mitgefühlsgefühle aus; so sehr interessierte sie sich für das Schicksal aller, mit denen sie irgendeine Verbindung hatte. Wie muss sie dann trauern, um zu bemerken, dass es ihrem Neffen trotz aller Vorteile an Person und Reichtum elend ging! – Wenn die Menschen nur bedenken würden, wie viele Dinge es gibt, die man mit Reichtum nicht kaufen kann, würden sie sie nicht so gern haben – denn all die äußerlichen Vorteile, die Lord Munster hatte, waren für einen Mann in seiner Geisteslage *Landschaften* vor einem *Blinden* oder *Musik* für einen *Tauben* .

Delikatesse hielt Lady Darnley davon ab, ihren Neffen über seine Trauer zu befragen; Es war ihm klar, dass der entfernteste Wunsch *von ihr einem Befehl an ihn* gleichkommen musste . Beim Abschied deutete sie nur an, dass es ihr eine Freude bereiten würde, wenn er sich mit einer verdienstvollen Dame verbünden würde, und da Lady Eliza ihn in die Stadt begleiten sollte, bat sie ihn, ihre Lebhaftigkeit zu mäßigen und ein aufmerksamer Beobachter zu sein ihres Verhaltens.

„Ich habe nie (sagte sie) einen einzigen Mann gesehen, der das mittlere Alter im Zölibat überschritten hat, ohne dass sich aus seinem Beruf oder seinem Charakter besondere Sicherheit ergibt; Aber ich glaube, ich sehe ein unsicheres Thema und ein sehr gefährliches Instrument für jegliches Unheil, das seine *eigenen* Anteile *hervorrufen* oder *die anderer Männer ihn dazu veranlassen* könnten : Was andere Errungenschaften der Tugend angeht, *sollte* meiner Meinung nach eine Unterscheidung *getroffen werden* ; denn nach allgemeiner Auffassung gibt es eine Vielzahl von Dingen, die unter diesem Namen laufen und allgemein gelobt werden, die *es bei richtiger Einschätzung nicht verdienen würden* . Die Rücksichtnahme auf die Nachwelt hat Waffen, Kunst und Literatur weiter getragen, als es jedes andere Motiv jemals getan hat oder konnte. Wer wird so wahrscheinlich von dieser Rücksichtnahme beeinflusst wie diejenigen, die die lieben Treuepfande ihrer Zuneigung zurücklassen, von denen sie hoffen, dass ihr Name fortbesteht und alle Früchte ihres Studiums, ihrer Mühe und ihrer Heldentaten bleiben und bleiben dauerhaft?'

Lord Munster versicherte der Gräfin, dass er es immer für seine Ehre halten würde, ihren Wünschen in jeder Hinsicht nachzukommen.

ENDE DES ERSTEN BANDES

BAND II

KURZ nach Lord Munsters Ankunft in London schrieb er Lady Darnley den folgenden Brief.

Vom Earl of Munster bis zur
Countess of Darnley.

„Meine liebe Tante,

So überwältigt ich auch von der Last der Verpflichtungen bin, würde ich meinen, dass ich meinen eigenen Gefühlen sehr nachgeben würde, wenn ich Sie jemals in meinem zukünftigen Leben im Zweifel an meiner Dankbarkeit oder dem ernsthaften Wunsch zurücklassen würde, sich Ihren anzupassen wünscht sich.

Sie haben, meine liebe Frau, Ihren Wunsch zum Ausdruck gebracht, dass ich heiraten möchte; aber das, meine liebe Tante, ist derzeit unmöglich. Aber ich verehre diesen Zustand: Männer, die über eine ernsthafte Verlobung lachen, haben nie den Reiz der Bescheidenheit gekannt, wenn sie mit Freundlichkeit gepaart ist; noch spürte ich die Kraft der Schönheit, wenn die Unschuld ihre Kraft verstärkte. Dies war bei mir der Fall, und mein Herz ist bereits einer hoffnungslosen Leidenschaft zum Opfer gefallen. Aber es ist notwendig, Sie einige Jahre zurück zu versetzen, um einen Bericht über seinen Beginn zu geben.

Der liebenswürdige Charakter von Herrn Vanhagen, meinem Vermieter in Rotterdam, ist Ihnen bereits bekannt: Seine Menschlichkeit und sein Wohlwollen flößten mir größten Respekt ein. Die Vorteile, die seine Landsleute uns gegenüber haben, sind ihr Fleiß, ihre Wachsamkeit und ihre Vorsicht; aber im Allgemeinen fordern sie sie im Übermaß, wodurch sie ihre Tugenden in Laster verwandeln. Ihre Industrie wird zum Raub, ihre Wachsamkeit zum Betrug, ihre Vorsicht zur List. Aber mein würdiger Vermieter besaß alle Tugenden.

Zu Beginn seines Lebens hatte er sich oft in Venedig aufgehalten und von dort die Sparsamkeit und Genügsamkeit mitgebracht, die sie in ihren Privatfamilien auszeichnen, ihre Mäßigkeit, ihre unantastbare Geheimhaltung öffentlicher und privater Angelegenheiten und eine gewisse Beständigkeit und Gelassenheit Die Engländer sollen völlige Fremde sein. Sein langer Aufenthalt dort machte ihn bei der Herzogin von Salis bekannt, deren entfernte Verwandte er geheiratet hatte.

Diese Dame hatte einige Jahre mit ihrer Familie in Rotterdam gelebt. Sie war die einzige Tochter des Grafen von Trevier, Erbin eines großen Vermögens und besaß eine erlesene Schönheit, einen gesunden Menschenverstand und alle Fähigkeiten, die geeignet waren, die Autorität, die die Schönheit verleiht, zu erhalten und zu verbessern, um sie *unverrückbar* und *endlos zu machen* . Aber der Herzog, ihr Ehemann, war leider bald der Regelmäßigkeit ihrer Tugenden überdrüssig: Seine Zuneigung konnte nicht lange von einer Frau mit ihrem liebenswürdigen, unverstellten Charakter aufrechterhalten werden. Als die Gewohnheit seiner Leidenschaft die Schärfe genommen hatte, versuchte er, seinen trägen Geist durch einen Objektwechsel aufzurütteln. Diese Lebhaftigkeit, die die zarten Leidenschaften dem Vergnügen verleihen, war für ihn ein starker Anreiz, ihnen nachzugeben. Sein Herz fand neue Freude an der Galanterie, zu der er von Natur aus neigte: eine gefährliche Freude, die den Geist an die lebhaftesten Verzückungen gewöhnt und ihm eine Abneigung gegen alle gemäßigten und gemäßigten Genüsse verleiht: Von da an verlieren die unschuldigen und ruhigen Freuden, die die Natur bietet, jeglichen Reiz. Sein anspruchsvoller Geist machte ihn blind für die Verdienste seiner Frau, die ihn zärtlich liebte. Sie fühlte seine Vernachlässigung am stärksten und entwickelte unmerklich eine anhaltende Melancholie, die dazu beitrug, seine Zuneigung noch wirksamer von ihr zu entfernen. Sie wurde unglücklich – und kein Temperament kann so unbesiegbar gut sein, dass es der Belagerung durch ständige Kränkungen und Vernachlässigungen standhalten könnte. Unglücke konnte sie mit Geistesstärke ertragen, und dem Tod hätte sie mit größerer Entschlossenheit entgegentreten können als dem Missfallen und der Verdrießlichkeit des Mannes, den sie liebte. Wo immer Liebe ist, gibt es ein gewisses Maß an Angst – wir haben natürlich Angst, jemanden zu beleidigen oder etwas zu tun, was unsere Wertschätzung gegenüber einem uns liebgewonnenen Gegenstand mindern könnte: und wenn wir uns einer Handlung bewusst sind, durch die wir Missfallen erregt haben könnten, sind wir ungeduldig und unglücklich, bis wir durch Bitten und Zeichen der Unterwerfung die Beleidigung gesühnt und unsere Gunst wiederhergestellt haben.

Durch die ernsthafte Besorgnis der Herzogin, ihr zu gefallen, zerstörte sie ihre eigenen Absichten, und ihr Gehorsam entfachte wie Wasser, das man auf ein loderndes Feuer schüttet, nur die Torheiten ihres Mannes, und deshalb ließ der Herzog seine Wut an ihr aus, wenn er schlecht gelaunt war. Es war ihm egal, *wie* oft *er mit ihr stritt* , oder, genauer gesagt, wie oft er sie *beleidigte* , denn das konnte man keinen Streit nennen, bei dem sie nichts anderes tat, als *zu leiden* . Aber obwohl sein Missfallen ihr weh tat, konnte sie es besser ertragen als seine Gleichgültigkeit – denn Groll zeugt von einem gewissen Maß an Achtung. Aber während sie sich seinetwegen das Herz brach, verbrachte er seine Zeit mit Galanterie – obwohl seine Zuneigung immer die Satire auf die Tugend einer Frau war – der Ruin des Rufs einer Frau.

Eine Lieblingsmätresse, die einen anderen Plan als die Herzogin verfolgte, sicherte sich seine Zuneigung. Sie hielt seine Leidenschaft durch ihre Launen am Leben. *Affektiertheit* übertrifft immer die *Realität*. Aber ist die Extravaganz der Fantasie mancher Männer nicht zu bedauern, die all ihre Leidenschaften in eine Geliebte, einen Hund oder ein Pferd stecken, die ihnen im Allgemeinen nur das bieten, wozu sie durch Notwendigkeit oder Instinkt veranlasst werden? Kunst und List sind einer tugendhaften Frau *unbekannt*, *deren Verhalten* von ihren Grundsätzen bestimmt wird, deren Sorge nur durch Zuneigung geweckt wird.

Nach fünf Jahren, in denen die Herzogin einen Sohn und eine Tochter hatte und in denen sie viele der *Unannehmlichkeiten*, aber nur wenige der *Befriedigungen* eines verheirateten Staates erlebt hatte; Der Herzog verließ sie und lebte ganz in Paris bei seiner Geliebten. Sie zog sich aufs Land zurück, auf einen Familiensitz ihres Vaters, und widmete ihre Zeit ganz der Erziehung ihrer Kinder und der einer jungen Dame (von großer Schönheit und Vermögen), deren Mutter sie mit ihrem letzten Atemzug in ihre Obhut übergab.

Von Zeit zu Zeit schrieb sie dem Herzog Briefe, in denen sie ihre große Resignation und eine solche Zärtlichkeit für ihn zum Ausdruck brachte, dass ihrer Meinung nach die Macht sein könnte, sein Herz zu berühren. „Ich gehorche deinen Wünschen", sagte sie, „ich werde diese Unfreundlichkeit nicht mit einem einzigen unwillkommenen Wort hervorheben – ich werde sie verbergen – wenn dein Herz eine Entscheidung getroffen hat, die würdiger ist, vergebe ich sie – gehe deinen Vergnügungen nach – Treibe deine Leidenschaften ohne Zügel an – ich bin die Herrin meines eigenen Geistes, der nicht meutern wird – wenn ich dich zurückgewinne, werde ich dankbar sein – wenn nicht, bist *und* musst du immer noch *mein Herr sein*.

Auf solche Briefe erhielt sie nie eine Antwort! Da die Reize der Beredsamkeit einer Frau nie ihre Kraft verlieren, wenn die Reize ihrer Person erloschen sind (in den Augen ihres Geliebten meine ich), könnte es vielleicht genauso einfach sein, einen Mann zum Tanzen zu überreden, der den Gebrauch seiner Beredsamkeit verloren hat Glieder.

Ich werde die ersten zehn Jahre ihres Rückzugs übergehen, da sie nichts weiter zeigen als die unermüdliche Aufmerksamkeit, mit der sie alle Mittel für die Ausbildung ihres Sohnes, ihrer Tochter und ihres Mündels einsetzte. Ich möchte nur anmerken, dass ihr regelmäßiges Verhalten ihr jedermanns Achtung einbrachte. Sie war eine Freundin der Tugend unter jeder Bezeichnung und eine Feindin des Lasters unter jeder Farbe. Sie gründete eine Einrichtung zur Versorgung der Schwachen und Bedürftigen. Diese basierte auf jenem weisen und ausgezeichneten Plan, der die Unwürdigen von der Teilnahme an der Wohltätigkeit ausschließt und sich nur auf diejenigen erstreckt, die aufgrund ihrer wirklichen Bedürfnisse geeignete Objekte der Wohltätigkeit sind. – Damals wurde ihr geraten, ihren Sohn in die Hauptstadt zu bringen. Aber sie bedachte weise, dass die Erziehung, die normalerweise mit hoher Geburt oder großem Vermögen einhergeht, sehr oft die Natur verdirbt oder verfeinert, während sie bei denen des Mittelstands unverfälscht und unverändert bleibt. Ich habe irgendwo gelesen: *Jamais, es werden keine großen Leidenschaften und keine großen Tugenden geboren und es werden keine Gefühle in der Stille und der Einsamkeit geweckt. Der Mensch in der Gesellschaft verliert alle seine charakteristischen Eigenschaften: Sie sind nicht die kältesten, die die Umwelt ausmachen. Voilà, aus welchem Grund wir uns des Charakterverlusts schuldig machen: Wir werden nicht mit Gleichem leben, und wir begehen zu viele andere* .

Die Herzogin besorgte ihrem Sohn einen sehr ehrenwerten Mann zum Lehrer, der sich größte Mühe gab, seine Moral zu formen und sein Verständnis zu verbessern, während so viele der degenerierten Adligen in den großen Städten ihre Zeit und ihr Vermögen mit müßigem Zeitvertreib, sinnlichen Genüssen oder unvernünftigen Ablenkungen vergeuden und bloße Unterhaltung zum Hauptgeschäft ihres Lebens machen. Glück und Verdienst sind nicht so sehr das Ergebnis von Wahrheit und Wissen, sondern vielmehr das Erlangen von Integrität und Mäßigung. Viele verspotteten den Erziehungsplan der Herzogin, sich selbst jene Freuden und Vergnügungen vorzuenthalten, auf die ihre Jugend, ihr Rang und ihre Schönheit sie so sehr berechtigten: Aber sie bemerkte oft, es wäre der Gipfel der Dummheit, ihr Glück anhand der Vorstellungskraft anderer zu beurteilen, da sie unter dem Titel Glück nichts anderes betrachte als das, was sie besitzen möchte oder was das Ergebnis ihrer eigenen freiwilligen Entscheidung sei. Die Frauen von Welt wirken ihrer Absicht entgegen, indem sie so eifrig nach Vergnügen streben, da es ihnen dadurch nur noch weiter entflieht. Sie werden nicht verstehen, dass Vergnügen gekauft werden muss und dass Fleiß der Preis dafür ist; das eine abzulehnen, heißt, auf das andere zu verzichten. Sie müssen lernen, dass sie das Vergnügen, das sie vergöttern, ab und zu aufgeben müssen, *um* es *wiederzuerlangen* . Sie haben vergeblich versucht, es aufrechtzuerhalten, indem sie Abwechslung und Verfeinerung anstrebten. Ihre fruchtbare Erfindungsgabe hat die Objekte der Unterhaltung vervielfacht und jeden Tag neue geschaffen, ohne einen wirklichen Gewinn zu erzielen. All diese phantastischen Freuden, die auf Abwechslung beruhen, hinterlassen keinen bleibenden Eindruck im Geist; sie dienen nur dazu, die Unmöglichkeit dauerhaften Glücks zu beweisen, von dem manche Frauen *chimärische Erwartungen hegen* : aber die Herzogin war zu vernünftig, um Unterhaltung zu ihrem Hauptobjekt zu machen. Eine Frau, die sich von ihrer Vorliebe für das Leben mitreißen lässt, ist im Allgemeinen ein sehr nutzloses Mitglied der Gesellschaft: Eine Vergnügungsparty lässt sie alle Verbindungen vergessen, und sie ist oft krank, ohne zu wissen, *woran* sie *leidet* , *weil sie nichts zu tun* hat und es leid ist, *gesund zu sein* .

Die Herzogin hatte ihren Mann leidenschaftlich geliebt. Wenn jemand den Wunsch verspürte, sich bei ihr einzuschmeicheln, musste er nur bei ihm beginnen: Ihn zu loben, zu erfreuen oder zu bewundern, eröffnete ihm einen Empfang in ihrem Herzen. Aber unsere besten Tugenden sind, wenn sie bis zu einem gewissen Grad gefördert werden, kurz davor, zu Lastern zu werden: Sie fand bald heraus, dass sie selbst daran schuld war, dass sie sich selbst diesem geliebten Objekt zu liebevoll widmete. Sie erschöpfte ihr ganzes Gespür für ihn, und im Verhältnis zur Stärke ihrer Bindung wuchs die Demütigung, die sie erduldete, als sie von ihm verlassen wurde. Aber wäre nicht auch dies ihr Schicksal gewesen, würde den übertriebenen Auswüchsen der Leidenschaft nur allzu häufig eine unerträgliche Trägheit folgen. Die Frau, die die Zuneigung ihres Mannes bewahren möchte, sollte darauf achten, das Ausmaß *ihrer Zuneigung vor ihm zu verbergen* : Es sollte immer etwas übrig bleiben, auf das er warten kann. Die Fantasie regiert die Menschheit, und wenn die Vorstellungskraft verdorben ist, ist die Vernunft ein Sklave der Laune.

Frauen wollen kein Urteilsvermögen, um zu entscheiden, Durchdringung, um es vorherzusehen, und keine Entschlossenheit, um es auszuführen; und die Vorsehung hat ihnen keine Schönheit gegeben, um Liebe zu schaffen, ohne zu verstehen, sie zu bewahren. Die Freuden, für die sie empfänglich sind, richten sich nach der Fähigkeit und dem gerechten Ausmaß ihrer Gefühle. Sie sind nicht für jene Verzückungen gemacht, die sie über sich selbst hinaustragen: Das sind eine Art Krämpfe, die niemals anhalten können. Aber es gibt unendlich viele Freuden, die zwar einen geringeren Eindruck hinterlassen, aber dennoch wertvoller sind. Diese erneuern sich jeden Tag in verschiedenen Formen, und anstatt einander auszuschließen, vereinen sie sich in glücklicher Harmonie und erzeugen jenen gemäßigten Glanz des Geistes, der ihn kräftig erhält und ihn in einem entzückenden Gleichmut hält. Wie sehr muss man das schöne Geschlecht bemitleiden, das für solche Errungenschaften unempfindlich ist und das Leben als düster betrachtet, das von der Aufregung widerspenstiger Leidenschaften verschont bleibt! Da solche Voreingenommenheiten sie der Freuden berauben, die jenen, die aus gefährlichen Bindungen entstehen, viel vorzuziehen sind, wusste die Herzogin, wie sie ihre Vergnügungen auswählen konnte, und *verbesserte* ihr *Verständnis* , während sie gleichzeitig ihre *Gefühle befriedigte* . Das Leben ist für diejenigen, die es richtig zu nutzen wissen, mit Freuden aller Art übersät, die ihrerseits den Sinnen und dem Geist schmeicheln; aber dieser ist nie so angenehm involviert wie in der Unterhaltung intelligenter Personen, die sowohl Belehrung als auch Unterhaltung vermitteln können. Die Herzogin bevorzugte die Unterhaltung mit *solchen* Männern *von Welt* ; Da sie vernünftig war, hatte sie auf *der einen Seite* alles *zu gewinnen und* auf *der anderen Seite* alles *zu verlieren* .

Der Baron de Luce residierte im selben Teil des Landes. Er war ein Mann von großer Tapferkeit, Witz und Humor. Er hielt es für unmöglich, dass eine Frau in der Blüte ihrer Schönheit, die über alle Vorteile verfügte, die sich aus Rang, Reichtum und Jugend ergeben, sich in einen abgelegenen Teil der Welt zurückziehen und sich (wie er es beurteilte) von den Freuden des Lebens fernhielt , ohne von ihrem Mann *dazu gezwungen zu werden oder durch* eine geheime Neigung, die sie verbergen wollte. Entschlossen, dieses Geheimnis zu lüften und sich während seines Aufenthalts in der Nachbarschaft zu amüsieren, versuchte er, sich in ihre gute Meinung einzuschleichen – doch ohne Anstoß zu erregen, vermied sie es, sich auf seine Pläne einzulassen. Er beharrte immer noch auf seinen Absichten und kam, wie er gut schrieb, zu dem Schluss, dass die Herzogin gerne in einen Briefwechsel eintreten würde; Aber er fand in dem Empfang, den sie ihm bereitete, nichts, was seinem Zweck, nämlich *der Ausschmückung der Geschichte seiner Liebesbeziehungen , gedient hätte* . Aber was er zunächst aus Eitelkeit unternahm, wurde ihm schließlich zur Strafe. Je mehr er von ihrem Verhalten sah, desto größer wurde sein Respekt, der ihn jedoch nicht dazu brachte, seine *Absichten aufzugeben* (aus der Überzeugung von der Unwirksamkeit des Vorhabens), sondern ihn dazu beharrte, *daran festzuhalten* , da er dann die Leidenschaft *verspürte , die er zunächst vortäuschte* .

Die Herzogin kannte die missliche Lage, in der sie sich befand; Da aber *der Hass* auf Männer mit einem bestimmten Charakter *weniger* verderblich ist als *ihre Liebe* , befahl sie, ihn niemals in ihre Gegenwart zu lassen. Der gute oder schlechte Ruf einer Frau hängt nicht so sehr von der Angemessenheit ihres eigenen Verhaltens ab, sondern vielmehr von einer glücklichen oder unglücklichen Kombination von Umständen in bestimmten Situationen. Manche Männer verleumden sie aus keinem anderen Grund, sondern weil sie in sie verliebt sind. Sie rächen sich an ihnen für den Mangel an Verdiensten, die sie in ihren Augen verabscheuungswürdig machen. Dies war beim Baron der Fall; Er deutete an, dass es Gründe gab, von denen er wusste, dass es für die Herzogin höchst angemessen war, so zu leben, wie *sie es tat* , und in einem *Stil zu sprechen* , der mehr vermittelte, als man denkt! Die Leute, die er ansprach, lauschten gierig dem, was die Herzogin offenbar mehr mit sich selbst in Einklang zu bringen schien; Tausend Geschichten wurden zu ihrem Vorurteil (obwohl sie selbst unschuldig war) in Umlauf gebracht: Wenn es also auch nur den geringsten Grund für eine Verleumdung gibt, glauben einige Leute, dass sie völlig berechtigt sind, alles zu veröffentlichen, was auch immer die Bosheit zu *erfinden wagt* . Aber es gibt keine Feinde, die für den Ruf einer Frau gefährlicher sind als Liebhaber, die die gegenseitige Zuneigung ihrer Geliebten nicht gewinnen können. Diese Berichte wurden aus einem anderen Grund bestätigt: Eine wohlhabende Dame aus der Nachbarschaft war sehr an einen Mann gebunden, der als Erzieher ihres Sohnes bei der Herzogin wohnte; Er war einfallsreich, vernünftig und sehr geachtet. Sie reichte ihm die Hand, und da sie ein stattliches Vermögen besaß, konnte sie sich nicht vorstellen, wie er dieses Glück ablehnen konnte. Da er ständig zu Hause war und mit den verbreiteten Geschichten einverstanden war, kam sie sofort zu dem Schluss (und bestätigte dann), dass er ein Liebling der Herzogin sei.

Eigenliebe liegt in der Natur des Polypen; auch wenn man seine Äste oder Arme abtrennt und sogar seinen Stamm teilt, findet er Mittel, sich zu reproduzieren. Aufgrund der Informationen, die der Herzog von dieser Dame erhielt, die ihm als anonyme Freundin schrieb, verließ er Paris und seine Geliebte abrupt und kam zur großen Überraschung seiner Frau nach – . Er sprach sie auf distanzierte, aber respektvolle Weise an. – Nichts verdeutlicht die Abneigung so sehr wie gute Erziehung – Die Herzogin, die sich nicht bewusst war, ihm irgendeinen Anlass zur Beleidigung gegeben zu haben, war über seine Rückkehr hocherfreut und schmeichelte sich, seine Zuneigung zu erwidern. Und da sie ihn für den Angreifer hielt, empfing sie ihn gnädig und bestand darauf, dass vergangene Handlungen nicht erwähnt werden sollten; sie versicherte ihm, dass sie ihn immer noch genauso liebte , und da sie ihn als den Ersten der Menschen betrachtete, war sie vielleicht zu optimistisch gewesen, seine Beständigkeit zu erwarten, da seine Überlegenheit gegenüber dem Rest der Menschheit so viele Versuchungen mit sich bringen musste. Sie fand ihn einfach zu liebenswürdig – dass sogar seine Laster Reize hatten, die *die Tugenden anderer Männer übertrafen* . Sie fügte hinzu, dass sie (so schmerzlich seine Vernachlässigung für sie auch gewesen war) nie etwas getan hatte, was seine Ehre in Frage stellen konnte! Er hörte ihr mürrisch zu; seine Neigungen *wurden wiederbelebt* , als er bemerkte, dass die Zeit, anstatt *abzunehmen* , *ihren Reiz verstärkt* hatte: das steigerte seinen Groll, und er antwortete, dass das Schlimmste, was eine schlechte Frau tun könne, sei, sich lächerlich zu machen; sie könne nur sich selbst Schande zufügen – aber Männer von Ehre haben ein Maß davon zu wahren, das höher ist als das, was eine Frau zu bewahren hat. Hätte sie die Absicht gehabt, sich zu rächen, hätte sie leicht sagen können, dass ein Mann von Ehre und Tugend, die an sich immer untrennbar miteinander verbunden sind, in den absurden und extravaganten Meinungen der Menschheit nur allzu oft getrennt sind. Denn was für eine seltsame Perversion der Vernunft ist es, jemanden einen Mann von Ehre zu nennen, der kaum ein Körnchen Tugend besitzt! Sie bemerkte nur: „Wir sind tatsächlich zu Tieren zivilisiert worden, und eine falsche Vorstellung von Ehre hat uns beinahe in Hobs ersten Naturzustand zurückversetzt, indem sie uns zu Barbaren gemacht hat. Ehre ist jetzt nichts weiter als ein imaginäres Wesen, das von den Männern der *Welt angebetet wird* , denen sie häufig Menschenopfer darbringen." Er sagte ihr, sie müsse *sich keine Sorgen um ihren Günstling machen* , und als er sich zur Ruhe begab, ließ er sie völlig ratlos zurück, was sein Verhalten betraf.

Es reicht nicht aus, dass wir unsere eigene Unschuld kennen; Es ist notwendig, dass das Glück einer Frau nicht verdächtigt wird.

Denn leider muss sie, nachdem sie einmal getadelt wurde (wie auch immer falsch), damit rechnen, dass die vergifteten Pfeile der Bosheit immer bereit sind, auf sie losgelassen zu werden, und zwar bei der Abwicklung von Angelegenheiten, die zwei Interpretationen zulassen (um das Schlimmste zu vermeiden, und genießen einen tadellosen Ruf). Es reicht nicht aus, sich mit Anstand zu regieren, es darf nichts geben, was in den *Zufällen ihres Lebens* zwei Interpretationen zulässt : Eine Frau muss daher notwendigerweise immer schuldig sein, während ihre Unschuld vieler Rechtfertigungen bedarf. Glücklich ist, wer solchen Unannehmlichkeiten nicht ausgesetzt ist!

Der Herzog verwarf am nächsten Morgen höchst unüberlegt den Gegenstand seiner Eifersucht öffentlich und bestätigte aus Mangel an Klugheit alles, was fälschlicherweise gegen seine unschuldige Frau behauptet worden war, die einige Monate lang nichts davon wusste.

Als sie damit vertraut war: Je weniger Grund sie für die Berichte gegen ihre Ehre sah, desto mehr Mut und größere Entschlossenheit hatte sie, sie zu verurteilen. Sie hielt es für bedauerlich, das Verdienst ihrer Unschuld durch skandalöse Berichte eingebüßt zu haben, von denen sie, Gott sei Dank, nicht durch ihre Schuld auf sich gezogen hatte, und war so weit davon entfernt, die Wahrscheinlichkeiten zu vernachlässigen, die gegen sie begründete Meinungen bestätigen könnten, dass sie es sich keineswegs selbst zutraute Sie befand sich in der gleichen Situation wie andere, die nie *verachtet worden waren* , und es stand ihr daher nicht frei, bei manchen Gelegenheiten so zu handeln, wie *sie es tun würden* .

Wie viele Frauen *unterliegen* der Sturheit der Leute, die sie diffamieren – sie geben es auf, verzweifeln an der Hoffnung, die Achtung einer Welt zu gewinnen, die *ihre Kritik nie zurücknimmt* – Mit Verleumdungen ist es nicht wie mit anderen Dingen, die durch Wiederholung missfallen: Geschichten, die tausendmal erzählt wurden, sind immer noch neu, wenn sie zum Nachteil anderer wiederbelebt werden. Die Herzogin ertrug all diese Verleumdungen mit Geduld, *die* noch nie eine *einzige Tugend war* : Wie ein Angler versuchte sie, der Widerspenstigkeit des Herzogs nachzugeben, und schmeichelte sich, dass ihr Streben, zu gefallen, sein unangenehmes Temperament besiegen würde; und dass sie, wenn sie schon keine angenehme Ehefrau werden könnte, zumindest als angenehme Gefährtin, als nützliche Freundin angesehen werden könnte. Hoffnung war der einzige Segen, der uns blieb, als Pandoras verhängnisvolle Büchse all die zahllosen Übel freigab, die diese sublunaren Regionen heimsuchen. Aber sie war schließlich gezwungen, alle Gedanken aufzugeben, sich seinen Launen länger zu beugen. Er wurde sogar auf seine Diener eifersüchtig; und sie konnte mit keinem Mann sprechen, ohne seinen

Verdacht auf sich zu ziehen, was für sie die peinlichsten Szenen hervorbrachte. Wie jener Eroberer Chinas, der seine Untertanen zu einem allgemeinen Aufstand zwang, weil er sie zwingen wollte, sich Haare und Nägel zu schneiden, brachte er sie dazu, den Entschluss zu fassen, ihn zu verlassen, weil *er (wie er es darstellte) eine Dienerin entlassen hatte* . Aber in Wirklichkeit waren es sein Temperament und seine Misshandlungen, die ihn dazu veranlassten – und als sie gezwungen war, diesen Schritt zu tun, ließ sie lieber die Welt schlecht über sie urteilen, als sich auf Kosten ihres Mannes zu rechtfertigen. Keine Herablassung ihrerseits konnte *ihn beeinflussen* , da sie durch die tägliche Erfahrung davon überzeugt war, dass er sie, im Bewusstsein seiner *eigenen Rolle, nie lieben* könnte . Gibt es im Leben nicht viele Gelegenheiten, bei denen es vernünftig wäre zu sagen: *Ich beschwöre dich, das Unrecht, das du mir zugefügt hast, zu vergessen und zu vergeben* ?

Sie trennten sich schließlich in Freundschaft. Sie kam mit ihrer Familie nach Rotterdam, und dort freundete ich mich mit ihrem Sohn an, einem liebenswerten jungen Mann in meinem Alter. Dort sah ich zum ersten Mal die schöne Adelaude, Gräfin von Sons, das Mündel der Herzogin. Als ich *sie* und die bezaubernde Julia das erste Mal sah, wusste ich, dass ich *ein Herz hatte* . Bis dahin war ich gefühllos. Diese jungen Damen waren in allen Künsten der Minerva unterrichtet. Julia war musikalisch begabt. Doch die Stimme der Gräfin war, begleitet von der Leier, bewegender als die des Orpheus. Ihr Haar wehte im Wind, ohne jeglichen Schmuck, den die Herzogin sie zu verachten gelehrt hatte. Ihre Bewegungen waren alle vollkommen ungezwungen, ihr Lächeln bezaubernd! Ohne Kleidung war sie schön, ohne sich dessen bewusst zu sein, und so wurden all ihre Reize noch verstärkt.

Der Marquis erkundigte sich, was ich von seiner Schwester und ihrer schönen Freundin hielte. Ich antwortete: „Sie waren bezaubernd", und fragte, ob es möglich sei, dass er dem Charme der schönen Gräfin widerstanden habe. Er erwiderte: „Ich gestehe Ihnen, mein lieber Freund, das habe ich nicht: Adelaude ist für die Liebe geschaffen; mein Herz ist von Natur aus empfänglich; sie ist meine ständige Begleiterin gewesen; er muss mehr oder weniger sein als ein Mensch (ein Gott oder ein Teufel), der der Herrschaft der Liebe entkommen ist oder widerstehen kann. – Die Götter der Heiden könnten das nicht; Jupiter, Mars, Merkur, Apollo, ihre Liebschaften sind so berühmt wie ihre Namen: so dass die Robustheit der menschlichen Natur, wo sie zu finden ist, die widerstehen kann, deutlich zeigt, wie sehr der Teufel in dieser Verbindung im Spiel ist. Aber wenn meine Sensibilität nicht so groß gewesen wäre, hätten die vielen Gelegenheiten, die sie hatte, meine Zuneigung zu gewinnen, mich doch für immer an ihre fesseln können." „Dann sind Sie also geliebt", sagte ich hastig. „Ja", antwortete er, „Adelaude nennt mich ihren liebsten Bruder, aber sie hegt keine anderen Gedanken als diese Beziehung. Ich fürchte mich, sie das Ausmaß meiner

Gefühle wissen zu lassen, damit sie sich nicht in ihrem Verhalten mir gegenüber eingeschränkt fühlt. Und die bezaubernde *Naivität* ihres Verhaltens macht den Reiz meines Lebens aus! Die Zeichen dieser unschuldigen Zuneigung, die mich zuerst an sie verband, wurden bisher als kindisches Spiel angesehen. Und da sich niemand über die Folgen davon Gedanken gemacht hat, habe ich darauf geachtet, die mir gewährte Freiheit auszunutzen. – Sie geben mir keine Antwort! – Woher dieses düstere Schweigen, Ihr niedergeschlagenes Gesicht und Ihre schmachtenden Blicke?" Ich gab vor, mich unwohl zu fühlen und ließ ihn in größter Niedergeschlagenheit zurück. Ich liebte und betete die bezaubernde Gräfin an. Beurteilen Sie also den Schrecken meiner Lage. –

Wie viele Opfer hätte ich der Freundschaft nicht bereitwillig bringen können! Meine Leidenschaft, dachte ich, war tatsächlich die einzige, die ich nicht bringen konnte: wie war es möglich, dass ich es tun sollte? Aber was habe ich nicht alles gelitten, da ich vom Glück meiner Rivalin überzeugt war? Ich sah ein glückliches Liebespaar, das zueinander passte; ich dachte, es wäre sicher, ihre Zuneigung zu verlieren, und betrachtete mich selbst nur als jemanden, der von Ihrer Großzügigkeit abhängig ist: Hätte ich in einer solchen Situation, wenn meine Freundin uninteressiert gewesen wäre, es wagen können, eine junge Dame von Rang und Vermögen der Gräfin anzusprechen? Ich wurde melancholisch und *zerstreut* . Viele Leute, und besonders diejenigen, die keine Ahnung von dieser Zartheit der Leidenschaft haben, die empfänglichen Gemütern eigen ist, betrachteten mich als einen besonderen Typ jungen Mannes. Um solchen Leuten zu gefallen, muss ich ihnen meine Zeit gewidmet haben: Sie werden sich also leicht vorstellen können, dass ich den Mangel an ihrer guten Meinung durchaus ertragen konnte. Solche Menschen sind die Urheber ihres eigenen Unglücks, indem sie sich eine falsche Vorstellung von Vergnügen machen, und sie vertreiben (wenn ich diesen Ausdruck verwenden darf) ihren eigenen Kummer.

Es war das, was man Vergnügen nennt, das die antiken Staaten Griechenlands zugrunde richtete; das die Römer zerstörte, das Städte zerstörte; das korrumpiert Gerichte; das erschöpft das Vermögen der Großen; das verzehrt die Jugend; das ein Gefolge hat, das aus Sättigung, Not, Krankheit und Tod besteht. Aber *meine Leidenschaft* sowie die *Abneigung* gegen ihre *Lebensweise* bewahrten mich vor *ihren Ausschweifungen* . Die ständigen Bemühungen, eine Neigung zu unterdrücken, die ich nicht überwinden konnte, wirkten sich verhängnisvoll auf meine Konstitution aus – mir drohte eine Schwindsucht! – Dies verheimlichte ich sorgfältig, damit Ihre Freundlichkeit mich nicht von einem Ort hätte entfernen lassen, den ich konnte Ich entschließe mich nicht, aufzuhören, obwohl ich den Anblick derjenigen, die mich darin interessierten, sorgfältig vermied.

Zu diesem Zeitpunkt erhielt der Marquis den zwingenden Befehl, sich seinem Vater anzuschließen. Er kam in größter Not zu mir: „Wie", sagte er, „kann ich mich entschließen, die Gräfin zu verlassen? – Sie ist jetzt schön wie ein Engel, abgesehen von ihrem riesigen Vermögen; es kann unmöglich sein, lange Zeit in ihrer Macht zu bleiben , denn ihre Schönheit muss unbedingt jedes Auge beeindrucken und jedes Herz bezaubern. Aber ich werde mich vor meinem Vater ausbreiten, um seine Anerkennung zu gewährleisten. Du, mein Freund, allein bist mit dem Geheimnis meines Herzens vertraut. Sehe die schöne Adelaude oft; ich vertraue dir die Geheimnisse meiner Seele an.

Der Marquis machte sich auf den Weg und teilte mir bald mit, dass sein Vater noch nichts von seiner Heirat hören würde und darauf bestanden habe, dass er sich sofort einem Regiment anschließe, in dem er ihm ein Kommando verschafft hatte: Es war in Kriegszeit; Seine Ehre stand auf dem Spiel, und die Liebe war seinem Ruhm untergeordnet. Der empfängliche Geist ist in der Lage, tausend exquisite Freuden zu genießen, die jenen fremd sind, deren Freuden weniger verfeinert sind; Aber welchen Kummer, welches Bedauern, welchen Schmerz bringt eine so zarte Leidenschaft nicht in das Herz, das sie hegt? *„Quand on est né trop tendre, on ne doit pas goaler"* , sagt ein französischer Autor. Aber die Leiden meines Freundes konnten meinen nicht gleichkommen; Dass der Gegenstand meiner Leidenschaft täglich vor meinen Augen stand, verstärkte meine Unruhe. Ich neige zu der Annahme, dass der allgemeine Charakter der Menschen durch ihre natürliche Konstitution bestimmt wird, so wie ihre besonderen Handlungen durch ihre unmittelbaren Ziele bestimmt werden. Die unschuldigen Zeichen der Parteilichkeit, mit denen sie mich ehrte, lösten in mir ständig Angst aus, dem Marquis gegenüber unehrenhaft zu handeln. Die Herzogin erkrankte bald darauf an einer schweren Krankheit, die ihrem Leben in kurzer Zeit ein Ende setzte: Der Herzog kam, aber *zu spät* , um ihren letzten Atemzug zu erhalten. Er schien zunächst untröstlich über ihren Tod; aber sein Kummer ließ unmerklich nach und wurde zu jener traurigen und zärtlichen Rücksichtnahme, die das Gefühl ihrer Verdienste und seine eigene Unfreundlichkeit ihr gegenüber zwangsläufig von ihm einfordern mussten. Ekelhaft über eine Verbindung, die ihm (aufgrund seiner eigenen Fehler) so viel Unbehagen bereitet hatte, fasste er sorgfältig den Entschluss, eine erneute ähnliche Verpflichtung zu vermeiden. Aber er sah jeden Tag die schöne Adelaude vor sich: Er liebte sie; es war ihm vielleicht unmöglich, etwas anderes zu tun. Er erklärte seine Leidenschaft; wurde aber abgewiesen: Die Gräfin sagte ihm, dass ihre Zuneigung verhandelt sei! Am nächsten Tag erhielt ich folgenden Brief.

Von der Gräfin de Sons zum Grafen von Münster.

Mein Herr,

Ich bin mir der Feinheit bewusst, die unserem Geschlecht bestimmte Bräuche vorschreibt. Aber es gibt keine Regel im Leben, die nicht je nach den Umständen geändert werden darf. Komm heute Abend zu mir: Julia wird bei mir sein – Adieu.

ADELAUDE de SONS .

Ich ging – beschämt über den Schritt, den sie getan hatte, glühten die Wangen der schönen Adelaudes in dem schönsten Rot; ihre Augen funkelten in dem hellsten Glanz; während die Lieblichkeiten und Grazien um ihre bezaubernde Gestalt schwebten und auf ihrer Brust flatterten – Liebe, allmächtige Liebe, ging ihren Schritten voraus, als sie sich mir näherte. Himmel! Wie schnell schlug mein Herz in diesem Augenblick vor angenehmer Hoffnung! Ich versuchte, mit ihr zu sprechen, zögerte aber und zitterte. Nach einigen Augenblicken ausdrucksvollen Schweigens wollte ich wissen, mit welchen Befehlen sie mich beehren wollte. Sie war sehr verwirrt, erzählte mir aber schließlich das Dilemma, in dem sie sich durch die Erklärung der Leidenschaft des Herzogs befand. Um meine Politik zu unterstützen, begann ich und sprach von meinem Freund.

Sie sagte mir, dass seine Vorliebe für sie kein Geheimnis war, obwohl er sie nie preisgegeben hatte, aber dass sie sich über seine Abwesenheit freute, da sie ihm ermöglichen würde, über eine Leidenschaft zu triumphieren, die sie *nicht erwidern konnte* . Überrascht von dieser Erklärung hätte ich mir gewünscht, sie nicht zu verbessern. Aber nur die Liebe kann eine Vorstellung von den Freuden geben, die wir in der Gesellschaft des anderen mit gegenseitiger Zärtlichkeit genossen. Aber *sie* bietet nur wenige Süßigkeiten, die nicht mit einer Beimischung von Bitterkeit vermischt sind. Glückliche Momente! Wie schnell bist du geflohen! Nur eine traurige Erinnerung an diese entzückende Zeitspanne, die zurückblieb. Ach nein, es ist unmöglich, dass ich jemals den Tag vergessen sollte, an dem sie mir zum ersten Mal diese Gefühle für mich gestand, die mein Herz schon lange geahnt hatte und deren Gewissheit mich dennoch unbeschreiblich begeisterte. Aber als ich an meinen Freund und meine deprimierende Lage dachte, bremste dies meine Freude plötzlich. Meine Seufzer, meine Tränen machten ihr die Not meines Herzens bekannt! Ich konnte nur den Namen meines Freundes aussprechen und *rang* verzweifelt die Hände. Sie beruhigte meine Unruhe. „Das ist der tödliche Schlag, den ich befürchtet habe", sagte die sanfte Adelaude; „das ist es, was mein ahnungsvolles Herz vorausgesagt hat. Aber Ihr Interesse steht seinem nicht im Weg, für den ich nie mehr als *schwesterliche Zuneigung empfunden habe* ."

Dann erzählte ich ihr von meiner Abhängigkeitslage: dass es mir weh tun würde, mich so unpassend mit ihr zu verbünden, obwohl sie ihr gehört hätte, wenn ich den Reichtum der Welt besessen hätte. Sie sagte mir, dass ihr Besitz ausreichen würde, um mich reich zu machen: dass der Herzog davon spreche, Rotterdam zu verlassen; dass sie es fürchte, in der Gewalt eines so ungestümen Mannes zu sein, der vor nichts zurückschreckt, um seine Leidenschaften zu befriedigen; und dass sie sich unter meinen Schutz stellen würde. Ich war so vernarrt, dass ich ihrer Bitte nicht nachkommen konnte! Die Leiden meiner Freundin trafen mich zutiefst: falsche Ehre veranlasste mich, ihm zu schreiben und ihn über den Stand der Dinge zu informieren, bevor ich ihre Zuneigung für mich ausnutzte. Ich schrieb sofort an den Marquis; aber ein paar Tage später brach der Herzog mit seiner Familie nach Italien auf. In der Nacht vor ihrer Abreise sah ich die Gräfin. „Du musst gehen", sagte ich, „und mit dir all meine Freude, mein Glück, meine einzige Hoffnung. Geh und nimm alles mit, was meinem Herzen lieb und teuer ist. Alles, was mir bleibt, ist Verzweiflung. Die Vernunft wird ihre Herrschaft über die Liebe wieder aufnehmen, und du wirst einen armen Unglücklichen vergessen, der nichts zu bieten hat als die reinste und leidenschaftlichste Zuneigung; eine Zuneigung, in der das ganze Glück seines Lebens liegt."

„Ah, mein Herr", sagte sie, „unterlassen Sie es, eine Sprache zu sprechen, die Ihren Verdiensten und meinen Gefühlen so abträglich ist. Kann ich aufhören, Sie zu lieben? Kann ich Sie vergessen? Nein! Solange mein Herz schlägt, wird es Ihnen und Ihnen gehören." nur – ich werde mich für dich bewahren, und nichts kann mich jemals die Verpflichtungen vergessen lassen, die ich mit dir eingegangen bin."

Der Konflikt widerstreitender Leidenschaften hatte mich so sehr gequält, dass ich, wie ich gestehen muss, ziemlich erleichtert war, als sie aufbrachen und es nicht mehr in meiner Macht stand, den bezaubernden Plan zu verwirklichen, den mir die Gräfin vorgeschlagen hatte. Welche Nachsicht hat es mich nicht gekostet? Nichts ist üblicher, als dass sich Menschen gegen die Dinge aussprechen, die sie nicht genießen können: Diogenes sagte zu Aristippus, dem Höfling, als er in seiner Wanne an ihm vorbeiging: „Wenn du dich, wie ich, mit *Brot zufrieden geben könntest.*" und *Knoblauch* , du wärst nicht *der Sklave des* Königs *von* Syrakus .

Vielleicht beeinflussen Alter, Gesundheit und Vermögen den Geschmack und regulieren die Gelüste der Menschheit stärker als Vernunft und Nachdenken.

für *die Freundschaft* gebracht hatte, *groß wurde* . Bald erhielt ich den folgenden Brief von Julia.

"Mein Herr,

Die Gräfin wird so streng überwacht, dass sie nicht schreiben kann. Wären Sie doch Ihrem Wunsch gefolgt! Wir fahren nach Schweden. Folgen Sie uns, wenn möglich, und machen Sie den Fehler wieder gut, den Sie begangen haben. Ich fürchte, sie wird gezwungen sein, einen anderen Ehemann zu wählen. Adieu.

JULIA de VILLEROI ."

Nach Erhalt dieses Briefes reiste ich nach Schweden, hörte aber keine Nachricht von denen, die ich verfolgte. Ich wurde ganz melancholisch und ging selten ins Ausland, konnte es aber nicht ablehnen, vom Baron de R. der Königinwitwe vorgestellt zu werden, die eine erhabene Persönlichkeit ist: Sie ist die Schwester des regierenden Königs von Preußen, die erklärte Beschützerin der Literatur und Förderin von Verdiensten und hatte zu Lebzeiten ihres Mannes einen fast unbegrenzten Einfluss auf Staatsangelegenheiten, führt aber gegenwärtig ein zurückgezogeneres und abgeschiedeneres Leben. Sie beherrscht Latein und die modernen Sprachen perfekt.

Der jetzige König von Schweden änderte im Alter von 26 Jahren die Regierungsform, ohne Blutvergießen oder Schwierigkeiten. Schweden kann sich seiner beiden Gustavus rühmen, dem ersten und dem zweiten; Auch ihre Christina oder ihr Charles sind dem Ruhm nicht unbekannt. In welchem Land wird nicht der Name Petrus gefeiert, des größten Gesetzgebers der Neuzeit? Da ich keine Nachricht von der Familie des Herzogs hörte, machte ich mich auf den Weg in den Norden. In Dänemark ist die Sonne des Genies noch nicht von einem Thron gestiegen und hat einen vorübergehenden Glanz auf die umgebende Dunkelheit geworfen; wenn wir die berühmte Margarete von Waldemar ausnehmen, der die Geschichte den Beinamen der *Semiramis* des Nordens gegeben hat, die unter ihrer Herrschaft alle Königreiche unter dem Polarhimmel, Dänemark, Norwegen und Schweden, vereinte. Es gibt jedoch zwei Lieblingsmonarchen der dänischen Geschichte. Der erste von ihnen war Christian IV., der Gegner und Konkurrent von Gustav Adolf, allerdings mit weitaus geringerem Ruhm. Der letzte war Friedrich IV. Dieser Prinz liebte die Künste und besuchte Italien zweimal, einen vor seiner Thronbesteigung und einen danach. Während eines Karnevals in Venedig weilte er in dieser Stadt und soll eines Abends am Kartentisch eine Bank im Wert von hunderttausend Pfund Sterling gewonnen haben, die er sofort einer edlen venezianischen Dame in deren Haus überreichte dies geschah, und dessen gesamtes Vermögen in dieses Glücksspiel verwickelt war: Die ganze Gesellschaft war maskiert.

Ich kann es nicht unterlassen, die literarischen Verdienste der Damen in Dänemark zu erwähnen; worauf Lord Molesworth bereits hingewiesen hat, der sagt, dass Tycho Brahes Schwester und insbesondere Dorothea Engelerechtie mit den berühmten Dichterinnen der Antike konkurrieren könnten. Die Dame Brigetta Tot hat Seneca, den Philosophen, mit der ganzen Eleganz, zu der jede Sprache fähig ist, in die dänische Sprache übersetzt und sich mit unserer genialen Landsfrau Miss Carter [27] verschworen , um zu zeigen, dass die raueste Philosophie der Stoiker sich unterwerfen muss. wenn das schöne Geschlecht Freude daran hat, zu erobern. Aber ich vergesse, an wen ich schreibe – Dank Ihrer ausführlichen Lektüre habe ich Ihnen nichts zu sagen, was zuvor geschrieben und veröffentlicht wurde. Ich möchte nur bemerken, dass ich im Ausland viele geniale Männer getroffen habe, die die Engländer für billig hielten. Ich kann dies nicht anders erklären, als dass sie sich ihr Urteil über uns nur durch die *philosophischen Transaktionen bilden* . Da ich das Schicksal der Gräfin de Sons nicht kannte, war ich in tiefe Melancholie versunken und ging kaum in Gesellschaft, sondern widmete mich ständig dem Lernen: Ich vergnügte mich mit der Malerei; Der Katarakt des Flusses Dahl ist das Thema eines meiner Stücke. Das gewaltige Tosen dieser Katarakte, das in der Nähe sogar den lautesten Donner übertrifft; die Dämpfe, die unaufhörlich aus ihnen aufsteigen und sie an vielen Stellen sogar vor dem Auge verdecken; die Bewegung des Flusses unten mehrere hundert Meter lang, bevor er wieder seine frühere Ruhe einnimmt; und die Seiten sind mit hohen Tannen bedeckt; bilden eine der malerischsten und erstaunlichsten Szenen, die es in der Natur zu sehen gibt.

Als ich eines Tages in die Betrachtung dieser Szene vertieft war, näherte sich Lord Ogilby, den ich in Upsal kennenlernte, mir in offensichtlicher Gemütsaufgewühltheit. Wir lebten viel zusammen, aber ich hatte ihn sehr abwesend bemerkt und ihn mehrere Abende vermisst. „Mylord", sagte er, „in der Nähe dieses Ortes befindet sich alles, was meiner Seele lieb und teuer ist: Ich bin verliebt – verliebt in einem Ausmaß, wie ich es noch nie zuvor empfunden habe. Ich bin selbst erstaunt darüber. Aber tadeln Sie mich nicht, bis Sie das Objekt meiner Zuneigung sehen." Er sagte, er sei von der Figur und Schönheit einer jungen Frau entzückt gewesen und sie schien von größter Bescheidenheit, Besonnenheit und guter Laune zu sein. Er beendete seine Lobrede mit den Worten: „ *Wie glücklich wird der Mann sein, der ihr sanftes Herz zuerst mit Liebe erfüllt* !"

Ich begleitete Lord Ogilby (der schwieg) etwa hundert Meter weit, bis wir uns einem Cottage näherten.

Als ein Fenster geöffnet wurde, sagte er zu mir: „Dort, mein Herr, können Sie sie sehen, ohne bemerkt zu werden." Ich schaute hin und erblickte eine höchst exquisite Schönheit. Sie hatte einen hellen Teint, schöne, volle, blaue, schmachtende Augen, die durch die langen Wimpern ihrer schönen Lider funkelten und mit der unschuldigsten Einfachheit alles ausdrückten, was eine fade Kokette vergeblich versucht. Als sie bemerkte, dass wir sie ansahen, wurde das Zinnoberrot auf ihren Wangen noch stärker, da sie sich bewusst war, dass sie die extreme Sensibilität ihres Herzens verrieten; und selbst wenn nicht der Rest ihrer Person ebenso einnehmend gewesen wäre, hätte allein die bezaubernde Süße ihres Gesichtsausdrucks sie berechtigt, in die erste

Klasse der ansprechenden Schönheiten aufgenommen zu werden. – Ein wunderschöner Junge von etwa zwei Jahren, dessen Haar in natürlichen Locken wie ihr eigenes fiel, spielte neben ihr, während sie einige künstliche Blumen machte. Ihr Kleid bestand aus einer braunen Camblet-Jacke und einem an der Brust zusammengeknöpften Unterrock.

Als sie uns erblickte, stand sie auf und empfing uns mit größter Höflichkeit. Wir konnten uns leicht vorstellen, dass sie an ein vornehmes Leben gewöhnt war. Sie teilte uns mit, dass sie, so sehr wir ihr auch die Ehre erweisen würden, wenn wir uns herabließen, in dieses ärmliche Häuschen zu kommen, in Zukunft wünschen würde, dass wir unseren Besuch nicht wiederholen würden. Denn es war völlig gegen ihre Pläne und gegen die Ansichten, die sie dazu veranlasst hatten, sich an diesen Ort zurückzuziehen. Es zeigte sich eine schüchterne Schüchternheit in ihr; aber da diese aus der Angst vor *meinem Freund zu stammen schien* , der ein aufdringlicher Liebhaber gewesen war, und ein Beweis für die Reinheit ihres Herzens und nicht für Ungeschicklichkeit war, schien sie eine Anmut zu sein. Ja, ich wiederhole es, diese Schüchternheit schien in ihr sehr einnehmend zu sein; denn wie der Schatten in einem schönen Bild diente sie dazu, die meisterhaften Striche des Stücks hervorzuheben. Lord Ogilby versicherte ihr in meinem Beisein, dass er keine Ansichten habe, die nicht höchst ehrenhaft seien, und dass er sie zu seiner Frau machen würde, wenn sie ihm ihre Hand geben würde. „Ich gehöre zu denen, sagte er, die die allgemeinen Vorurteile der Menschheit, insbesondere in Liebesdingen, immer verachtet haben. Eine feine Persönlichkeit, ein anmutiges Benehmen, ein liebenswürdiges Wesen sind alles Titel oder Reichtum, die ich bei einer Frau erwarten würde. Sie besitzen all diese Vorteile, und dazu kommt noch die größte Zartheit der Gefühle – so viele Reize gleichen den Mangel jener anderen Eigenschaften aus, die Ihnen das Unrecht des Schicksals genommen hat." – „Hymen, mein Herr, antwortete sie, kann keine Freude für mich haben, und ich bin sicher, er wird seine Fackel nie meinetwegen anzünden; denn ich habe Quellen von Tränen, die sie bald auslöschen würden!" Wie überrascht war ich, dieses schöne Mädchen (denn sie schien nicht älter als achtzehn zu sein) so begabt zu finden, dass sie die Ilias von Homer, die Georgica von Virgil, den unnachahmlichen Cervantes und die Stücke von Terenz in den Originalsprachen mit großer Leichtigkeit lesen konnte! Sie war eine *Hebe* , mit dem Kopf eines Philosophen, dem Wissen eines Geistlichen und allen äußeren Fähigkeiten, die eine vollkommene Bildung verleihen kann. Da wir feststellten, dass sie gern las, brachten wir ihr ein Buch mit Zeitschriften, die gerade in Wien geschrieben worden waren. Als ich sie das nächste Mal sah, fragte ich sie, ob sie es gutheiße – sie antwortete, sie könne das nicht beurteilen, aber sie sei der Auffassung, dass Humor beim Schreiben hauptsächlich in der Nachahmung menschlicher Schwächen oder Absurditäten bestehe; daher rührt unser Vergnügen an dieser Art der

Komposition daher, dass wir das Bild mit dem Original in der Natur vergleichen, wozu sie keine Gelegenheit hatte.

In den Werken unserer eigenen Landsleute haben wir häufig Gelegenheit, diesen Vergleich anzustellen, da wir die Originale im Allgemeinen vor uns haben. Wenn wir jedoch die Werke von Ausländern lesen, müssen uns die Porträts oft gezwungen und unnatürlich erscheinen, da sie nach Manieren kopiert wurden, mit denen wir nicht ausreichend vertraut sind. Es gibt eine Art Humor und Manieren, die jedem Land eigen sind; und das ist es, was jede Nation dazu veranlasst, ihren eigenen humorvollen Themen den Vorzug zu geben. Diese Vorliebe ist auch nicht unbegründet, da die einzelnen Zeichnungen nach Originalen angefertigt wurden, die sich stark voneinander unterscheiden; und wie bei der Porträtmalerei der Wert des Bildes durch unsere Verbindung mit der Person, die dafür Modell stand, erhöht wird; so müssen wir hier jene Stücke billigen, deren Originale wir am besten kennen. Die Sprache des Humors ist auch in jedem Land anders als die, die bei gewöhnlichen Gelegenheiten verwendet wird, was ausländische Satire zu einer Exotik von zu feiner Natur macht, um sie zu verpflanzen.

Ich war nicht überrascht über die Situation meines Freundes; Nichts, was ich *damals* annahm, hätte mein eigenes Herz vor ihren Reizen schützen können, außer dass es eine Vorverlobung war. Alle großen Helden, insbesondere die Heiligen der Heiligen Schrift, hatten ihre *Delilahs* , deren bezaubernden Reizen sie *alle nachgegeben haben* ; einige widerstrebend, andere liebevoll; *diese* beweisen ihre Weisheit, *jene* ihre Torheit; denn *es gibt keinen Zauber gegen die Schönheit* und auch nichts, was sie nicht verzaubern könnte.

Doch trotz meiner Vorliebe für sie kam mir die Vernunft zu der Annahme, dass die Leidenschaft meines Freundes ihn in eine ungehörige Beziehung drängen könnte. Ich erkundigte mich daher insbesondere nach dieser reizenden Frau. Ich erfuhr, dass sie seit fünfzehn Monaten dort lebte und ein Hausmädchen und das Kind, das wir gesehen hatten, mitgebracht hatte. Bald nach ihrer Ankunft hatte sie sich einige wertvolle Besitztümer zugelegt und sich seit dieser Zeit damit beschäftigt, künstliche Blumen herzustellen, die ihr Hausmädchen ihnen brachte – und ihnen reichte. Sie hätten mit großer Freude bemerkt, dass sie nun viel fröhlicher war als am Anfang. Sie sei in ihrem Verhalten sehr regelmäßig, treffe nie jemanden und gehe außer zum Gottesdienst oder um ein wenig an die frische Luft zu gehen und sich zu bewegen. Diese Erzählung steigerte die Leidenschaft meines Freundes nur noch mehr. Er ließ nichts ungesagt und nichts unerledigt, um sie von seiner Aufrichtigkeit zu überzeugen. Doch sie blieb unerbittlich. Wir waren eines Tages dort. als ich mir die Freiheit nahm, ihr diesbezüglich Vorhaltungen zu machen, war sie gerührt und sagte: „Mylord, Sie betrüben mich sehr; doch um mich sofort *von* den Zudringlichkeiten Ihres Freundes zu befreien und *Ihnen zu beweisen* , wie unerreichbar *seine* Verfolgung *ist , muss ich mich auf die demütigenden Einzelheiten meines Kummers* beschränken . Dann fügte sie, auf den schönen Jungen deutend, hinzu: Dieser Cherub nennt mich *Mutter , obwohl sein grausamer Vater mir den Namen Frau* nicht gegeben hat . Dies, Mylord, macht Sie uninteressant hinsichtlich mir."

Lord Ogilby, obwohl von dieser Nachricht geschockt, versicherte ihr, dass sie in seinen Augen den Frauen von Welt, die sich selbst vergeblich schmeicheln, unendlich überlegen sei, dass, obwohl sie sich ihrer Fehler *nicht bewusst zu sein scheinen, die Menschen ihre Torheiten nie entdecken* ! dass er ihre Aufrichtigkeit respektiere, ein Vater für ihren reizenden Jungen sein und durch seine zärtliche, treue Zuneigung ihre frühere Enttäuschung wiedergutmachen würde. Sie sagte alles, was ein vernünftiges Herz fühlen kann, und sie empfand die Ehre, die er ihr erwiesen hatte, als er sie in der seltsamen Situation, in der er sie vorfand, auf so ehrenhafte Weise ansprach; fügte aber hinzu, dass ihr Herz brechen könnte, aber wenn es bricht, muss es ganz Sir Harry Bingley gehören!

„Ich bin mir sehr darüber im Klaren, meine Herren", fuhr Miss Harris fort, dass die Schwächen derer, denen wir unsere Existenz zu verdanken haben, uns heilig sein sollten, auch wenn sie dem Angriff der ganzen Welt ausgesetzt sind. Aber es ist meine Aufgabe, den Charakter meines Vaters darzustellen, um Ihnen den Ursprung meines Unglücks zu verdeutlichen. Er war der jüngere Sohn einer angesehenen Familie, hatte jede erdenkliche Bildung genossen und war um die ganze Welt gereist; was ihn, wie er selbst sagte, von vielen engstirnigen Vorurteilen befreit hatte! Aber das genügte ihm nicht – er musste über Vernunft und Natur triumphieren. Er war zu weise, um die Meinungen seiner Vorväter zu übernehmen, aber gleichzeitig zu träge, um eine eigene zu etablieren; und da er ohne System lebte, machte er die gegenwärtige Bequemlichkeit zur Regel seines Verhaltens. Seine Tugenden waren folglich *zufällig* – seine Laster jedoch *gewohnheitsmäßig* . Ein Geistlicher, der ihm Gesellschaft leistete, billigte *seine Fehler* und bestätigte *meine Überzeugung* , dass religiöse Pflichten nur eine *Zumutung für das Vulgäre seien* . Ich bin sicher, mein Herr, Sie müssen mir darin zustimmen, dass *Unmoral* bei einem *Geistlichen* ebenso unverzeihlich ist wie *Feigheit* bei einem *Soldaten . Man* flieht vor den Feinden seines *Königs* und seines *Landes* ; der *andere* rechtfertigt die *Feinde seines Gottes* . Mein Vater heiratete eine junge Dame mit großem Vermögen. Sie hatte eine sehr religiöse Erziehung genossen und war zu sensibel, um sich über seine Untreue nicht übermäßig zu verletzen. Er sagte ihr, es sei sehr gut, dass sie so dachte , dass nicht alle Fähigkeiten ein ausreichendes Maß an Aufmerksamkeit erfordern könnten, um den Feinheiten philosophischer Spekulation nachzugehen; Auch wenn sie es könnten, sind sie nicht mit der richtigen Wahrnehmungskraft ausgestattet, um selbst zu erkennen und zu urteilen. Da diese zwangsläufig von Vorurteilen bestimmt sein müssen, bleiben solche schwachen Objekte, wenn man sie beseitigt, ohne jegliches Prinzip *zurück* .

Meine Mutter antwortete, dass die Apostel keine *Meta-Ärzte seien* , und ihr gesegneter Meister habe sie auch nichts gelehrt, was sie zu solchen machen könnte. Deshalb begnügte sie sich mit ihren klaren Anweisungen und empfand darin viel mehr Befriedigung als bei allen menschlichen Schriftstellern, insbesondere bei denen, die so viele und so schöne Unterscheidungen verwenden, eher dazu neigen, den Verstand *zu verwirren* als *zu erhellen* , und wenig Wirkung auf das Herz haben um es besser zu machen. „Ich gebe zu", sagte sie, „es ist für mich keine Empfehlung aus irgendeinem Grund, dass die Urheber dazu gezwungen sind, auf *abstruse Begriffe* zurückzugreifen , insbesondere wenn sie solche Begriffe in ein System einführen, das vorgibt, christlich zu sein." Ich bewundere keine scholastischen Phrasen oder Kunstbegriffe, wenn sie auf eine Lehre angewendet werden, die nur Gegenstand der Offenbarung ist; und worin weder Schulen noch Künste etwas weiter zu sagen haben, noch können sie etwas klarer oder sicherer sagen als das, was Gott gesagt hat. Ich bin weit davon entfernt, irgendetwas dem menschlichen Urteilsvermögen aufzuzwingen oder einem Menschen vorzuschreiben, was ein anderer zu glauben hat! Aber hier unterbrach mein Vater sie; und in einer Leidenschaft benutzte er Ausdrücke, die Zartheit verhindert eine Wiederholung von – und fügte hinzu: Weder *Mann* noch *Frau* sollten ihm diktieren oder ihn zum Narren halten! Diese Religion usw. usw. war in den verschiedenen Ländern unterschiedlich, da er oft etwas im Klima, im Boden oder in der Situation eines *jeden Landes beobachtet hatte* , was großen Einfluss auf die Festlegung der besonderen Art des Aberglaubens hatte. So verehren sie in Syrien die Sonne, den Mond und die Sterne, da sie in einem flachen Land leben und sich an der beständigen Ruhe des Himmels erfreuen; und der Ursprung und das Fortschreiten dieses Irrtums lassen sich in einer bestimmten Verbindung zwischen den als physisch betrachteten Kultgegenständen und ihren Charakteren als Gottheiten zurückverfolgen.

So scheinen die Pracht und Herrlichkeit, mit der die Sonne in Syrien verehrt wird, und die Menschenopfer, die ihr geopfert werden, insgesamt eine ehrfurchtgebietende Verehrung auszudrücken, die eher seiner Macht als seiner Wohltätigkeit gezollt wird, in einem Land, wo die Gewalt seiner Hitze die Vegetation zerstört, wie sie den Einwohnern auch in vielerlei anderer Hinsicht große Probleme bereitet. Der Aberglaube besteht seit Anbeginn der Welt aus jedem Detail, das die Menschen entweder aus *Angst* oder aus *Torheit* , aus der *Stärke* ihrer *Vorstellungskraft* oder der *Schwäche* ihres *Urteilsvermögens* oder aus der *Absicht* und *List* ihrer *Führer zu akzeptieren* lernten , um jedem Wesen oder jeder Wesensart zu gefallen, die ihnen überlegen waren und die sie zum Gegenstand ihrer religiösen Verehrung machten. Meine Mutter antwortete, dass der Ungläubige nichts an Gottes Plan ändert, wenn er es wagt, sich gegen ihn zu erheben – Er greift immer in seinen Plan ein, in dem das Böse mit dem Guten zusammenwirkt, für die Harmonie dieser *Welt* und das Wohl der *nächsten* . Ich brauche Sie, Mylords, nicht mit der Schilderung dieser Einzelheiten zu langweilen, sondern nur auf die unterschiedlichen Charaktere meiner Eltern hinzuweisen. Diese oft wiederkehrenden Auseinandersetzungen führten schließlich zu solchem Zwist, dass die Gesundheit meiner Mutter darunter litt. Sie starb und überließ mich der Obhut eines Vaters, der für dieses *wichtige Amt völlig ungeeignet war* . Er versuchte, mir seine religiösen Ansichten usw. einzuprägen. Wenn ich seine Ideen übernahm, konnte man mir das vorwerfen? Ist es nicht verletzend und lächerlich, andere dafür zu tadeln, dass sie so denken, wie wir es unter denselben Umständen getan hätten? Denn wenn wir unseren Verstand nicht zu Rate ziehen (was uns in religiösen Angelegenheiten verboten ist), sind die Fähigkeiten und die Leichtgläubigkeit der Menschen aufgrund ihres unterschiedlichen Temperaments, ihrer unterschiedlichen Bildung und Erfahrung unterschiedlich. Und noch absurder wäre es, den Rest der Menschheit dafür zu tadeln, dass sie nicht glauben, was wir selbst nicht glauben *oder* wozu wir gebracht werden *können* . Doch zurück zu meinem Vater: Etwa ein Jahr nach dem Tod meiner Mutter, als ich erst acht Jahre alt war, brach er nach Italien auf und kehrte berauscht von der Liebe zur Antike nach Hause zurück. Er konnte den ganzen Tag vor einer Statue ohne Nase sitzen und schwelgte mit größerer Liebe in den Verfall als der selbstgeliebte Narziss in seine Schönheit. Sir Harry Bingley erwies mir die Ehre, mich anzusprechen, doch mein Vater wollte bei seinem ersten Antrag nichts davon hören. Er wollte, dass ich einen Bruder aus der Altertumskunde heiratete, der sich neben anderen Dingen des Alters und der Zeit wünschte, dass ein junges Gesicht ihn Vater nennen würde. Mein Liebhaber sagte ihm, er würde zum Himmel beten, um mich zu verdienen. Er antwortete: „Wenn Ihr Gebet erhört wird, erneuern Sie Ihren Antrag; aber wenn Sie bis dahin bleiben, müssen Sie eine Brille haben, um ihre Schönheit zu sehen." Wäre Sir Harry ihm wie der Sohn einer Sibylle erschienen oder mit einem schroffen Gesicht, wie Vater Nilus auf den Vorhängen abgebildet ist, wäre es anders gewesen. Aber die Eigenschaften, die ihn *für mich auszeichneten, hatten bei meinem Vater* die gegenteilige Wirkung .

Signor Crustino, den er bevorzugte, hatte ihm Bücher geschenkt, die seiner Aussage nach vor dem Punischen Krieg geschrieben worden waren, und einige von Terenz' hundertfünfzig Komödien, die in der Adria verloren gegangen waren, als er aus der Verbannung zurückkehrte. – Es gab starke Anreize – Er befahl mir, ihn zu heiraten. Ich protestierte, aber ohne Wirkung. Wäre Sir Harry Bingley in irgendeiner Hinsicht alt gewesen, selbst in der Ungerechtigkeit, hätte er ihm, glaube ich, Respekt entgegengebracht. Hatte er nicht, sagte er, die Indiskretion, Schwäche zu verraten, sogar mir gegenüber? Hatte er nicht erwähnt, dass seine *alten* Pachtverträge tausend pro Jahr einbrachten, er aber *neue* Pachtverträge abgeschlossen und diese verdoppelt hatte und durch den Verkauf einer Gemäldegalerie die Schulden seines Vaters beglichen hatte? O, welch absurde Torheit! Er schätzt sein Gold mehr als alles, was Apelles oder Phidias erfunden haben! „Was ist ehrenhafter als das Alter?" sagte er: „Ist das nicht mit Weisheit verbunden? Sie hat in allem Vorrang: Altertümer sind die Register, die Chroniken des Zeitalters, und sie sprechen die Wahrheit der Geschichte besser aus als hundert Ihrer gedruckten Kommentare!" Vergebens vertrat ich eine gegenteilige Meinung; meine Tränen hatten keine Macht, sein steinernes Herz zu besänftigen. Ich wurde angewiesen, meine Hochzeit vorzubereiten; ich war entschlossen, dass sie auf keinen Fall stattfinden sollte. In der Zwischenzeit wurde Sir Harry Bingleys Leidenschaft durch die Schwierigkeit, mich zu bekommen, noch verstärkt, da die Liebhaber der schönen Danäe sie noch mehr begehrten, als sie im ehernen Turm eingesperrt war. Er drängte mich, durchzubrennen: die Neigung drängte auf der einen Seite, die Pflicht auf der anderen; ich war zwischen widerstreitenden Leidenschaften hin- und hergerissen : meine Verwirrung wurde durch die Vorbereitungen für das Hochzeitsfest noch verstärkt. Mein Vater holte seine Speisekarte aus Athenæus und bestellte die überraschendsten Gerichte, die man sich vorstellen konnte. Doch ein höchst außergewöhnlicher Zufall verschaffte mir Aufschub. Er besaß ein paar alte Manuskripte, die man angeblich in einer Wand gefunden und zusammen mit dem Fundament eingelagert hatte. Er nahm an, dass es sich um die Schrift einer Prophetin handelte. Sie waren, sagte er, in einem alten römischen Einband gebunden. Und obwohl die Schrift so unvollkommen war, dass die Zeit die Buchstaben ausgehöhlt hatte und der Staub zwischen jeder Silbe eine Klammer bildete, war er dennoch untröstlich, als er entdeckte, dass er sie verloren hatte. Er verdächtigte seinen Bruder, einen Altertumsforscher, des Diebstahls, da *solche* im Allgemeinen sehr *geschickt* darin sind, Dinge zu *stehlen* . Es kam zu Wort und man trennte sich im Zorn. Mein Vater erklärte, die Hochzeit sollte nicht gefeiert werden. Am nächsten Tag schrieb Signor Crustino einen besänftigenden Brief, in dem er um die Annahme mehrerer anderer Manuskripte bat, die seiner Aussage nach aus den Ruinen von Aquileia ausgegraben worden waren, nachdem die Stadt von Attila, dem König der Hunnen, geplündert worden war.—Aber er gab sie empört zurück und legte sich ins Bett, wo er neun Monate in einem sehr zähen Zustand blieb—dann starb—und ließ mich als Beute der bedrückenden Unverschämtheit des stolzen Wohlstands zurück.—Nur das kann dem unbefangenen Geist eine Wunde zufügen.— Das sind die Stachel der Armut! Unglück schafft niemals Respekt: Abhängigkeit stößt natürlich auf viele Kränkungen—Bei solchen Gelegenheiten zeigen einige ihre *Bosheit* und sind witzig über unser *Unglück* ;

andere ihr Urteil durch weise Betrachtungen über unser Verhalten; aber nur wenige ihre Wohltätigkeit.—Nur diejenigen haben ein Recht zu tadeln, die ein Herz haben, um zu helfen: der Rest ist Grausamkeit, nicht Gerechtigkeit [28] .

Ich stellte fest, dass die Kuriositätensammlung meines Vaters, für die er sein gesamtes Vermögen ausgegeben hatte, lediglich seine Schulden beglich. Bei dieser Gelegenheit verließen mich alle meine Bekannten. Eine reiche Tante war die einzige Person, die sich an die Existenz eines solchen Wesens erinnern konnte (mit Ausnahme meines Geliebten). Sie leistete mir Hilfe, aber eher so, als hätte sie einem *Fremden ein Almosen* gegeben , als einem Verwandten *Erleichterung zu verschaffen.* Wie wenige beherrschen die Kunst, Gefälligkeiten auf diese glückliche Art und Weise zu erweisen, die den Wert der Verpflichtung verdoppelt! Wenn die Menschen beim Tun von Gutem die Umstände und Neigungen derer befragten, denen sie gehorchen – wenn sie, anstatt ihre Selbstliebe (die uns allen innewohnt) zu erschüttern, wüssten, wie sie sie mit der gleichen Ansprache auszunutzen hätten, wie der Schmeichler es pflegt Um seine Ziele zu erreichen, hätte das Reich der Moral seine Grenzen längst ausgeweitet und die Zahl seiner Anhänger wäre stark gestiegen. – Dies ist umso leichter zu bewerkstelligen, als die *Notleidenden* jedes Zeichen der Aufmerksamkeit, das ihnen die Reichen entgegenbringen , für *möglich halten echte Gunst* – aber *Vernachlässigung* im Allgemeinen ist der *Teil* des *Notwendigen* – und *Empörung allein wird eingesetzt, um die Schuldigen* wiedergutzumachen .

Lord Ogilby konnte sich hier nicht zurückhalten und fragte mit einiger Wärme, wo Sir Harry Bingley die ganze Zeit war. Miss Harris verbeugte sich und fuhr mit ihrer Geschichte fort. „Ach!", sagte sie, „der Marquis von M – sein Onkel, in den er große Erwartungen setzte, bestand darauf, dass er Lady Ann Frivolité heiratete – und obwohl er dieses Angebot entschieden ablehnte, dachte er, er sollte aus Vorsicht eine Zeit lang mit der Eingehung einer weiteren Verlobung warten, bis er seinen Onkel dazu bringen könnte, darauf einzugehen."

Da meine Bedürfnisse immer größer wurden und ich mich ganz auf die Ehre meines Geliebten verließ, erlaubte ich ihm, mich zu einem Anwesen in einem abgelegenen Teil des Landes zu führen. Es war ein schrecklich düsteres Haus, umgeben von Eiben und Weiden, deren verschiedene Formen mich an Ovids Metamorphosen erinnerten und mich manchmal dazu brachten, das Schicksal unglücklicher Liebender zu beklagen, die von der angeblichen Zauberin dieses trostlosen Hauses in immergrüne Pflanzen verwandelt wurden. Das Haus war lange unbewohnt gewesen: Die Schwärze der Wände, die runden Feuer, die riesigen Kessel, die gähnenden Öffnungen der Öfen und Brennöfen ließen darauf schließen, dass es entweder die Schmiede des Vulkan, die Höhle des Polyphem oder der Tempel des Moloch war. Die

Vorhänge der Gemächer waren tatsächlich die schönsten der Welt; das heißt, die, die Arachne aus ihren eigenen Eingeweiden spinnt. Aber die Zuneigung, das zärtliche, respektvolle Verhalten meines Geliebten bedeuteten *mir alles* . Er sagte, er zweifle nicht daran, dass der Marquis, wenn er von meinen Verdiensten überzeugt wäre, seine Leidenschaft billigen würde! Da ich ihn nicht in einem so trügerischen Irrtum belassen wollte, sagte ich ihm, es sei wenig wahrscheinlich, dass das goldene Zeitalter in seiner Familie wieder aufleben würde; oder, die Hoffnung, dass die Güte seines eigenen Herzens epidemische Ausmaße annehmen würde, sei eine Illusion! dass Verwandte oder Eltern die Dinge in einem ganz anderen Licht sähen als ihre Kinder; da die Gefühle der ersteren aus kühler Überlegung entstünden und die der letzteren gewöhnlich aus der Laune einer unregelmäßigen Vorstellungskraft oder der Heftigkeit einer ungestümen Leidenschaft resultierten, die sie manchmal dazu veranlasste, in direktem Widerspruch zum heilsamen Rat ihrer besten Freunde zu handeln. – Er antwortete, dass, selbst wenn dies der Fall wäre, der Marquis von M – nicht ewig leben könnte – aber dass keine Macht der Erde ihn dazu bewegen könnte, sein Glück zu opfern; dass er ein *ansehnliches* , wenn auch nicht *großes* eigenes Vermögen habe – und mich direkt heiraten würde, wenn ich es wollte, oder den feierlichsten Eid ablegen würde, es zu tun, sobald die Umstände es vernünftig und sicher machten. Ich lehnte es daher ab, seinem Antrag zuzustimmen: Ich konnte den Gedanken nicht ertragen, dass mein Geliebter das Risiko einging, meinetwegen ein Familienerbstück zu verlieren; obwohl mir die Möglichkeit, dass Besitz seine Gefühle ändern könnte, nie in den Sinn kam. Wir blieben drei Monate zusammen, die glücklichste Zeit meines Lebens: Glückliche Momente, wie schnell bist du geflohen, um nie, nie zurückzukehren!

Miss Harris errötete und hielt inne; wir ermutigten sie, weiterzumachen. Etwas zögernd fügte sie hinzu: „Zu dieser Zeit überwog die Aufdringlichkeit meines Geliebten; ich ergab mich seinem Wunsch. Er hatte mir feierlich versprochen, unsere Verlobung am Altar zu besiegeln; und mein Vater hatte mir die Vorstellung eingeflößt, dass die Ehe nur eine zivile Institution sei: Er hatte oft gesagt, dass die Hochzeiten der Israeliten nicht von religiösen Zeremonien begleitet waren, außer den Gebeten des Familienvaters und der Umstehenden, die um Gottes Segen baten. Wir haben Beispiele dafür in der Hochzeit von Rebekka mit Isaak und von Ruth mit Boas. Wir lesen nicht, dass Gott die Rolle eines Priesters spielte, um Adam und Eva zusammenzuführen, sondern nur die eines Vaters für die junge Frau, indem er sie weggab – *denn er brachte sie zu dem Mann* : Wir sehen nicht, pflegte er zu sagen, dass bei dieser Gelegenheit irgendwelche Opfer dargebracht wurden; dass sie zum Tempel gingen oder zu den Priestern geschickt wurden. Es war also nichts weiter als ein ziviler Vertrag. Ich kannte auch die gegenwärtigen Gepflogenheiten in Sizilien und Holland. So rechtfertigte ich mich *vor mir selbst* , wenn auch nicht wirksam; aber ich war damals bereit, *zu glauben,* was ich *wollte* ; denn keine Unannehmlichkeit *für mich* konnte mich in ihren Folgen so treffen wie der Verlust meines Liebhabers sein Vermögen meinetwegen , was mich dazu veranlasste, ihn damals nicht zu heiraten. Und ich verließ mich fest auf seine Ehre, die ich von da an als meinen Ehemann betrachtete und dies auch tun werde. Mit diesem Unterschied – wenn eine Frau ihren Ehemann nach einiger Zeit, die der Anständigkeit gewidmet ist, überlebt, können viele Umstände zusammenkommen, um eine zweite Bindung zulässig zu machen. Aber eine, die wie ich eine Schwäche bewiesen hat, muss in jedem anderen Teil ihres Charakters vorbildlicher und in ihrem Verhalten beharrlicher sein, sonst sollte ihr die *besondere Zuneigung* , die *ihren Fehler verursacht hat, als Verderbtheit* zugeschrieben werden . Der Ausgang wird beweisen, wie notwendig es zum Wohle der Gesellschaft ist, bestimmte Regeln aufzustellen, deren Übertreter zum Wohle der Gemeinschaft leiden sollten.

Die Wirkung unserer Leidenschaft zeigte sich bald an mir – aber es tut mir leid, es erzählen zu müssen, und ich muss es nur wiederholen – er verließ mich, und das zu einer Zeit, als ich jede Minute damit rechnete, Mutter zu werden; ohne mir auch nur eine einzige Zeile zu schenken, die mich hätte *trösten* oder meinen Geist von einem Zustand der Verwirrung, der fast an Wahnsinn grenzte, *befreien können* . Schließlich erfuhr ich, dass er sich in vertraulicher Angelegenheit auf den Kontinent begeben musste! Ach, auf welche Weise hatte ich sein Vertrauen verloren? Sein *Ruhm* war mir lieber als mein *eigenes Leben* ; und hätte er mir die Umstände erzählt, hätte ich ihn zu seiner *Abreise gedrängt* , anstatt seinen Aufenthalt zu *verlängern* .

Ich war verzweifelt über seine Unfreundlichkeit! Wären meine Schritte mit Blumen übersät gewesen, hätte ich jede äußere Annehmlichkeiten besessen, die Reichtum bieten kann, ach, wie nutzlos wären mir all diese Vorteile gewesen! Aber in meiner Lage, bedrückt, geplagt und von Demütigungen umgeben, unwissend sogar über die Mittel meines zukünftigen Lebensunterhalts und den seines Kindes, wie schrecklich vergrößerten sich meine Leiden! Dieses Zeichen seiner Unachtsamkeit verdoppelte meinen Kummer. Nach seiner Abreise traf eine Auswahl von Blumen, Pflanzen usw. ein, die mich nur an das Glück erinnerten, das ich mir durch ihre Pflege in seiner Gesellschaft versprochen hatte: aber ich konnte nicht von ihrem Duft leben wie eine holländische Jungfrau, noch stammte ich von Kameleonen ab, die man mit Luft ernähren kann. In meiner Verzweiflung lehnte ich jede Art von Nahrung ab; aber ein würdiges Mädchen, das bei mir lebte, rettete mich aus diesen *Träumereien* . Wenn Sie entschlossen sind, Madam (sagte sie), Ihr Leben lang keinen Bissen mehr zu essen, so ist Ihr gegenwärtiges Verhalten sehr konsequent; aber wenn Sie dies jemals vorhaben, dann glauben Sie mir, dass dies der beste Zeitpunkt ist, es für Sie selbst zu tun, abgesehen von

Ihrem Kind, das mit Ihnen leiden muss. Das letzte Argument war überzeugend – ich fragte nach Essen und aß gierig.

Bald darauf bekam ich einen schönen Jungen – ich nahm ihn in meine Arme – jedes Gesicht zeigte seinen geliebten, wenn auch grausamen Vater! Seitdem ist er mein einziger Trost, mein einziger Trost und mein einziges Glück – würde ich aus der Gesellschaft vertrieben und würde ich seinetwegen jede Art von Beschimpfungen erleiden müssen , wäre er für mich unendlich interessanter als alles, was die Welt mir bieten könnte.

Nach zwei Monaten, in denen ich mir schmeichelte, ich würde von Sir Harry hören, obwohl sich meine Hoffnungen als zu optimistisch erwiesen, verließ ich sein Haus – es war mir egal, wohin ich ging, wenn es weit von einem Ort entfernt war, an dem er mich entdecken konnte, an einem Zeit, in der seine launische Leidenschaft ihn zu mir zurückbringen könnte. Viele unglückliche Frauen ergeben sich in einer solchen Situation (wie Ariadne) von dem Tag an, an dem sie verlassen wurden, Bacchus – aber eine bessere Bildung hat mich eines Besseren belehrt. Der Bruder meiner Magd war Kapitän eines Schiffes; Ich stimmte ihm zu, uns an diesen Ort zu bringen. Mein Kind rechtfertigte es, dass ich ein paar wertvolle Schmuckstücke behielt, die mir Sir Harry gegeben hatte und die ich sonst hätte zurückgeben sollen – ich machte mich auf den Weg und trug philosophisch alle meine Besitztümer bei mir. Diese Schmuckstücke und dieser Fleiß haben uns bisher unterstützt – ich verehre die Tugend, obwohl ich unglücklicherweise von den etablierten Regeln der Tugend *in meinem Land abgewichen bin* –, aber ich habe die gleiche herzliche Zuneigung für tugendhafte Menschen, die gleiche Zärtlichkeit für die Unglücklichen und das Gleicher Respekt für diejenigen, die der Wohlstand nicht geblendet hat!

Lord Ogilby antwortete: Sir Harry Bingley muss zwischen Felsen gesäugt und von Tigern gesäugt worden sein, um Sie so zu benutzen! Aber selbst jetzt wärst du lieber Gegenstand seiner zügellosen Leidenschaft, als meine tugendhafte Frau zu werden! Miss Harris verneigte sich und antwortete: „Ich schmeichele mir, Mylord, dass ich Sie, wenn auch nicht ohne große Verwirrung, mit meinem Charakter vertraut gemacht habe – ich bin daher den Schlussfolgerungen, die Sie unvorsichtig gezogen haben, weit überlegen." Ich verdanke meine zukünftige Unschuld dem Gefühl, das ich für die Treulosigkeit meines Geliebten habe; So wie die Viper eine wunde Wunde verursacht, so heilt sie am besten. Aber meine unglücklichen Umstände schließen es aus, jemals an ein anderes Geschlecht zu denken: Der Rest der Menschheit *ist* und muss für mich *eine eigenständige Spezies bleiben* . Ich würde viel lieber tausend Tode sterben, als dass mein Herz einmal einen solchen Gedanken gehabt hätte! Ich habe ihn mit so tiefen Charakteren in mein Herz eingeprägt, dass nichts es auslöschen kann, es sei denn, es reibt mir das Herz aus. Obwohl er mich für immer unglücklich zurückgelassen hat

– möge er gesegnet sein – und möge die Schöne, die er als seine glückliche, glückliche Frau auswählt, ihn lieben, so sehr ich es getan habe! In dieser Hütte werde ich bleiben! Hier widme ich mein Leben der Arbeit, um dem Kind des Mannes, den ich liebe, Nahrung und Bildung zu verschaffen. Und wenn der große Gott mich aufruft, einen Bericht über alle meine Taten vorzulegen, kann *ich nicht* glauben, Ich werde für sehr unzulänglich befunden werden, wenn es darum geht, was seine Gerechtigkeit von mir verlangen wird. Allerdings bedauere ich den Fehler, in den ich geraten bin, und bin jetzt davon überzeugt, dass wir keine klaren Vorstellungen vom menschlichen Glück haben können, ohne vorher die menschliche Konstitution, alle ihre aktiven und Wahrnehmungskräfte und ihre natürlichen Ziele zu kennen: also die natürlichsten Die Methode, in der Moralwissenschaft vorzugehen, besteht darin, zunächst unsere verschiedenen natürlichen Bestimmungen und die Objekte zu untersuchen, aus denen unser Glück entstehen kann. – Dies, mein Herr, habe ich sorgfältig getan – mein Entschluss ist folglich festgelegt. Lord Ogilby sagte noch einmal: „Madame, lassen Sie mich Sie dennoch bitten, zu bedenken: Wenn Sie irgendwelche Hoffnungen auf seine Rückkehr haben, wird Liebe, wenn sie dazu kommt, von allen alten Schulden am widerwilligsten bezahlt; und alles, was Sie durch Ihre Beständigkeit erreichen, ist der Verlust dieser Schönheit für *einen Liebhaber* , der Ihnen unabhängig von meinem Vorschlag an Sie die Gelübde, Opfer und Dienste von *Tausenden verschaffen würde* ! Sie bedankte sich erneut für die gute Meinung Seiner Lordschaft; fügte hinzu, sie hege keine solchen Hoffnungen, wie er sie angedeutet hatte, und müsse nur um Erlaubnis bitten, hinzufügen zu dürfen, bevor sie, nachdem sie uns gebeten hatte, seinen Namen zu verbergen, zu dem Schluss kam, dass es nicht nur eine Vorliebe für seine Person, sondern auch Bewunderung für seinen Charakter sei muss sie für immer an sich binden.

Lord Ogilby hinterlegte ihrer Magd eine Geldsumme, damit ihr, falls Unwohlsein ihre Pläne durchkreuzen sollte, dennoch keine Unannehmlichkeiten entstehen sollten.

Ich hätte Sie, meine liebe Tante, nicht so lange mit dieser Geschichte aufhalten sollen, wenn ich Ihre Freundschaft zu Sir Harry Bingley nicht gekannt hätte – ich begründete seine Gefühle, er hängt immer noch liebevoll an dieser schönen Frau – Ehre und eine verantwortungsvolle Situation, zwang ihn damals, sie zu verlassen, und seine Briefe scheiterten durch den plötzlichen Tod eines Freundes, dem er sie anvertraut hatte. „An keinen Teil meines Lebens", sagte er, „kann ich mich mit so großer Befriedigung erinnern wie an den, den ich mit meiner lieben Frau verbracht habe, als *solche* werde ich sie jemals in Betracht ziehen." Ich denke über die vermeintlichen Verletzungen nach, die sie meiner Meinung nach durch mich erlitten hat, und ich bedauere, dass ich nicht weiß, *wo sie* jede Wiedergutmachung leisten soll, die in meiner Macht steht. Sofort nach meiner Ankunft ging ich zu dem Ort, an dem ich sie zurückgelassen hatte – aber es blieb keine Spur zurück; Sie war geflohen und hatte die Frucht unserer Zuneigung mit sich getragen. Ich habe mich mit sinnlosen Nachforschungen beschäftigt – und komme zu dem Schluss, dass sie tot ist; vielleicht aus Trauer über meine vermeintliche Undankbarkeit.

Ohne Sir Harry wissen zu lassen, dass ich mit seiner Geschichte vertraut war, erfuhr ich von ihm alles, was ich mir wünschte; und hatte das Vergnügen, von seinen gegenwärtigen unabhängigen Schicksalen zu hören, die es ihm ermöglichten, die Wahrheit seiner Bekenntnisse gegenüber Miss Harris zu erkennen. Ich habe ihr einen Kurier geschickt – sie ist jetzt auf dem Weg nach England zurück.

Doch um zu meinen eigenen Angelegenheiten zurückzukehren – ich ging nach Italien, konnte aber keine Neuigkeiten vom Herzog von Salis hören; ich erfuhr nur, dass sein Sohn nach einigen jugendlichen Unregelmäßigkeiten eine sehr gute Figur in der Armee gemacht hatte, aber seit einiger Zeit nichts mehr von ihm gehört hatte – auch war nicht bekannt, wohin sich der Herzog zurückgezogen hatte. Um meinen Kummer zu unterdrücken, ging ich eines Abends zur Karnevalszeit zu einem Maskenball nach Venedig und kam mit einem sehr netten jungen Herrn und seiner Schwester ins Gespräch. Sie hofften höflich, dass unsere Bekanntschaft am Ende des Balls nicht enden würde, und baten um eine Fortsetzung – dem kam ich sehr gerne nach. Ich ging – und es tut mir leid, Ihnen meine Schwäche zu gestehen; aber die Wahrheit zwingt mich zu gestehen, dass ich trotz der Vorliebe meines Herzens für die Gräfin von Sons den Reizen von Mademoiselle de Querci nicht widerstehen konnte: Meine Leidenschaft für sie begann in dem Moment, als ich sie zum ersten Mal sah, und ihr charmantes Verhalten steigerte sie von Stunde zu Stunde. Sie hatte eine majestätische Erscheinung und vereinte alle Eigenschaften, die die Frau, die ich verehre, begehrenswert machen.

Je öfter ich sie sah, desto mehr wurde ihre Macht über mich gefestigt; aber da ich immer noch am Schicksal der Gräfin zweifelte und mir meiner Verpflichtung bewusst war, hielt mich die Ehre still. Ich hatte allen Grund, mir einzubilden, dass meine Anrede akzeptabel gewesen wäre, aber meine Leidenschaft war dem Ehrgefühl untergeordnet, dem mich meine früheren Verpflichtungen unterwarfen. Es ist schwer, die Regungen des menschlichen Herzens zu erklären oder die kleinen Triebe aufzuspüren, die seine Gefühle entfachen – zahllose latente Zufälle tragen dazu bei, sie zu wecken oder zu lindern, ohne dass wir uns ihres geheimen Einflusses bewusst sind. In dieser Lage kam ich auf Ihre Bitte hin nach England. Die Ungewissheit über das Schicksal der Gräfin macht mich unglücklich, während, um die Wahrheit zu gestehen, Mademoiselle de Querci meine Vorstellungskraft heimsucht. Aber

Ihre Glückseligkeit lindert *meine* Unruhe – da Ihre Freuden oder Sorgen immer im Herzen von

Euer gnädiger Herr
und liebevoller Neffe,
MUNSTER .'

Von Lady Eliza Finlay bis zur Gräfin von Darnley.
London.

„Meine liebe Tante,

Dies ist ein Ort, an den ich oft kommen wollte, aber die friedliche Befriedigung, die ich in Ihrer Gesellschaft verspürt habe, lässt mich ihn in Ihrer Abwesenheit vergeblich finden – alles, was ich sehe, alles, was ich höre, widerspricht der Vernunft, ohne dass jemand davon abgelenkt wird Mit einem solchen Selbstwertgefühl ist es unmöglich, mit irgendetwas zufrieden zu sein, auch wenn die Neuheit zunächst die Aufmerksamkeit fesseln mag. Alle hier scheinen die vorherrschenden Ideen und modischen Bestrebungen zu übernehmen, und zwar mit der gleichen Freude, wie ich es verspüre, den Grundsätzen zu folgen, die Ihre freundlichen Anweisungen und Ihr erbauliches Beispiel mir eingepflanzt haben. Sie scheinen mir jedoch nicht glücklich zu sein, und wie Komödianten (die sich nicht durch die Unterhaltung, die sie hervorrufen, ablenken lassen) bereuen sie, dazu verdammt zu sein, ein Vergnügen mitzuteilen, an dem sie nicht teilhaben, und beklagen, dass sie es nicht von einem anderen erhalten haben Bildung, andere Geschmäcker, andere Talente und andere Manieren. Ich verbinde mich so wenig wie möglich mit ihnen; wie bei der Seuche sind wir nur dann sicher, wenn wir der Berührung der ansteckenden Person entgehen; und was die Wunden des Geistes betrifft, so sind sie denen des Körpers gleich. Über diese Extravaganzen hätte ich vor ein paar Monaten vielleicht auf weniger ernsthafte Weise nachgedacht, aber die offensichtliche Melancholie, in der sich mein Bruder befindet, zeigt mir die Eitelkeit von allem auf dieser Welt – so gutaussehend in seiner Person, so gebildet in seinen Manieren – alles zu besitzen, worauf die Welt einen Wert legt – und doch scheinbar auch elend. Der Marquis von P..., Lord Sombre und seine anderen Freunde bemühen sich vergeblich, ihn aus seinen *Träumereien zu wecken* . – Sie besitzen eine solche Philosophie, dass Sie diese Angelegenheit in einem anderen Licht betrachten können; Was mich betrifft, der *starke Leidenschaften* und ihren untrennbaren Begleiter, *die schwache Vernunft* , *hat* , kann ich nicht umhin, ernsthaft beunruhigt zu sein. Mein geliebter Bruder hat zweifellos einen geheimen Grund zur Unruhe – er seufzt manchmal, als würde ihm das Herz brechen! Das berührt mich sehr empfindlich; Ich war noch nie in meinem Leben so unglücklich; Außerdem habe ich nicht meine liebe Tante, die meiner Verschwendung von Geistern freundlich Einhalt gebieten könnte,

- 84 -

und habe deshalb Angst, etwas zu riskieren. – Alle schauen mich förmlich an. Als Ihre Freundin, die Herzogin von W..., mich Lady Charlotte Sombre vorstellte, sagte sie, es genieße sie, darüber nachzudenken, welche Harmonie zwischen uns entstehen würde; denn in der Figur, sagte sie, „Ich habe *sie* zu dir gezogen, sie saß nur *für dich* .“ Lady Charlotte ist sehr angenehm, lebhaft und unterhaltsam. Ich glaube, Lord Sombre ist das, was Sie für einen überlegenen Charakter halten würden; er ist edel und hat eine Seele; Eine Sache, die bei den meisten schwulen Jugendlichen, mit denen wir uns unterhalten, stark in Frage gestellt wird. Er scheint feine Gefühle zu haben – ich habe vor, vor ihm auf der Hut zu sein –, ein Mann mit wahrem Geschmack und Feingefühl zieht das Lächeln der Seele der lauten Heiterkeit vor.

Lady Charlotte wird von Sir Alexander French angesprochen – er sagte ihr, seine Liebe würde ewig sein! Das heißt, sagte sie, weder *Anfang* noch *Ende zu haben* . Sir Alexander ist ein sehr großer Dummkopf, deshalb ermutigt sie ihn nicht; und belustigte mich mit einem Bericht über ihn – ihr Bruder überprüfte sie und sagte, dass in solchen Vertraulichkeiten eine Zurschaustellung liege, die er mit Beschämung an ihr beobachten musste –, dass sie zumindest einen Mann respektieren sollte, den sie unglücklich gemacht hatte und der hatte ihretwegen fast den Verstand verloren. Sie antwortete, es sei in der Tat ein geringfügiges Opfer, selbst wenn es so wäre, da er so wenig hatte, von dem er sich trennen konnte, dass es den Verlust unerheblich machte – Liebe, sagte sie, sorgt nie für so viel Aufregung im Herzen wie seines – seine ist ein *Lachen* , kein *melancholischer* Amor. Sie hat den Charme eines Engels und kleidet sich äußerst schlicht, was die Farbe und den Schnitt ihrer Gewänder und nicht die Qualität betrifft.

Arkadien des Gemäldes meiner Mutter [29] zeigte , kochte meine Seele hoch: Ich bat darum, allein gelassen zu werden, und brach in Tränen aus, um meinen Gefühlen zumindest teilweise freien Lauf zu lassen – Lord Sombre überraschte mich in dieser Situation – ich war zunächst zu aufgeregt, um ihm auf einige seiner liebenswürdigen Worte zu antworten, entschuldigte mich aber schließlich für meine Schwäche! Seine Lordschaft sagte mir, die von mir bezeugte Sensibilität habe ihn in der hohen Meinung bestätigt, die er von meinem Charakter hege. Dann erzählte er mir von einem sehr angenehmen Thema, den *Tugenden meiner Mutter* . Der Herr, der ihn erzogen hatte, habe sie gut gekannt – er sagte, in ihr seien gesunder Menschenverstand und Genie vereint und durch Studium, Nachdenken und Fleiß habe sie ihre Talente auf die glücklichste Weise entwickelt – sie habe eine Überlegenheit im Denken, Sprechen, Schreiben und Handeln erlangt – und in ihren Manieren, ihrem Verhalten, ihrer Sprache und ihrem Verstand seien sie unbeschreiblich bezaubernd.

Die Gespräche der Leute hier, meine liebe Tante, erscheinen mir boshaft; ihre Höflichkeiten vorgetäuscht, ihr Vertrauen falsch und ihre Freundschaften ähneln einer Rose, die dem, der sie riecht, in die Hand sticht. Jedes Tier sucht seine Nahrung, gräbt sich ein Loch oder baut sich ein Nest – schläft – und stirbt. Es ist ein trauriger Gedanke, dass der größte Teil der Menschheit *nichts mehr tut* . Die Beschäftigung, die sie am meisten von anderen Tieren unterscheidet, ist die Sorge um ihre Kleidung und ihre Feindschaft untereinander – die erste davon fesselt die Aufmerksamkeit von Millionen jüngerer Leute in dieser großen Stadt – während die Älteren sich mit der letzteren beschäftigen. Obwohl man bei einem Pfau und einem Pferd Stolz, bei einem Tiger Leidenschaft, bei einem Wolf Völlerei, bei einem Hund Neid, bei einem Affen Faulheit und bei einer Katze Verrat erkennen kann, findet man doch bei keinem Tier Falschheit gegenüber seiner eigenen Art.

Die Liebe zum Spiel und zum Bauen sind die Merkmale dieses Zeitalters – unser Geschlecht imitiert das andere so weit wie möglich im ersteren – und da es für das letztere keinen *festen Boden unter den Füßen hat* und sich nicht mit dem alten Brauch des Burgbaus zufrieden gibt, Sie richten Stoffe drei Stockwerke hoch auf ihren Köpfen auf. Die Bauwut ist so groß, dass nichts ihren Eifer darin bremsen kann, obwohl es den Untergang vieler Menschen bedeutet hat; und es gibt derzeit (so heißt es) fünfzehnhundert unbewohnte Häuser in den beiden Pfarreien Saint Mary-le-Bone und Pancras. Obwohl das Vermögen der meisten Menschen durch den Anstieg der Preise für Proviant und andere Ausgabenposten an Wert verliert, gelten die Häuser, die vor zwanzig Jahren noch gut genug waren, heute als unzureichend. Neben vielen anderen Gründen, die hierfür angeführt werden, benötigt jede Frau, egal in welcher Mode, einen Raum für ihre Garderobe: Was früher in einer Truhe aufbewahrt werden konnte, nimmt den Raum einer großen Wohnung ein, da Kleider (aufgrund ihrer Besätze) nicht gefaltet werden können .

Kurz gesagt, meine liebe Tante, alle scheinen in einer eitlen Show zu gehen, und den Locken des *Kopfes* wird mehr Aufmerksamkeit geschenkt als den Empfindungen des *Herzens* .

Ich hoffe, dass Frau Dorothea Bingley vernünftiger geworden ist, als den Wunsch meiner lieben Freundin zu erzwingen, einen Mann zu heiraten, den sie verabscheut. Denken Sie nicht, meine liebe Tante, dass das Heiraten, um die Liebe zu steigern, wie ein Glücksspiel ist, um reich zu werden? Sie verlieren nur den wenigen Bestand, den sie vorher hatten.

Mein Bruder wünscht sich seine respektvollen Komplimente für Sie, denn ich bitte Sie, dass meines für Ihren Herrn annehmbar sein möge. und ich bin immer mit größter Wertschätzung

und hilfsbereite Nichte
Eurer Ladyschaft ,
ELIZA FINLAY .

Von der Gräfin von Darnley bis
Lady Eliza Finlay

Meine liebe Nichte,

Da es mir in meiner gegenwärtigen Lage [30] verboten ist, zu schreiben, werde ich mir nur ein paar Worte an Sie erlauben. Die Höflichkeiten, die Sie von allen Freunden erfahren haben, bereiten mir große Freude. Da ich im Schoß der Freundschaft aufgewachsen bin, überrascht es mich nicht, dass Sie bei Ihrem ersten Auftritt in der großen Welt die Kälte der üblichen Anrede von Fremden spüren. Es ist möglich, dass genau jene Leistungen, die Ihre liebevolle Tante und Ihre um Ihr Wohlergehen *besorgten Freunde erfreuten* , Ihnen den Neid *uninteressierter Beobachter einbringen* . Aber wenn Ihnen jemand das Lob verweigert, das Ihre Verdienste verdienen, zeigen Sie keine Verärgerung über seinen Mangel an Aufrichtigkeit, denn Ihre Sensibilität würde ihnen ein boshaftes Vergnügen bereiten.

Bevor ich mich darüber ärgerte, dass Leute mich scheinbar geringschätzten, habe ich es mir zur Regel gemacht, den Charakter der Person zu berücksichtigen und die Motive ihres Handelns herauszufinden. Und sehr oft stellte ich fest, dass dies nicht die Absicht war, mich zu beleidigen, sondern dass die Gesellschaft so humorvoll war, dass sie sogar *für ihn selbst unerträglich war* . Ich habe mich so lange der Gesellschaft einiger Freunde hingegeben, die ich liebe, dass ich für die Welt nicht mehr geeignet bin, da *mich alles Unvernünftige ärgert* und der Mangel an Aufrichtigkeit *mich beleidigt* . Mrs. Dorothea Bingley verfolgt ihre Nichte weiterhin wegen Mr. Bennet! Nichts erscheint mir so barbarisch. Ich fühle mich als die glücklichste Frau und Ehefrau und genieße mein Glück mit doppeltem *Genuss* , wenn ich darüber nachdenke, wie ich meinen Neigungen so viele Jahre lang Beschränkungen auferlegt habe. Und ich bin vollkommen davon überzeugt, dass Frauen erst nach ihren frühen Jahren das herrliche Vergnügen des Liebens und Geliebtwerdens genießen können. Aber kein Glück ist in dieser Welt vollkommen, und meine Freude wird durch die Beobachtungen, die ich über die scheinbare Melancholie Ihres Bruders gemacht habe, getrübt. Sie und ihn glücklich und in guter Beziehung zu sehen, sind Umstände, denen ich immer noch mit großer Sorge entgegensehen muss. Ich neige sehr dazu, zu glauben, dass der Mensch eine viel größere Maschine ist, als man im Allgemeinen annimmt. „Wer (sagt Dr. Johnson) fragt, welche Motive ihn zu wichtigen Anlässen motivierten, wird solche finden, die sein Stolz ihm kaum zugestehen lässt: eine plötzliche Leidenschaft des Verlangens, ein ungewisser

Anflug von Vorteil, ein kleiner Wettbewerb, eine ungenaue Schlussfolgerung oder ein vorbehaltlos verehrtes Beispiel."

Dies sind allzu oft die Ursachen unserer Entschlüsse. Rousseau sagt: „Wenn Sie die Männer verstehen wollen, studieren Sie die Frauen." Ich persönlich glaube, dass es schwierig ist, das Verhalten eines Mannes vorherzusagen, bis man den Charakter seiner Frau kennt, insbesondere wenn er diese Beziehung in einem frühen Lebensabschnitt eingeht.

Ihnen und Ihrem Bruder gilt stets meine beste Zuneigung, der sich mein Herr aufrichtig anschließt.

FRANCES DARNLEY .

Von Miss Bingley an Lady Eliza Finlay.

'Sehr geehrte Frau,

Deinem Wunsch entsprechend schreibe ich Dir einen langen Brief in der Hoffnung, Dich zum Lachen zu bringen (denn Dein Brief an mich hat mich in Rage gebracht, Du schienen so ernst, so unähnlich Dir selbst) – wahrscheinlich werde ich meine Absicht nicht verwirklichen können, aber es wird Dir ein Beweis meiner Zuneigung sein. Meine Tante war sogar unhöflich zu Sir James Mordaunt und sagte ihm, er brauche nicht auf meine Vorliebe für ihn zu vertrauen, ich hätte nichts zu sagen, was meine Verfügung betreffe – er müsse *mit ihr verhandeln* . Er antwortete ihr ziemlich hitzig, er habe keine Ahnung von modernen Ehen, wo ihr Anwalt der Priester ist, der sie heiratet; und das Aufgebot der Ehe seien die Verträge, das Land und der Ring – kurz gesagt, er habe nicht die Vorstellung, eine Frau so zu behandeln, als würde er Aktien eines Maklers kaufen – wenn sie sich entscheide, mir ihr Vermögen zu geben, sei das *in Ordnung* – wenn nicht, könnten wir auch *ohne leben* ! Liebhaber sind, wie Sie wissen, immer Philosophen, meine liebe Lady Eliza! – Ihr Vermögen, antwortete meine gute Tante, wird für den Unterhalt einer Familie nicht überflüssig sein, und Sie sollen keinen einzigen Schilling von mir haben! Sehr richtig, erwiderte Sir James; aber wenn Zufriedenheit mit einer Fähigkeit einhergeht, ist mehr *unnötig* .

Ich hoffe, sagte sie, Sie sind in der Gerichtspartei und bekommen vielleicht eine Rente? Sir James sagte ihr, dass dies nicht der Fall sei; aber wenn er es wäre, wäre es schlimmer für ihn, denn die Grundsätze, nach denen sich das Gericht regiert, sind im wahrsten Sinne des Wortes diese: Der Mann, der jahrelang seine Verdienste herausgepriesen hat, kann bei keiner Provokation einen gegenteiligen Charakter annehmen, ohne sein Urteil anzuklagen und zu beweisen, dass dies der Fall ist Instabilität seiner Bindung – Es ist Weisheit, unsere Feinde zu erkaufen; aber unsere Freunde werden entweder aus Interessengründen fest an unserer Sache festhalten oder aus Gründen des Stolzes stillschweigend leiden. „Deshalb", sagte er, meine gute Frau, lachend, „wollte ich mich erheben, indem ich *in der Opposition bin* – wie es die meisten großen Männer getan haben." vor mir erledigt! aber als er sich zu mir umwandte, sagte er: „Ich habe in dieser berühmten Versammlung noch nie den Mund aufgemacht, außer um hin und wieder eine kleine einsilbige Bemerkung zu machen: Aber mit der Zeit werde ich mich vielleicht verbessern."

Meine Tante hält Mr. Bennet stundenlang auf, so wie Aristaeus Proteus Orakelsprüche verkünden ließ, weil sie glaubt, ich werde von seiner Gelehrsamkeit und Redekunst entzückt sein; aber ich würde ihn unendlich lieber mögen, wenn sie Dummheit nachahmen würde, die die Musen im Dunciad hielt, um sie zum Schweigen zu bringen. Wäre dieser ewige Quälgeist *nicht anwesend* und Ihre *Abwesenheit* (die nebenbei mein Ansehen steigerte), hätte ich die Rennen sehr genossen. Mrs. Damer, die von der Natur mit einem Verstand ausgestattet wurde, der weit über ihre Gestalt hinausgeht, gesteht, dass Sie gut aussehen; während Miss Maydew, die keinen anderen Ehrgeiz hat, als durch den Charme ihrer Person Beifall zu erregen, Ihnen gesunden Menschenverstand zugesteht. Wir halten selten den Beifall zurück, der Tugenden oder Leistungen gebührt, für die wir uns selbst nicht wertschätzen können.

Was die Neuigkeit betrifft, so ist Mrs. Trevors von ihrem Mann getrennt: Sie hat den armen Mann durch ihre Gleichartigkeit im Charakter aus der Fassung gebracht: Wenn er eine Bemerkung machte, stimmte sie zu; Wenn er seine Meinung änderte, nickte sie. Sie war immer die gleiche Melodie, das gleiche Objekt, also *die gleiche Frau* . Völlig einverstanden, es gab zwar keinen Streit zwischen ihnen, aber sie *schliefen ein* . Wasser gefriert nur bei Stagnation. Gleichgültigkeit hing wie eine Wolke über ihnen, und mühsam vergingen die Stunden, die vielleicht wie im Flug vergangen wären, wenn sie mit deinem demütigen Diener verbracht worden wären.

Die Welt läge bereits in Trümmern, wenn die Elemente, aus denen sie besteht, sie nicht durch ihre misstönende Eintracht aufrechterhalten würden. Wenn das Wasser dem Feuer nicht durch seine Kälte und Feuchtigkeit widerstehen könnte, hätte es alles in Asche verwandelt und sich selbst verzehrt, da es keine weitere Nahrung gehabt hätte. Ich werde Sir James' Herz nicht deswegen verlieren. Meinungsverschiedenheiten werden unsere Unterhaltung beleben. Es wird meinerseits nicht an Widerspruch mangeln, um *sein Herz aufzuheitern und ihm die Zeit angenehm* zu vertreiben . Ein entgegenkommendes Gemüt ist alles, was ein Mann von einer Frau erwarten sollte; mehr als das ist abstoßend. Ich neige sehr zu der Annahme, dass ein temperamentvoller Mann, obwohl er sich von seiner Frau nichts vorschreiben lassen würde, genauso gerne mit einem Papagei reden oder die Gesellschaft eines Affen übernehmen würde, wie mit einer, die bei jeder Gelegenheit sein Echo ist. Manche Männer können durchaus *zu gut sein* .

Aber es gibt keine Regeln ohne Ausnahmen. denn wäre mein Mann sehr widerspenstig, so würde ich (dem jüngsten Beispiel des *Premierministers* [31] mit der Opposition folgend) mich an ihm rächen, indem ich seiner Meinung zustimme, was ihn zwingen würde, Feindseligkeiten mit sich selbst zu beginnen, wenn er *den Streit fortsetzen wollte* .

Unsere alte Nachbarin Lady Ogle hat neulich einen jungen Fähnrich der Garde geheiratet, obwohl sie, wie Sie wissen, an mehr Krankheiten leidet, als Galen jemals aufgeschrieben hat – bei jedem Husten verliert sie einen Zahn und schraubt sich jede Nacht ein Bein ab –, kaum noch eine eigene Nase hat und eigentlich schon vor zwanzig Jahren in Marmor hätte knien oder in Stein die Arme erheben sollen. Als Entschuldigung für ihr Verhalten sagt sie, sie habe es nur getan, um sich *einen Freund zu verschaffen* . Da aber die Erfahrung nicht mit den Erwartungen Ihrer Ladyschaft übereinstimmt, würde ich Mr. Bennet heiraten, um *ihn loszuwerden* , wenn ich nicht eine Vorliebe für *etwas anderes* hätte. Ich halte alle diese romantischen Vorstellungen platonischer oder spiritueller Liebe für höchst lächerlich. Unsere Leidenschaften wurden uns aus weisen Gründen verliehen. Wenn die Gebote der Tugend zu hoch gegriffen werden, sind sie entweder undurchführbar oder ihre Folgen sind bösartig.

Der Kapitän, *ihr Freund* , plant einen *Ausflug* durch einige *Wälder* auf *ihrem Anwesen* , *um seine Schulden* zu bezahlen ; sie erzählt jedoch jedem, dass er nicht nur *alle Vorzüge* , sondern auch ein unabhängiges Vermögen besitzt. Der nächste Erbe des Anwesens ist zufällig anderer Meinung – sein Bild von Kapitän Plume ist *ganz Schatten* , ihres *ganz Licht* . Ersterer imitiert unbeholfen den Stil von Rembrandt und liebt es, mit einem dunklen Stift abscheuliche Falten und entstellte Gesichtszüge zu zeichnen – aber letzterer kopiert kunstvoll den Geschmack von Tizian und erhellt die Leinwand mit all dem lebendigen Glanz der Farben. Wenn Licht und Schatten richtig miteinander vermischt wären, könnten wir vielleicht eine echte Ähnlichkeit sehen. – Ich mag ihn nicht. Ich täusche mich sehr, wenn er nicht eingebildet ist – Sie wissen, dass ich ein bisschen vorgebe, sowohl Physiognomiker als auch Botaniker zu sein. In der Naturwelt liefert uns die äußere Form der Pflanzen einen Hinweis für eine Vermutung ihrer Vorzüge. Fast alle Pflanzen derselben Art haben dieselben Vorzüge. Die giftigen Pflanzen, die in unserem Boden heimisch sind, sind kaum ein Dutzend, und diese zeichnen sich sogar für das Auge durch etwas Eigenartiges oder Düsteres in ihrem Aussehen aus.

Als ich Ihnen schrieb, war ich eifersüchtig auf Sir James' Aufmerksamkeiten gegenüber Miss Ords, ich wollte nicht *au piè du lettre verstanden werden* – Sie hat ein ausdrucksloses Gesicht, ihre Jugend macht sie nur *passabel* . Ihr Witz ist nicht picquante und ihr Benehmen nicht verführerisch. Sie kann mit leidlichem Erfolg mit *Ja* und *Nein antworten* , ja, manchmal wagt sie sich sogar noch weiter: und wenn sie in eine Komödie geht, bittet sie die Gesellschaft nicht, ihr zu sagen, *wann* sie lachen soll. Ihr Vater lebt *als Prinz* : wie Lucullus *plünderte er ganz Asien* , um ihm *im Haushalt zu helfen* . Sir James war in seiner üblichen Art sehr lebhaft – Sie sagte, sie möge keine Wortspiele und habe in ihrem Leben noch nie eines gemacht – Ich konnte nicht umhin zu antworten – Ich bin der Meinung, dass *Sie das nie tun werden* .

Du fragst mich, ob ich keine Liebhaber mehr habe? Aufrichtig mit dir reden – nein; Ich weiß nicht, welche weiteren Unannehmlichkeiten mir eine solche Anschaffung bereiten könnte. Und wie es wahrscheinlich passieren könnte (nicht meinetwegen , sondern wegen *der Ländereien meiner Tante*), habe ich Mrs. M. meine Leidenschaft für Sir James Mordaunt als Geheimnis geflüstert; Sie brauchen also nicht zu zweifeln, aber es hat sich ausgebreitet. Sie ist eine veraltete Jungfrau, die versucht, den Mangel an jeder anderen Tugend durch die Keuschheit auszugleichen. Sie wollte, dass ich ihr traurigerweise eine Frage stelle; Ich beschämte meine eigene Neugier, um ihre Neigung zur Ablenkung zu bestrafen.

Lady Dun ist trotz der Gebete der Gläubigen endlich verstorben. Hätte sie länger gelebt, hätte ihre *Frömmigkeit ihre Familie* durch ihren völligen Mangel an Sparsamkeit ruiniert, ebenso wie sie den Ruf ihrer Nachbarn durch einen Skandal zerstört hätte.

Kann so viel Galle in heiligen Brüsten stecken?
Boileaus Lutrin. Canto I.

Die folgende Geschichte habe ich kürzlich in einem alten Buch kennengelernt; Der Autor scheint eine Person mit großem Urteilsvermögen gewesen zu sein und nicht im *geringsten* zur Leichtgläubigkeit geneigt zu sein. Er erzählt, dass ein gewisser Mann, der eine Frau hatte, die diese Welt zu seinem Fegefeuer machte (obwohl sie nach allgemeiner *Auffassung tugendhaft* und besonnen war), kurze Zeit nach ihr starb und sofort ins Paradies ging Der Atem floss aus seinem Körper, als Belohnung für seine Geduld in dieser Welt; Als er zum Tor kam, klopfte er, der gute Mann, der heilige Petrus, öffnete die Tür und forderte ihn auf, ganz höflich einzutreten und den Platz im Himmel einzunehmen, der ihm gefiel. Der Ehemann hielt einen Moment inne, um sich zu besinnen; und fragt dann den heiligen Petrus: Ob seine Frau dort war oder nicht? Der gute Heilige bejahte dies: Daraufhin nimmt der ehrliche Mann, ohne weiter aufzuhören, die Flucht und macht sich auf den Weg zur Hölle; Lieber verzichtete er auf den Himmel, als mit seiner lieben Rippe am selben Ort zu sein, von der er überzeugt war, dass sie aufgrund der Fülle ihrer Tugend den Himmel für ihn zu einer ebenso großen Hölle machen würde, wie sie es auf dieser Erde getan hatte.

Ich muss Ihnen jetzt, mein lieber Freund, sagen, was mich aufrichtig betrübt. Mein Bruder ist ebenso traurig *wie du* : Bevor er ins Ausland ging, war kein

Mensch besser gelaunt; aber jetzt klagt er zwar nicht über eine besondere Krankheit, ist aber immer unwohl – immer elend, ständig seufzend und klagend. Das wirkt sich sehr auf meinen Geist aus: *„ Mein Herz ist nicht aus diesem Felsen, noch ist meine Seele so sorglos wie das Meer, das bei jedem Windstoß seine blauen Wellen erhebt und unter dem Sturm rollt! "* Aber die Wahrheit zwingt mich zu dem Geständnis, dass ich nicht weitermachen kann mit meinem bewunderten Dichter als: *„ Die Jungfrauen* haben mich noch nicht *schweigend in der Halle gesehen* !" Nein, nein, nein, so weit ist es noch nicht! Ich entlasse Sie aus meiner Gesellschaft – seien Sie sich dieser Verpflichtung bewusst – lassen Sie mich bald von Ihnen hören und glauben Sie mir,

Ihrer Ladyschaft

,

H. BINGLEY .'

Von Lady Eliza Finlay bis Miss Bingley.

„Meine liebe Harriot,

Vielen Dank für Ihren netten Brief, Ihre *Herzlichkeit* erfreut mich immer, *Vive la bagatelle!*

Aber, mein lieber Freund, ich bin beunruhigt, dass Ihre Tante Sie weiterhin wegen Mr. Bennet verfolgt. Er scheint mir eher dazu geschaffen, eine Lücke in der Natur auszufüllen, als darin aktiv Gutes zu tun. Sein Mangel an Sensibilität reicht aus, um mich gegen ihn aufzubringen – die Ereignisse eines Ehelebens stellen die Menschlichkeit eines Mannes so oft auf die Probe, dass derjenige, dessen Mangel an Zärtlichkeit unbemerkt bleiben könnte, wenn er allein geblieben wäre, als Ehemann oft wie ein wahres Monster erscheinen muss. Mögen Sie in diesem Zustand mit dem Mann Ihres Herzens gesegnet sein! Ich stimme Ihnen zu, dass Widerstand, der ohne Gewalt ausgeübt wird, unserer Herablassung Würde verleiht; aber wir dürfen dies nicht zu weit treiben, sonst könnten wir unserem Plan, das gewonnene Herz zu bewahren, zuwiderlaufen.

Mit Männern umzugehen erfordert mehr Geschick, als sie zu gewinnen, wie die Ergebnisse der meisten *Liebesheiraten* zeigen.

Sie stellen tausend Fragen, obwohl Sie selbst nie in London waren, weil Ihre Tante eine Krankheit befürchtete, die sie Ihnen nicht in jungen Jahren geben wollte [32] . Ich sagte Ihnen, dass Sie von mir keine Referenzen erwarten dürfen, da ich immer ein Feind herablassender Äußerungen war und es nur wenige gibt, die Lob verdienen. Lassen Sie uns, mein lieber Freund, unser *eigenes Verhalten regeln* , anstatt das *anderer zu verurteilen* : Da ich Ihnen aber nichts abschlagen kann, worum Sie bitten (obwohl ich mich über Ihre Bitte wundern könnte), werde ich annehmen, dass wir bei einer Tasse Tee plaudern und unsere Meinung über ein Kleid oder eine Mütze äußern, und werde Ihnen sagen, wer meinem Geschmack entspricht oder wen mein Verstand verachtet, und zwar mit so wenig Bedeutung, als ob ich vom Kleid und nicht von der Frau spräche: und dies tue ich umso bereitwilliger, da ich weiß, dass Sie das Vertrauen, das ich in Sie setze, nicht enttäuschen werden.

Die Wahrheit ist jedoch, dass ich völlig erstaunt bin über die seltsamen Charaktere, von denen diese Stadt wimmelt, und verblüfft (*wenn ich mir diesen Ausdruck erlauben darf*) über das, was ich gehört habe: aber da Shakespeare Desdemona sprechen lässt, nachdem sie erstickt wurde, werden Sie mir gestatten, zu schreiben, obwohl ich mein Verständnis verloren habe. Und da es die Entscheidung bestimmter großer Männer war, verständlich zu sein, ist es wahrscheinlich, dass mein gegenwärtiger Geisteszustand mich dazu bringen wird, sie nachzuahmen. Aber bei näherer Überlegung kann ich vielleicht dadurch, dass ich mit dem Thema nicht vertraut bin, *darin* hervorstechen. Menschen können sich oft *am besten* über das auslassen, was sie *am wenigsten verstehen* , nach derselben Regel, dass Menschen im Allgemeinen das Gegenteil von dem sind, was sie zu sein scheinen.

Der mantuanische Swain lebte ständig am Hof: Horace feierte in seinen Werken das Landleben, als er in Rom residierte. Es ist bekannt, dass in London Reisen, Fahrten usw. in alle Teile der Welt geschrieben wurden. Warum sollte ich dann, Eliza Finlay Spinster, nicht versuchen, Manieren zu beschreiben, die ich wirklich gesehen habe? Meine Skrupel würden auftauchen – dass ich vielleicht nicht ausreichend informiert bin, da ich erst seit einem Monat hier lebe; aber diese verschwinden bei der Erinnerung daran, dass ich in der oben genannten Position sicherlich recht haben muss – Könnte es sonst Herrn Blacklock [33] , einem von Geburt an blinden Dichter, möglich sein, sichtbare Objekte mit mehr Geist und Gerechtigkeit zu beschreiben als andere mit dem vollkommensten Anblick gesegnet? Könnten bestimmte Redner, die für ihre *Extravaganz berühmt sind* , Reden über *Sparsamkeit halten* – oder die Gelehrten in Venedig Vater Piaggi damit beauftragen, das in Herculaneum gefundene Manuskript zu kopieren (obwohl er mit Griechisch, der Sprache, in der sie geschrieben sind, nicht vertraut ist) – oder könnten unsere eigenen Landsleute, Die *gelehrte* , *vernünftige* Körperschaft in Warwick-Lane weigert sich, ihre Mitarbeiter in der Wissenschaft des *Äskulap zu sein* , außer denen, die dort studiert haben – *Medizin wird nicht gelehrt* ? Nach solchen Präzedenzfällen ist es klar, dass ich mich nicht irren kann, wenn ich Ihnen mitteile, worüber *ich wenig weiß* . Außerdem ist es im Gegenteil eine bewährte Vorsichtsregel, sich niemals festzulegen, indem man über ein Thema spricht oder schreibt, dessen Verständnis die Welt einem zuschreibt, da man *nichts* zu *gewinnen* , aber *viel* zu *verlieren hat* . Diese Überlegung veranlasste zweifellos einen Autor [34], in seiner Tragödie *die Moral außer Acht zu lassen* , die die Grundlage jeder Fabel sein sollte, und hielt einen anderen [34] davon ab, die Vorsehung anzuerkennen, obwohl sie so hervorragend vorherrschte und in so auffälliger Weise zum Ausdruck kam die wundersamen Fluchten auf den Reisen, über die er schrieb. Unter dieser Prämisse werde ich nun mutig damit beginnen, viele Dinge zu *erzählen , die ich nicht verstehen kann* .

Miss Ton begleitete mich in die Oper; Ich war erstaunt über die Höhe ihres Kopfes und wie ihr Stuhl es nicht geschafft hatte, den Stoff aus Federn und Frivolität zu zerdrücken, der übereinander ragte! Ich konnte nicht glauben, dass sie geflogen war, obwohl sie aus Kork und Federn bestand; und bereit zu erfahren, wie sie es geschafft hatte (da Unwissenheit, wie Sie wissen, verwerflich ist), wagte ich es, ihr die Frage zu stellen. Sie warf mir einen verächtlichen Blick zu (als ob sie meine Unwissenheit bedauern wollte) und sagte, sie habe immer darauf geachtet, ein Unglück dieser Art zu verhindern! Wenn ich vor Gericht gehe, sagte sie, da die Köpfe dort tiefer getragen werden ، passe ich wie deine alte Frau auf die Sitzfläche des Stuhls, was schon wegen der Verzierungen bequem genug ist, aber wenn ich in die Oper gehe, Wo *Fantasie herrscht* und *Mode vorherrscht* , spreche ich die ganze Zeit über meine Gebete – das heißt, ich knie *auf der Unterseite des Stuhls* . Ich bewunderte ihren Einfallsreichtum; Nur beobachtet, hoffte ich, dass es ihre Knie nicht so sehr ermüdete, dass sie am nächsten Tag nicht mehr in die Kirche gehen konnte! „Oh, nicht im Geringsten", sagte sie; aber sonntags gehe ich immer in den Salon! außer wenn ich in die Chapel-Royal gehe – *der Schrank dort* ist in der Tat kein schlechter öffentlicher Ort – hat niemand außer Modeleuten Zutritt, und das ist wirklich manchmal sehr amüsant! Die Wahrheit ist, wenn man die Kirche sehr mag, bleibt danach noch Zeit, sich anzuziehen; denn es ist nicht *die Wut* , die ein gewisser dazu verspürt, in den Salon zu gehen, bis Ihre altmodischen Leute wegkommen. Oh, was für eine große Freude, diese Dämlinge zu treffen, wenn sie um *vier Uhr* nach Hause zum Abendessen mit ihren Ehepartnern und ihrer Familie *zurückkehren* . Dann machen wir solch eine herrliche Verwirrung! Ich erlaubte mir zu sagen, dass meiner Meinung nach der Respekt, der Ihren Majestäten gebührt, alle dazu veranlasst hatte, vor ihrem Erscheinen im Salon zu sein! „Oh, überhaupt nicht, Kind", sagte sie – außer deinen *formellen* ! Aber warum, sagte ich, meine Dame, müssen Sie an einem Sonntag vor Gericht gehen, warum nicht auch an einem Donnerstag? Von einem Donnerstag! Niemand geht an einem Donnerstag vorbei! Verzeihen Sie, antwortete ich, die Herzogin von W-- stellte mich an diesem Tag vor! Das mag sein, antwortete Miss *Ton* , ihre Gnaden sind sehr alt, Falten machen sie religiös – aber niemand außer solchen oder Höflingen geht an einem Donnerstag vorbei! Ich nahm mir noch einmal die Freiheit, ihr zu sagen, dass es auch ein sehr voller Salon gewesen sei – dann, sagte sie, müsse es der Donnerstag nach dem Geburtstag gewesen sein – oder ein bestimmter Tag; denn sonst würden nur wenige aus einer bestimmten Gruppe, die *die Wut verstehen* , gehen. Die *Wut* , sagte ich, meine Dame! Ich bin wieder ratlos; Habe ich dich richtig gehört? O, ganz gut, sagte sie; „the *ton*" war früher das Wort, aber „ *rage* " wurde in letzter Zeit aus dem Französischen übernommen! (Es ist zu hoffen, dass auch die Pariser uns aufgrund ihrer späten Vorliebe für *englische Gaze* , *Seide* , *Leinen* usw. dazu bewegen werden , *sie ebenfalls* zu übernehmen , anstatt diese Artikel allzu oft aus Frankreich zu beziehen.)

Ich vergaß die Unvorsichtigkeit, die ich begehen würde – ich sagte Miss *Ton*, ihre Gebete hätten sich als wirkungslos erwiesen –, als ihre größte Feder in zwei Teile brach. Ist es möglich! rief sie und wurde ungeheuer rot. – Entsetzt über den Fehler, den ich begangen hatte, und aus Mitleid mit ihrer Schwäche gab ich ihr meine Flasche Eau de Luce; Und da ich mich nicht weiter auf ein so interessantes Thema einlassen wollte, damit es ihre Nerven nicht verletzte, wandte ich das Gespräch einem gleichgültigeren Thema zu: einer Schwester von ihr, die *vor zwei Wochen im Kindbett gestorben war* .

(Das, mein lieber Freund – um zu philosophieren: Es gibt kein abstraktes Übel; denn welche Katastrophen das menschliche Leben auch immer erleiden mag, ihr Übel hängt lediglich von unserer eigenen Sensibilität ab.)

Sir Timothy Clinquant kam wieder zu uns. Er ist gutaussehend, hat eine gute Meinung von sich selbst und ist mit der Kunst der Schmeichelei vertraut. Sie beklagte sich bei ihm über den Unfall mit ihrer Feder. Aus der Kenntnis der menschlichen Natur, dass nichts so sehr erfreut, wie wenn ein Makel jeglicher Art in eine Schönheit verwandelt wird, versicherte er ihr, dass die Feder, weil sie gebrochen war, ein Aussehen der Nachlässigkeit verlieh, das so perfekt zu den *Konturen* ihres schönen Gesichts passte, dass er nicht überzeugt werden konnte, dass sie ihr *diese Anmut* aus *Versehen und mit Absicht* verliehen hatte . So wurde ihre gute Laune wiederhergestellt. – Ich kann Ihnen nur wenig darüber erzählen, was ich sah; Miss Tons Kopf versperrte mir die Sicht auf die Bühne: *Ihre Wut* über die Verspätung hatte verhindert, dass wir andere Plätze als die hinteren Plätze bekamen, und sie setzte sich vor mich. Während der Regierungszeit von Königin Elisabeth wurde ein Gesetz erlassen, um das Wachstum von Halskrausen einzuschränken: Ich wünschte, unsere Gesetzgeber [36] , die sich in diesem nachgiebigen Zeitalter manchmal herablassen, ihre Aufmerksamkeit auf Kleinigkeiten zu richten, würden die Größe der Köpfe in ihre Überlegungen einbeziehen. In seinen Anekdoten über die Malerei in England bemerkt Herr Walpole, dass während der Herrschaft der ersten beiden Eduards die Damen solche Pyramiden auf ihren Köpfen errichteten, dass das Gesicht zum Mittelpunkt des Körpers wurde.

Ein bekannter Arzt hat erklärt, dass im letzten Jahr mehr missgebildete Kinder zur Welt gekommen sind als in den zwanzig Jahren davor. Dies sei auf die gebückte Haltung der Damen in ihren Kinderwagen zurückzuführen.

Eines weiß ich sicher: Sie entwickeln dadurch die Angewohnheit, die Stirn zu runzeln und ihre Stirn in Falten zu legen.

Eine feine Dame ist der kleinste Teil ihrer selbst und wird jeden Morgen wie ein Instrument zusammengesetzt. Kleidung ist das Thema, über das ewig diskutiert wird. Gulliver erzählt uns, dass die Weisen von Laputa, indem sie die Worte durch Dinge ersetzten, solche Dinge mit sich führten, die nötig waren, um das besondere Thema auszudrücken, über das sie sprechen wollten. – Wäre dies der Fall, wäre das eine große Erleichterung ; aber leider! Sie tun hier nicht mehr, als das Thema vorzuschlagen. Aber um auf die Oper zurückzukommen: Miss *Ton* sagte mir, als sie mir erzählte, wer die Leute seien, sie seien *schreckliche Kreaturen* , das heißt, sie seien tadellos oder *unbeholfen* , weil *sie nicht zu ihrer besonderen Situation gehörten* .

Doch wie überrascht war ich, als ich sah, wie sie hinterher vertraulich mit dem einen flüsterte, vor dem anderen einen Knicks machte und einem dritten erzählte, wie unglücklich sie gewesen sei, nicht zu Hause gewesen zu sein, als sie ihr die Ehre erwies, sie zu besuchen! Ich konnte nicht umhin, mein Erstaunen über ihr Benehmen auszudrücken! – Sie lachte und sagte: – Ich bin höflich zu diesen Leuten, wie die Inder den Teufel anbeten – *aus Angst* . Außerdem, sagte sie, hat die letzte Dame einen reichen Bruder, der vor kurzem aus Indien gekommen ist. In vergangenen Tagen heirateten Frauen wegen eines Titels, eines schönen Sitzes usw. – Ein Titel ist sehr angenehm, aber ein *schöner Sitz* , schon der bloße Gedanke daran macht mich fassungslos! Ich würde lieber einen Londoner Richter heiraten als einen Lord Lieutenant der Grafschaft. Früher (als die Leute noch so langweilig waren, dass sie ihre eigenen Gedanken ertragen konnten) war es sehr gut, trübsinnig auf einem alten Familiensitz zu leben; aber die Sitten sind *jetzt* zu viel besser dafür : und das Geld eines Nabobs, ohne die Anhängsel der Sitze seiner Vorfahren, wird ausreichen, um mich eine Saison nach Spa, eine andere nach Tunbridge usw. usw. zu bringen. – Wenn man einen Nabob heiratet, hat man die moralische Sicherheit, nie auf dem Land begraben zu werden. Ich bin kein frommer Mensch , aber ich glaube, dass es so etwas wie ein Gewissen gibt; und da nur wenige dieser kontinentalen Helden es ertragen können, ihrem stummen Mentor zuzuhören, veranlasst es sie, *genau die Art von Leben zu führen, die ich mag – Nachdenken auszuschließen* !

Ich antwortete, sie sei zu streng; ich zweifle nicht daran, dass ein Mann jenseits des Atlantiks reich werden kann, ohne seine Ehre und alle feineren Gefühle der Menschheit durch Unterschlagung und Erpressung zu verletzen, die die Besitzer elender zurücklässt als bleichäugige Armut mit all ihren dürftigen Unterschlupfwinkeln. Um das Thema zu wechseln, sagte ich: „Also, Madam, ich höre, Sie beabsichtigen zu heiraten." „Ja", sagte sie, „ *gewiß* – aber ich hoffe inständig, dass ich keine Kinder haben werde, die *meine Figur verderben* ." Ich kann es hier nicht unterlassen, Ihnen einen Umstand zu erzählen, den ich selbst erlebt habe. Wir speisten bei Lady ——; ich bemerkte, wie eine Dame die Farbe wechselte – Mrs. —— flüsterte ihr zu, dass Damen in ihrer Lage (denn sie schien schwanger zu sein) häufig *unwohl seien* . Sie schien von der Vermutung verletzt und leugnete, dass ihr etwas fehle! Da aus dem Gespräch hervorging, dass sie *bereits Kinder hatte* , war ich ratlos, was *ihr Verhalten betraf* . Colonel H——, ihr Ehemann, schien sehr unruhig zu sein – ein fragender Blick der Güte, eine zärtliche, liebevolle Sorge waren deutlich auf seinem männlichen Gesicht zu sehen – seine Angst schien mir von jener zärtlichen Zuneigung herzurühren, die entsteht, wenn man einen anderen mehr liebt als sich selbst. Ich ging in seine Gedanken ein, dachte über ihr Glück nach, und da er kein sehr junger (wenn auch angenehmer) Mann ist, bestätigte mich die offensichtliche Aufmerksamkeit, die er ihr schenkte, in meiner, wie Sie wissen, immer schon geglaubten Ansicht, dass *solche* die *besten Ehemänner sind* . Da ich seine Angst lindern wollte, indem ich zu ihrer Bequemlichkeit beitrug, bat ich sie, mir zu erlauben, sie in ein anderes Zimmer zu begleiten. Da ihre Unruhe stark zugenommen hatte – sie war gezwungen, mein Angebot anzunehmen –, fiel sie in Ohnmacht, sobald sie Mr. ——s Bibliothek betrat. Der erschrockene und zärtliche Ehemann folgte ihr und bat darum, ein Dienstmädchen zu rufen, um die Schnürung ihres Korsetts aufzuschneiden. Er war sehr bewegt und sagte zu Lady Charlotte Sombre und mir: „Da, junge Damen, liegt ein Opfer der Mode!" Bevor ich sie in diese Stadt brachte, war sie die glückliche Mutter von drei hübschen Kindern, aber diese liebevollen Gefühle gehen jetzt in der belanglosen Betrachtung einer *schönen Figur verloren* ; und obwohl sie im letzten Monat ihrer Schwangerschaft eitel ist und sich selbst schmeichelt, kann man sie sich nicht in *dieser Lage vorstellen! Die Dame wurde nach Hause getragen, und wir hörten am nächsten Tag, dass sie ein totgeborenes Kind* zur Welt gebracht hatte .

Lord Spangle fragte Fräulein *Ton* , wie schnell sie neulich ins Bett gekommen sei? Nicht, mein Herr, vor acht – Sie wissen ja, dass wir uns erst um zwölf Uhr abends zum Abendessen hinsetzten. Erst um zwölf Uhr nachts! sagte ich. Nein, erwiderte sie; Sie wissen, dass niemand vor der Oper zu Abend isst: Es war *Danzis* Vorteil; Die ganze Welt war da und es gab viele Lieder *als Zugabe* . – Das Abendessen wurde um elf bestellt; aber Lady Peccedillo war nicht in der Oper – ihr Affe starb, und sie hatte nicht die Nerven, Lord zu sehen – der immer da ist und den sie als direktes Ebenbild ihres toten Lieblings ansieht. Ihr Friseurbesuch wurde um zehn Uhr bestellt, aber sie enttäuschte – und das Abendessen wurde ihretwegen verzögert. Bitte, sagte ich, um wie viel Uhr hast du zu Abend gegessen? Wir setzten uns um zwei Uhr zum Kartenspielen, spielten bis sechs, gingen dann zum Abendessen und trennten uns eine halbe Stunde nach sieben! Ich finde, sagte ich, dass die Leute vom *Ton* die Zeit nach dem *Mosaik berechnen* Brauch, bei dem der Abend und der Morgen den Tag machen. Aber bitte, meine Dame, was wird die ganze Zeit über aus Ihren Dienern? Ich hoffe, Sie beauftragen sie nur, Sie nach Hause zu begleiten? Diener! Herr, meine Dame, niemand denkt an seine Diener! Ich sehe selbst nicht, was Geschäftsleute *überhaupt schlafen müssen* ! Mit drei Stunden Schlaf komme ich sehr gut zurecht, und ich gehe davon aus, dass ich es im nächsten Winter auf zwei Stunden schaffe! [37]

Sie sagen, dass Lady und Mrs. —— kürzlich beschimpft wurden, sogar von ihren eigenen Freunden, das heißt von denen, mit denen sie am meisten zu tun hatten. Wissen Sie, warum? Mein lieber Freund, sie haben mit dem Spielen aufgehört, bei dem sie normalerweise beträchtliche Verluste machten. Die erste dieser Damen änderte aufgrund unvermeidlicher Unglücksfälle ihre Lebenspläne, die letzte aus einem anderen Grund. Ihre Familie protestierte, ihr Mann runzelte die Stirn; aber sie protestierten, und er runzelte die Stirn, *ohne Grund* ! Ihr Glück wendete sich, ihre Leidenschaft für dieses gefährliche Vergnügen wuchs, doch sie fasste einen Entschluss und wollte *nicht mehr spielen* . Sie, die zuvor als angenehme Bekannte galt, wurde nun als kapriziös angesehen, und die Augen ihrer Karten spielenden Bekannten, die zuvor *blind* für ihre *wirklichen Unvollkommenheiten waren* , achteten nun *peinlich genau* auf ihre *eingebildeten Fehler* . *Über die Gründe ihres Verhaltens wurden viele verschiedene Vermutungen angestellt. Viele Anschuldigungen wurden erhoben, dass sie eine Zuneigung* entwickelt oder sich durch *die Anweisungen ihrer Ehegatten davon abhalten ließ* ! Um sie sofort von diesen Unterstellungen reinzuwaschen, zu denen sie weder geistig in der Lage ist (seien es nun *Verbrechen oder Tugenden*) – die Wahrheit ist, sie hat schöne Zähne –, las ich zufällig Mr. Tolvers Buch, in dem er die Leidenschaften als innere Ursachen ihrer Krankheiten betrachtet.

Irrtümer, die von den *Empfindungen des Herzens herrühren* , sind nicht *jene* dieses Zeitalters. Mir wurde gesagt, dass zwischen Lady – und Colonel – eine lange Bindung bestanden habe. Ich bedauerte sie, ich hatte Mitleid mit ihr! Er befindet sich jetzt im Ausland in einer gefährlichen Situation! Welche Angst, welches Elend darf sie nicht erleiden! Wie überrascht war ich, als ich feststellte, dass sie nie *einen öffentlichen Ort verpasst* . Die Herzogin von W – war sehr amüsiert über meine Einfachheit. Früher (sagte sie), wenn eine Frau das Unglück hatte *zu lieben, wo* sie es nicht zugeben konnte, bewog der Anstand sie, ihre Schwäche sorgfältig zu verbergen – aber jetzt ist es *ganz anders* – Die Sanfte Empfindungen finden keinen Eingang in ihre kultivierten Herzen – obwohl sie nichts dagegen haben, einen Mann von Mode *in ihrem Gefolge zu haben* . – Und ein gewisser Tonfall *oder* die *Wut* gehen sogar so weit, eifrig den Anschein *dessen zu erwecken, was* in der Realität ist nie in *ihre Fantasie eingedrungen* !

Ich glaube, ich höre Sie sagen, wie merkwürdig! Aber ich glaube, an diesem Ort ist alles so. Neulich traf ich Lady Bab Cork-rump: „Meine liebe Lady Eliza", sagte sie, „ich liebe ausgerechnet Komödien; bitte, lassen Sie uns bald eine ansehen. Nächsten Donnerstag bin ich frei – Das ist ein großes Glück, erwiderte ich; an dem Abend habe ich *eine Loge : Es ist unser Lieblingsstück* , und *Mrs. Abington spielt mit* ! – Das ist *herrlich* , sagte sie! Und, fügte ich hinzu, es ist ein Wohltätigkeitsstück für die Ambulanz der armen Kinder – seit ihrer Eröffnung vor neun Jahren wurden über 26.000 Kinder von dieser humanitären Einrichtung unterstützt." Lady Bab hörte sich das ungeduldig an. „Es ist ein Wohltätigkeitsstück, sagen Sie, Madam!" – „Ich weiß nicht, ich glaube, mein Bruder erwartet ein paar Freunde vom Land." Ich nehme an, es wird für Ihre Ladyschaft keine Enttäuschung sein, wenn ich *nicht gehe* ? – O, nicht im Geringsten, sagte ich. – So lässt der Gedanke an *Wohltätigkeit* eine feine Dame in sich selbst zurückweichen (als wäre er ansteckend) und hielt Lady Bab davon ab, an einen Ort zu gehen, wohin ihre Neigung sie sonst geführt hätte.

Lady Bab scheint eine große Vorliebe für Sir Hugh, unseren Nachbarn, zu hegen. Seit er sein Vermögen hat, sind seine Unruhen Großzügigkeit, Nachlässigkeit, die Freiheit seiner Seele, seine Verschwendungssucht und eine seinem Vermögen entsprechende Leichtigkeit des Geistes. Er hat sich neulich wegen ihr mit Captain Essence gestritten; und ich war zutiefst beunruhigt über die Konsequenzen! Sie lachte über meine Ängste und versicherte mir, dass bei dem, was ich wahrnahm, keinerlei Gefahr bestand. Die Herren, sagte sie, hätten auf das Verhalten von Helden verzichtet. Der Brauch des Wettens ist das glückliche Succedaneum und verhindert viel Blutvergießen. So bleiben Streitfragen im *stillen Ungewissheitszustand* , bis die Zeit für *ihre* nicht minder *ruhige Entscheidung gekommen ist* . Es stellte sich heraus, wie sie sagte; Kapitän Essence wettete mit Sir Hugh, dass *der neue Club in der St. James's Street der Ruin von Lord sein würde, bevor der alte gegenüber den General verlassen hätte* .

Ich habe so viel Geld für *Bagatellen ausgegeben* , dass ich nicht umhin kann, die Ausgaben zu bereuen, die bei anderer Anwendung so wohltuende Wirkungen hervorgerufen hätten. – Aber wenn wir einige Torheiten begehen, werden wir vom anderen Geschlecht ausreichend im Zaum gehalten. Moderne Geschichten erzählen uns, dass der verstorbene König von Polen von achtundvierzig Porzellanvasen so fasziniert war, dass er sie vom verstorbenen König von Preußen zum Preis eines *ganzen Dragonerregiments kaufte* .

Sie wissen, mein lieber Freund, wie viele Lobeshymnen auf Lady Darnley gezollt wurden, weil sie dazu beitrug, die besonderen Begabungen der jungen Leute zu erörtern, die sie auszeichneten, und so einen Missbrauch der Talente der heranwachsenden Generation zu verhindern. "Ist es nicht ein Missbrauch von Talenten", sagte einer, "der unsere gegenwärtigen Demütigungen verursacht? So mancher Mann, der in einem Beruf scheitert, wäre in einem anderen glücklich gewesen. Daher sehen wir so viele Köpfe, die auf Dinge gerichtet sind, die Denken erfordern, die man zum Wohle des Landes hätte einsetzen können, wie man in der Antike *Rammböcke verwendete und die man ohne die geringste Gefahr, verletzt zu werden,* gegen Steinmauern hätte laufen lassen . - Wenn der Mechaniker alle Prinzipien, die das Wissen dieser Wissenschaft ausmachen, umkehren würde; wenn er die Räder als Bewegungsprinzip festlegen würde, die Feder, um sich zu drehen und bewegt zu werden, das Gewicht, um zu vibrieren und zu regulieren, und das Pendel, um anzutreiben – würde dann nicht die ganze Menschheit eine solche Maschine verspotten, weil sie ihre Aufgabe nicht erfüllen könnte? Ist dies nicht die unglückliche Lage unseres Landes gegenwärtig? Haben unsere Feinde nicht daraus Kapital geschlagen?"

Aber die Politik zu verlassen – was ich den Beobachtungen eines alten Herrn verdanke, der zu viel Grund hat, sich über die Verzögerungen bei der Führung öffentlicher Angelegenheiten zu ärgern, da sie die Interessen seiner privaten Familie beeinträchtigt haben –, ist mir zutiefst besorgt wegen der offensichtlichen Hartnäckigkeit Ihrer Tante zugunsten von Mr. Bennet. Eltern, die glauben, dass die Jahre *Weisheit vermitteln* , die nur *den Geschmack verändert* , neigen dazu, in ihren Entscheidungen willkürlich zu sein und sich in Pelze zu kleiden, die zum Eis des Alters und zum glühenden Blut der Jugend werden. Aber tauschen Sie Ihr Glück nicht gegen Glanz ein, mein lieber Freund. Ich nehme an (aber halten Sie meine Vermutung nicht für ein Orakel), dass es nicht wahrscheinlich ist, dass ich alle heirate – wenn ich es nicht tue, wird mein Vermögen Ihnen gehören; immer liebevoll sein

Deine aufrichtige Freundin
ELIZA FINLAY .

Vom Earl of Munster zur
Gräfin von Darnley.

Meine liebe Tante,

Seit ich Ihnen das letzte Mal geschrieben habe, bin ich eines Tages in der Stadt spazieren gegangen. Ein schwarzer , *gut gekleideter Mann* fiel auf der Straße hin. Da niemand in der Nähe war, lief ich los, nahm ihn in meine Arme und trug ihn in ein Gasthaus, wo ich ihm sofort Hilfe verschaffte. Als er wieder zu sich kam, gestand er seine Verpflichtungen mir gegenüber und sagte, dass er ohne mich gestorben wäre. Und am Ende der Lotterie des Lebens steigen unsere letzten Minuten, wie im Rad zurückgelassene Benefizkarten, in ihrem Wert. Ich begleitete ihn nach Hause, wo ich seine Frau sah. Sie ist zwar so schwarz wie die kalte Nacht, aber eine der einfallsreichsten, vernünftigsten und liebenswürdigsten Frauen, wie man sie unter den Töchtern Englands nur finden kann. Er fragte sie nach einer Freundin. Als ich ankam, stellte sich zu meiner unbeschreiblichen Überraschung heraus, dass es der Marquis de Villeroy war, der jedoch so abgemagert war, dass mein freundschaftliches Auge ihn nicht ansehen konnte, ohne Tränen zu vergießen. Er erkannte mich sofort und lief mir entgegen, um mich zu umarmen. „Dies", sagte er zu dem schwarzen Gentleman, „ist Lord Munster, mein Freund, der Gefährte meiner Jugend."

Nach der Freude, die wir bei der Begegnung gemeinsam bezeugten, konnte ich nicht umhin, meine Überraschung über die Veränderung in seiner Person zum Ausdruck zu bringen! „Mein Herr", antwortete er, „ich werde Sie mit der außergewöhnlichsten Geschichte bekannt machen, die jemals einem Menschen passiert ist." Als ich Ihren Brief erhielt, zweifelte ich im ersten Anflug von Leidenschaft nicht daran, dass Sie mich betrogen hatten; Ich verließ plötzlich die Armee und reiste Tag und Nacht, bis ich die Verschiffung nach Rotterdam übernahm. Als ich dort ankam, stellte ich fest, dass mein Vater es zurückgelassen hatte; und mir wurde auch mitgeteilt, dass Sie eine ehrenvolle Rolle gespielt hätten und dass ich mir fälschlicherweise mit der Zuneigung der Gräfin geschmeichelt hätte. Ich beklagte Ihr Unglück und meine Ungeduld, denn bei näherem Nachdenken wurde mir bewusst, wie unvorsichtig ich gewesen war, als ich meinen Posten verlassen hatte – ich war jedoch entschlossen, mich nicht dem Vorwurf der Feigheit hingeben zu lassen – ich kehrte zu – wartete auf den Generaloffizier zurück – machte ihn mit der wahren Wahrheit vertraut, erlangte Vergebung meiner Schuld, die später in einem angemessenen Licht betrachtet wurde, da ich das Glück hatte, mich bald darauf in zwei Engagements hervorzuheben. Als wir in die Winterquartiere befohlen wurden, erhielt ich Urlaub und war entschlossen, nach Möglichkeit herauszufinden, wohin mein Vater sich zurückgezogen hatte; denn obwohl meine Liebe hoffnungslos war, schmeichelte ich mir immer noch damit, dass es in meiner Macht stünde, die Gräfin de Sons aus seiner *Tyrannei zu retten* und sie *Ihnen zurückzugeben* .

Eines Tages teilte mir mein Diener mit freudiger Miene mit, dass er erfahren hatte, dass mein Vater in einem Haus in der Nähe von Marseille lebte. Er habe dies, sagte er, von einem Bruder gehört, der eine Intrige mit einer der Mägde der Herzogin hatte. – Ist der Herzog denn verheiratet? sagte ich. – Leider, mein Freund, sagte der Marquis, es tut mir leid, Ihnen mitteilen zu müssen, dass der Gegenstand Ihrer Zuneigung den Plänen meines Vaters zum Opfer gefallen ist – er hat sie gezwungen, ihm ihre Hand zu geben! – Ich habe festgestellt, dass er sich der Gräfin zugewandt hatte Vermögen in Bargeld und Juwelen, von denen er lebte, da er den Ort seines Wohnsitzes verheimlichen wollte und bis zum Äußersten eifersüchtig darauf war, dass sie gesehen wurde! Aus dieser Sicht *waren alle seine Diener Frauen* .

Trotz dieser Vorsichtsmaßnahmen sprachen seine Diener über seine Eigenheiten, was zu Fragen über seine Ausgaben führte. Die Fragesteller fanden bald heraus, dass sich Bargeld im Haus befand, was sie dazu veranlasste, ihn auszurauben. Der Bruder meines Dieners, der der Zofe der

Herzogin den Hof machte, informierte sie *über mich* ; am nächsten Tag erhielt ich einen Brief von meiner Schwester, die versprach, mich eines Nachts ins Haus zu lassen, wo sie mich anwies, verkleidet mit meinem Diener zu kommen! – So wurde ich von diesen Schurken zum Werkzeug gemacht: Sie wollten den Raub mit *meiner Hilfe durchführen* , und wenn sie entdeckt würden, schmeichelten sie sich, dass man ihnen *meinetwegen verzeihen würde* ! Zur vereinbarten Zeit ging ich; Julia ließ mich hinein und ließ die Tür für meinen Diener offen. Sie fing gerade an, mir von all ihren Nöten zu erzählen, als unsere Ohren von einer Alarmglocke beschossen wurden! – Im Nu war das Haus voller Menschen; ich hörte meinen Vater sagen: „Wo ist der Schurke, der sich mein Sohn nennt?" Als mein Diener entdeckt wurde, teilte er ihm mit, dass ich ihn und seine drei Gefährten (die er ins Haus gebracht hatte) angeheuert hatte, um ihn zu ermorden und auszurauben und die Damen zu entführen! Vergebens versicherte ich ihm das Gegenteil; er wollte nicht auf mich hören; er erinnerte sich daran, wie sehr ich in sein bezauberndes Mündel verliebt gewesen war; er warf mir meine Schlechtigkeit vor und hielt mich vielleicht tatsächlich für schuldig.

Ich bezweifle nicht, dass diese Angelegenheit in der Welt falsch dargestellt wurde – wir haben keine wahren Geschichten, sondern solche, die von denen geschrieben wurden, die aufrichtig genug waren, das, was sie erlebt haben, in dem zu erzählen, was sie selbst betrifft.

Ich wurde festgenommen und bis zu meinem Prozess in einen Kerker gebracht; als ich ohne Anhörung zu lebenslanger Galeerensklavin verurteilt und zu diesem Zweck an Bord der Galeeren in Marseille geschickt wurde. Die Arbeit eines *Galeerensklaven* ist zu einem Sprichwort geworden; und es ist nicht ohne Grund, dass dies als die größte Ermüdung angesehen werden kann, die einem Elend zugefügt werden kann.

Stellen Sie sich sechs Männer vor, die an ihre Sitze gekettet sind, völlig nackt wie bei der Geburt, und mit einem Fuß auf einem Holzblock sitzen, der am Fußschemel befestigt ist. Die anderen lehnten sich gegen die Bank vor ihnen und hielten in ihren Händen ein Ruder von enormer Größe. Stellen Sie sich vor, wie sie ihre Körper verlängern und ihre Arme ausstrecken, um das Ruder über den Rücken derer zu schieben, die vor ihnen stehen. die auch selbst in einer ähnlichen Einstellung sind. Nachdem sie ihr Ruder so vorgeschoben haben, heben sie das Ende, das sie in ihren Händen halten, um das andere ins Meer zu tauchen. Nachdem dies geschehen ist, werfen sie sich auf ihre Bänke zurück, die etwas ausgehöhlt sind, um sie aufzunehmen. Aber niemand außer denen, die ihre Arbeit gesehen haben, kann sich vorstellen, wie viel sie ertragen müssen; niemand außer ihnen konnte davon überzeugt werden, dass die menschliche Kraft die Strapazen ertragen könnte, die sie eine Stunde lang hintereinander durchmachen. Aber wozu können Notwendigkeit und Grausamkeit die Menschen nicht zwingen? Fast

Unmöglichkeiten. Sicherlich kann keine Galeere anders gesteuert werden als mit einer Besatzung von Sklaven, über die ein *Komitee* die uneingeschränkteste Autorität ausüben kann. Kein freier Mann könnte eine Stunde lang unermüdlich am Ruder bleiben; doch ein Sklave muss seine Arbeit manchmal zehn, zwölf, ja zwanzig Stunden lang ausdehnen, ohne die kleinste Unterbrechung. Bei diesen Gelegenheiten steckten die *Comites* oder einige der anderen Seeleute diesen Unglücklichen ein Stück in Wein getränktes Brot in den Mund, um zu verhindern, dass sie durch übermäßige Müdigkeit oder Hunger in Ohnmacht fielen, während ihre Hände am Ruder beschäftigt waren. In solchen Zeiten hört man nichts als schreckliche Gotteslästerungen, laute Ausbrüche der Verzweiflung oder Ausrufe zum Himmel; all die Sklaven strömten vor Blut, während ihre erbarmungslosen Zuchtmeister Flüche, Drohungen und Peitschenhiebe vermischten, um diese schreckliche Harmonie zu füllen.

Zu diesem Zeitpunkt brüllt der Kapitän dem *Komitee zu* , seine Schläge zu verdoppeln; und wenn jemand ohnmächtig vom Ruder fällt (was nicht selten vorkommt), wird er ausgepeitscht, während noch Lebensreste zum Vorschein kommen, und dann ohne weitere Zeremonie ins Meer geworfen. Um *Cleofas* die glückliche Lage eines Inquisitors bewusst zu machen, sagt der *Diable Boitteux zu ihm: „Wäre ich nicht ein Dæmon, ich wäre ein Inquisitor?"* Würde der Teufel ein Sterblicher werden, würde er geneigt sein, der *Komitee* der Galeerensklaven in Marseille zu sein, deren Herzen von Grausamkeit erfüllt sind.

Wie diese Sklaven ernährt werden, damit sie diese enorme Arbeit ertragen können, lässt sich anhand des folgenden Berichts beurteilen. – Als es notwendig war, etwas Erfrischung zu sich zu nehmen, befahl der Kapitän *den Hunden, in ihre Messe zu gehen* . Er meinte damit nur, dass uns Bohnen serviert werden sollten, die uns das übliche Essen erlaubte. Das sind in der Tat höchst unerträgliche Essgewohnheiten, auf die nur der größte Hunger verzichten kann. Sie sind schlecht gekocht, enthalten kaum Öl und etwas Salz und werden aus einem großen Kessel gegessen, der nicht der reinste der Welt ist, wie man sich leicht vorstellen kann.

Ich war noch nie so hungrig, dass ich nicht lieber meine Portion in Essig und Wasser getauchtes Brot als dieses Durcheinander gegessen hätte, das sogar den Geruchssinn beleidigte. Dies und 22 Unzen Kekse sind jedoch alles, was einem Galeerensklaven an Nahrung erlaubt ist. Jeder der Mannschaft erhält vier Unzen dieses Getränks; vorausgesetzt, dass nichts davon versteckt wird, bevor es an Deck gebracht wird, was nicht selten der Fall ist.

Ich hatte einmal die Neugier, die Anzahl der Bohnen zu zählen, die ein Brudersklave für seine ganze Portion bekommen hatte, die sich auf nur dreißig belief; und die der kleinen schwarzen Bohne, die allgemein als

Pferdebohnen bezeichnet wird. Wir haben uns nicht einmal gegenseitig bemitleidet. Um Mitleid zu haben, müssen wir mit den Leiden unserer Mitgeschöpfe vertraut sein, sie aber nicht spüren. Wenn wir aus Erfahrung wissen, was Schmerz ist, haben wir Mitleid mit denen, die leiden. aber wenn wir selbst Schmerzen haben, dann spüren wir nur das, was wir selbst durchmachen. In jeder Situation, in der wir den Katastrophen des Lebens ausgesetzt sind, lassen wir andere nur an dem teilhaben, wofür wir selbst keinen Anlass haben. Menschen in Wohlstand, Menschen in Wohlstand denken vielleicht anders, aber das liegt nicht *in der Natur*.

So schrecklich dies auch war, ich habe den Tod immer für eine Strafe gehalten, die den Verbrechen einiger öffentlicher Schurken, die damit bestraft wurden, in keiner Weise angemessen ist; und ich bin sicher, selbst die Feigsten unter den Menschen würden ihn der Galeerenhaftigkeit vorziehen. Wir sind von Natur aus zum Tode verurteilt; das Urteil des Gesetzes und die Hand des Henkers dauern nur ein paar Monate oder Tage; aber sich täglich den Tod als Freund zu wünschen, um uns zu befreien und uns alle Möglichkeiten zu verwehren, ihm zu begegnen, ist der Inbegriff des Elends, der, glaube ich, die ganze Menschheit dazu bringen würde, ihre Handlungen streng zu überwachen, um nicht in dasselbe zu verfallen. [38]

Aus diesem höllischen Zustand der Existenz wurde ich von Mr. Worthy befreit, einem Sklavenhändler. Er sah und bemitleidete meine Notlage. Er hatte versehentlich das Leben eines der Schurken gerettet, die bei dem Versuch, meinen Vater auszurauben, mitgeholfen hatten. Dieser Mann informierte später auf seinem Sterbebett seinen guten Herrn über meine Situation, der versprach, mich freizulassen. Dies geschah, indem er dem Kapitän und dem *Komitee eine große Summe gab*. Das Geheimnis wurde mir verraten. Man einigte sich darauf, dass ich vorgeben sollte, ohnmächtig zu sein und bewusstlos zu erscheinen, und dass ich dann wie tot ins Meer geworfen werden sollte. Dies gelang glücklicherweise.

Nichts kann ungerechter sein, als das Beispiel der Menschlichkeit auf den engen Kreis einiger europäischer Nationen zu beschränken. Die edlen, großzügigen und humanen Gesinnungen sind in der gesamten Natur verbreitet und üben ihre fesselnde Kraft überall aus, wo eine Gruppe von Menschen lebt. Tugend und Laster vermischen sich in allen Gesellschaften: Wir haben Wilde in Italien, und es gibt ehrenwerte Männer unter denen, die wir Wilde nennen. Christen tun oft Dinge, über die ein bescheidener Heide erröten würde, und während sie mit ihrer Religion prahlen, sind ihnen die allgemeinen Gesetze der Menschlichkeit fremd. Ein weiser Mann sollte stolz darauf sein, nichts zu verachten, was er nicht gut kennt, und allen Menschen, egal aus welchem Land oder welcher Hautfarbe, Gerechtigkeit widerfahren zu lassen. – Die Tugend scheint wie die Strahlen der Sonne über den gesamten bewohnbaren Globus, belebt die moralische wie die materielle

Welt und übt ihren wohltuenden Einfluss von der *sengenden Tagundnachtgleiche* bis zu den *eisigen Polen aus* . Wir spüren ihre Kraft; alle Gemeinschaften sind durch ihren magnetischen Einfluss zusammengehalten; und ohne sie wären die Nationen der Barbaresken von Verwüstung bedeckt und nicht bewohnter als die sengenden Sande ihrer unwirtlichen Wüsten.

Kaum hatte Mr. Worthy seinen Blick auf mich geworfen und meinen Kummer erkannt, glühten Mitleid, Zärtlichkeit und Mitgefühl in seinem Gesicht; Seine Augen leuchteten vor großzügigem Mitgefühl, und das erste Wort, das er sprach, überzeugte mich davon, dass er bereits *alles spürte, was ich erlitten hatte* . Aber es gibt für ihn kein Vergnügen, das so hinreißend ist, dass es in irgendeiner Weise dazu beitragen könnte, irgendjemanden der menschlichen Spezies glücklich zu machen.

Ich gab mich der Berechtigung dieser Gefühle hin – und konnte die Standhaftigkeit, die den Marquis in solch unerhörten Prüfungen unterstützt hatte, gar nicht genug bewundern! Und da unser Sinn für viele große Freuden, sowohl natürlicher als auch moralischer Natur, dadurch außerordentlich gesteigert wird, dass wir viele der gegenteiligen Übel beobachtet oder erlebt haben; Er möchte zumindest zufrieden sein, wenn er auf die Schrecken zurückblickt, denen er entkommen ist. Der Dichter sagt:

Das Herz kann nie einen Transport erfahren
Das hat nie einen Schmerz gespürt.

Man kann sich leicht vorstellen, dass der Marquis sich unbedingt nach seiner Familie erkundigen möchte – doch die Dankbarkeit gegenüber Mr. Worthy hat ihn dazu bewegt, ihn nach England zu begleiten.

Als ich Mitleid mit ihm zu haben schien, wurde aus seiner Dankbarkeit dankbare Demut. Doch sobald ich auch nur das geringste Unachtsamkeit gegenüber seinem Unglück zeigte, nahm sein Gesichtsausdruck eine solche Würde an, dass er mir nicht nur meinen scheinbaren Mangel an Feingefühl vorwarf, sondern mich auch daran erinnerte, dass seine Leiden nicht die Folgen von Schuld waren und seine Geistesgröße auch nicht im Geringsten schmälern konnten.

Ich habe erfahren, dass Mr. Worthy einen Rechtsstreit anhängig hat. Wenn dieser abgeschlossen ist, soll er meinen Freund nach Italien begleiten. Er scheint mir ein sehr scharfsinniger, vernünftiger Mann zu sein. Wir haben neulich über die Unruhen in Madras und das seltsame Verhalten der Leute in der Leadenhall Street gesprochen. Er sagte, es erinnere ihn an Anacharsus' Bemerkung gegenüber Solon, als sie von einer öffentlichen Versammlung zurückkamen: „Er konnte nicht anders, als sehr erstaunt zu sein, als er feststellte, dass bei ihren Beratungen die *Weisen sprachen* und die *Narren entschieden* ." Ich glaube, in öffentlichen Versammlungen ist dies im

Allgemeinen der Fall, wenn eine Partei regiert, und die mächtigste Kabale besteht im Allgemeinen aus den am wenigsten Vernünftigen.

Ich betreue diese lieben Freunde überall. Der Marquis ist ein *Amateur , und sein Geschmack wird höchst befriedigt sein, wenn er in Munster-House die Wunderwerke Ihrer Schöpfung* besichtigt – er ist ein Nachkomme der Medici-Familie und daher äußerst entzückt vom Charakter der Gräfin von Darnley. Aber das ist ein Thema, auf das ich mich nicht einlassen kann – exquisite Verdienste zu loben ist vielleicht der schwierigste Teil des höflichen Schreibens, und dafür habe ich kein Talent; aber wenn ich es besäße, würde ich Sie mit dem ermüden, was bisher nur wenige andere Damen je hatten – *ihr eigenes Lob* . Aber ich werde niemandem nachgeben in dem, worauf ich mich selbst schätze, nämlich aufrichtig und liebevoll zu sein.

Ihr
MÜNSTER

Der Marquis de Villeroy verliebte sich sehr in Lady Eliza, deren Mitleid mit seinem Unglück ihr Herz so weit zu seiner Gunst erweicht hatte, dass sie ihm zuerst mit Wohlwollen, dann mit Zärtlichkeit und schließlich mit dem lebhaftesten Interesse zuhörte. Sympathische Seelen schließen schnell eine Verbindung. Sie gestand ihre Vorliebe für ihn, aber keine noch so große Vorliebe könne sie dazu bewegen, ihr Land und ihre Freunde zu verlassen. Diese Meinung wurde noch durch ihre Vorstellung von der Unbeständigkeit der Menschheit und der geringen Achtung, die sie Frauen nach ein paar Jahren Besitz entgegenbringt, noch verstärkt.

Der Marquis dachte, dass sein Verzicht auf sein Heimatland ein zu großes Opfer wäre, als dass es auf dem Altar der Grazien dargebracht werden könnte. Doch der Gedanke, sich von Lady Eliza zu trennen, konnte er nicht unterstützen. – Sie sagte ihm, es wäre vergeblich, daran zu denken, sie dazu zu bringen, die Strenge ihres Beschlusses zu mildern; denn es ging von einer Festigkeit aus, die nichts zu überwinden vermochte! denn nach all ihren Beobachtungen im Leben hielt keine Liebe jemals lange genug, als dass es sich lohnte, ihr alles andere zu opfern; die *paradiesische* Vision der ewigen Beständigkeit war schon lange aus diesen sublunären Regionen verschwunden: – und dass sie niemals sein würde, wenn er nicht in England wohnen würde! – Ein Seufzer, der sich von ihm stahl, übermittelte Lady Eliza den Höhepunkt seiner Verzweiflung – seine Verlegenheit und Niedergeschlagenheit steigerten ihre Wertschätzung für ihn, während sie in ihr ein zärtliches Mitgefühl für sie erweckten, da sie glaubte, sie allein sei die Ursache dafür. Sie hielt es daher für ihre Pflicht, sich darum zu bemühen, sie durch jede in ihrer Macht stehende Aufmerksamkeit zu beseitigen. – Infolge dieser Rücksichtnahme zu seinen Gunsten bemühte sie sich, fröhlich auszusehen, obwohl es ihr nicht wenig gekränkt war, es für absolut notwendig zu halten, dies abzulehnen liebenswürdig und einen Mann verdienend.

Der Marquis erkannte, dass Einwände wirkungslos sein würden, und verabschiedete sich mit einem Herzen voller Kummer, Ratlosigkeit und Verzweiflung! Da er von Natur aus ein ruheloses, düsteres Gemüt und heftige Leidenschaften hatte, dachte er in seiner Verzweiflung, seine Erlebnisse seien so außergewöhnlich gewesen, dass er zum Elend verurteilt war! und fasste den Entschluss, Hand an sich selbst zu legen: und je mehr er über seine Lage nachdachte, desto stärker wurde er in seinem überstürzten Entschluss bestärkt. Da jedoch der Selbsterhaltungstrieb einer der stärksten in unserem Körper ist, inspirierte er ihn zu einem Gegengedanken, nämlich Italien aufzugeben; nur diese Zustimmung war erforderlich, um ihn Lady Eliza zu empfehlen, ohne die sein Leben eine Last wäre. Er teilte Lord Munster seine Absichten mit, der seine Schwester über diesen Beweis der Zuneigung des Marquis zu ihr informierte.

Sie war von seiner Zuneigung überaus geschmeichelt und versprach ihm, ihm nach seiner Rückkehr aus Italien ihre Hand zu reichen – wohin er zwangsläufig gehen musste, um seine Identität nachzuweisen und sein Vermögen in Besitz zu nehmen.

Der Marquis traf unverzüglich Reisevorbereitungen und brach bald in Begleitung seines Freundes Mr. Worthy und Mrs. Worthy, die Lady Eliza nach Munster House begleitete, auf. Bald nach ihrer Ankunft schlossen sich Lord und Lady Darnley mit ihrem kleinen Sohn ihnen wieder an, da die Lady eine zu zärtliche Mutter war, um ihn zurückzulassen oder ihn der Obhut von jemand anderem als sich selbst anzuvertrauen. Das zarte Gehirn von *Newton* oder *Alexander*, das in ihrer Kindheit durch eine kleine Kompression oder leichte Aufregung verändert wurde, könnte den ersten dumm und den anderen zu einem weisen König gemacht haben. Doch die Leute im Allgemeinen, obwohl sie darauf erpicht sind, ihren Erben Reichtum zu verschaffen, vertrauen sie der Obhut desinteressierter Mietlinge an. Sir Harry Bingley, seine Tante und Schwester und die meisten der dem Leser bereits vorgestellten Gruppen versammelten sich in Munster House, um den Sommer zu verbringen.

Mrs. Lee hatte jedes Versöhnungsangebot ihres Mannes zurückgewiesen, solange es ihm gesundheitlich und finanziell gut ging – doch für einen Geist wie den ihren machte Unglück jedes Unglück wieder wett – Sein Vermögen war ruiniert, seine Gesundheit angeschlagen, und er verfiel immer mehr in alle Arten von Exzessen. Dies brachte ihn bald in größte Not und es fehlte ihm so sehr an den alltäglichen Notwendigkeiten des Lebens. Als Mrs. Lee von seiner beklagenswerten Lage erfuhr, verwandelte sie sofort die Villa in Wales, die bereits beschrieben wurde [39], in Geld, bezahlte die Schulden ihres

Mannes und begleitete ihn in eine elende Hütte, in die ihn seine Armut, die Folgen seiner Verbrechen und seine Untreue (*ihr gegenüber*) gebracht hatten. Dort blieb sie und schenkte ihm jede Aufmerksamkeit bis zu seinem Tod, bis sie mit Lady Darnley nach Munster-House kam.

Lady Eliza erhielt bald den folgenden Brief vom Marquis de Villeroy.

    Gnädige Frau,   Venedig.

Als ich an diesem Ort ankam, erfuhr ich, dass mein Vater nach der Nachricht von meinem Tod sein Anwesen einem nahen Verwandten von mir überlassen hatte – der mich, obwohl so abgemagert, sofort kannte und sich auf die ehrenvollste Art und Weise verhalten hat mir. Mein Vater hat sich nach La-Trappe in Frankreich zurückgezogen. Dorthin muss mich meine Pflicht führen, bevor ich das Glück empfinden werde, wenn ich mich Ihnen zu Füßen werfe.

Wäre ich bereit, das ansprechendste *Porträt zu zeichnen* , das man sich vorstellen kann, könnte ich leicht ein Motiv finden; aber da Sie sich möglicherweise eine nähere Bekanntschaft mit dem Original wünschen, werde ich den Versuch unterlassen, da es für Sie schwierig wäre, es aus diesem Prinzip der menschlichen Natur zu gewinnen, das uns *zu Fremden macht* .

Ich werde Ihre Ladyschaft nur mit der Bitte aufhalten, meinem Freund, Ihrem Bruder, mitzuteilen, dass es mir sehr peinlich ist, seinen Brief nicht an Mademoiselle de Querci überbringen zu können – die entsprechende Person ist nicht auffindbar.

Muss ich die Leidenschaft, von der ich Ihnen so viele Beweise gegeben habe, beschreiben? – Nein, alle Beschreibungen würden meinen Gefühlen nicht gerecht werden. Ich werde immer jedem Wunsch nachgeben, den Ihre Seele äußern kann. Sie sind absolut absolut, es sei denn, Sie versuchen Unmöglichkeiten, von denen ich dies als das Schlimmste betrachte – dass ich einen Augenblick atmen kann, ohne ganz und unantastbar Ihnen zu gehören.

DE VILLEROY.

Es mag hier vielleicht angebracht sein, den Leser darüber zu informieren, was ihn vielleicht sein eigener Scharfsinn vorhersehen ließ: Der Herzog von Salis war weder durch Bitten noch durch Drohungen in der Lage gewesen, die Gräfin de Sons zu zwingen, ihn zu heiraten, obwohl er hatte herausgegeben, dass sie es getan hatte; Dies veranlasste ihn, sie und seine Tochter streng einzusperren. Es ist bereits berichtet worden, wie er seinen Sohn als Einbrecher ausgeliefert hatte; – als er ihn auf die Gallien verurteilt vorfand – wie die grausame Inkonsistenz der *Richter eines Admirals – sah* ᵉʳ sich gezwungen, dies zu deklamieren Gerechtigkeit seines eigenen Urteils – und als er feststellte, dass das Urteil gegen seinen Sohn unvermeidlich war – unfähig, die Vorwürfe seines inneren Aufsehers zu ertragen, und dem Flüstern eines düsteren Gemüts zu lauschen, geriet er fast in Panik – In dieser Geisteslage war er zerrissen Mit den Qualen des Kummers wurde er nachlässiger gegenüber seinem Mündel – und die Gräfin und Julia entkamen ihm. Nach seinem Verhalten gegenüber seinem Sohn befürchteten sie, dass er in einem Akt der Verzweiflung bei einer zukünftigen Gelegenheit der vergangenen Szene, die *ließ sie vor Entsetzen frösteln* – Die Gräfin wurde von Pocken befallen, die ihre Gesichtszüge erheblich veränderten, ohne ihre Schönheit zu beeinträchtigen; Dieser Umstand erleichterte es ihnen, sich jeder Suche des Herzogs zu entziehen, da Julia Männerkleidung trug; und sie verdienten ihren Lebensunterhalt durch den Verkauf von Juwelen.

Der intelligente Leser erkennt nun, dass Mademoiselle Querci und ihr Bruder niemand anderes waren als die Gräfin de Sons und Julia, die Lord Munster in Venedig kennengelernt hatte.

Als sich der Herzog von Salis nach La-Trappe zurückzog, erschien die Gräfin von Sons und nahm ihr Vermögen in Besitz. Sie war Lord Munster stets und aufrichtig verbunden geblieben, war geschmeichelt von seinen Aufmerksamkeiten in Venedig und fand, dass ihre Wertschätzung durch die Rücksichtnahme, die er seinen Vorverpflichtungen entgegenbrachte, zunahm; aber sie wollte sich zu diesem Zeitpunkt nicht offenbaren, da sie befürchtete, dass sie sich nur einbildete, er sähe sie mit den Augen der Zuneigung, und dass die Pocken eine *solche* Veränderung bewirkt hätten, dass seine Gefühle sich ändern könnten. Als der Marquis de Villeroy in Italien ankam, war sie hocherfreut, einen Brief von Lord Munster zu erhalten, der an Mademoiselle de Querci adressiert war, und beschloss, ihn und Julia nach England zu begleiten; aber dies wurde sorgfältig verborgen, um die Entdeckung angenehmer zu machen.

In der Zwischenzeit verbrachte die Familie im Munster-House ihre Zeit höchst angenehm, obwohl Lord Munster, Sir Harry Bingley und Mrs. Lee (die nichts von Mr. Villars wussten) oft melancholisch und *zerstreut waren* .

Lord Munster traf große Vorbereitungen, um den Jahrestag von Lady Darnleys Hochzeit zu feiern. Bei dieser Gelegenheit wurden den bereits erwähnten Gebäuden auf dem Vergnügungsgelände eine Reihe weiterer hinzugefügt. Da alle besten Handwerker vor Ort waren, wurden diese auf die geschickteste Weise ausgeführt. Einen Tempel stellte er fertig, ohne dass ihn jemand in Augenschein nahm.

Als er am Morgen der Maskerade mit Sir Harry Bingley hinausging, sagte er zu ihm, er würde sich freuen, seine Meinung dazu zu erfahren. In diesem

Tempel war der *Katarakt* des Flusses Dahl gemalt, den er an Ort und Stelle gezeichnet hatte [41] – das Cottage, in dem Miss Harris wohnte – und sich selbst bei der Arbeit, auf die gleiche Weise, wie er sie mit ihrem schönen Jungen beim Spielen sah neben ihr (Miss Harris hatte Lord Munster erlaubt, ihr Bild zu zeichnen, und er hatte glücklicherweise ein genaues Abbild gemacht) – Sir Harry Bingley zuckte zusammen, als er es betrachtete, und rief: „Sie ist es, sie ist es, beim Himmel, sie ist es!" Welcher Künstler hat das Bild gezeichnet? es ist, es ist sie selbst!' – dann sank er fast regungslos in einen Stuhl! – Lord Munster antwortete nachlässig: ‚Bingley, sind Sie verrückt? Dieses Bild *kann* Sie nicht beunruhigen; Ich habe es nach dem Leben gemalt! Wo hast du sie gesehen? Beantworte nur diese Frage, und ich bin weg, in diesem Moment weg; Die Welt sollte mich nicht aufhalten!' „Es ist, es ist, mein Herr, die schöne Frau, von der ich Ihnen erzählt habe. Aber ihre Anmut war noch bezaubernder als ihre Schönheit! Ein äußerer Glanz der Schönheit kann *das Auge fesseln und den Anblick hinreißen* ; aber es sind die Gnaden, die das Herz gewinnen, die alle Fähigkeiten eines verwandten Geistes kraftvoll anziehen! – Ich liebte sie und wurde geliebt! Sie liebte meine Person, nicht mein Vermögen. Ihre Zärtlichkeit, ihre Zuneigung waren meine einzige Freude!' „Warum haben Sie sie dann verlassen", antwortete Lord Munster? aber machen Sie es sich ihr zuliebe bequem; sie kann dir nichts bedeuten; Ich erwarte sie bald in England.' – ‚In England!' – ‚Ja, Sir, in England, ich schätze, sie ist inzwischen mit meinem Freund Ogilby verheiratet.' „Herr Ogilby!" 'Ja; er war leidenschaftlich in sie verliebt: sie lehnte ihn entschieden ab; Aber es ist unwahrscheinlich, dass sie angesichts ihrer Schönheit und Vollkommenheit – trotz der Herabwürdigung durch den Autor, der sie von allen teuren und wertvollen Ansprüchen in Gesellschaft, Beziehungen, Freunden, Ruf und Schutz ausgeschlossen hat – gegenüber den ernsthaften Bitten *anderer* taub bleibt . Wer kann ihr diese Vorteile zurückgeben – ein Mann wie Ogilby, ein zärtlicher Liebhaber, der seine Zeit und sein Vermögen für sie opfern würde und der versprach, *ein Vater für ihren Jungen zu sein* ?

Sir Henrys Sinne schienen außer Gefecht gesetzt. – Schließlich wiederholte er: „Verwirrtheit, Wahnsinn, Wut! Aber, beim großen Gott des Himmels – er soll *meinem Jungen kein Vater sein* !" Die Aufregung seines Gemüts machte ihn fast unverständlich: Lord Munster konnte nur verstehen, dass er beabsichtigte, direkt aufzubrechen – deshalb riet er ihm davon ab – und sagte ihm, wenn er sich weigere, an diesem Tag zu bleiben (an dem er Lady Darnley seine Ehrerbietung erweisen wollte), müsse er seine Freundschaft für immer aufgeben! „Mylord", erwiderte er, „ich ehre Sie, ich liebe Sie; Ihre Tugenden verlangen das Erste, Ihre liebenswürdigen, einnehmenden Eigenschaften das Letzte; aber wären Sie Gott statt Mensch, würden Sie mich nicht aufhalten! – Ein paar Stunden könnten sie zur Frau des glücklichen Ogilby machen!" Dieser Gedanke ist verdammt!' – Da Lord

Munster eine angenehme Überraschung für Sir Henry geplant hatte – und Miss Harris und ihr Kind tatsächlich angekommen waren und sich bei Mr. Burt versteckt hatten, der sich in ein anderes Haus zurückgezogen hatte – war es notwendig, ihn aufzuhalten; und da er vergessen hatte zu fragen, wo der dargestellte Schauplatz *war*, nutzte er diesen Umstand aus und sagte: ‚Da ich, Sir, Ihre *Gefälligkeit nicht gebieten kann*, kann ich zumindest Ihren *Gehorsam erzwingen*, denn Sie wissen nicht, *wohin* Sie gehen sollen, ohne dass ich es Ihnen sage – und meine Lippen werden *für immer versiegelt bleiben*, wenn Sie diese Nacht nicht hier verbringen. Wenn Sie morgen früh aufbrechen möchten, werde ich Sie in allen Einzelheiten unterweisen.' Während Lord Munster Sir Harrys Glück genoss, waren einige seiner Freunde gleichermaßen für ihn engagiert. Die Gräfin de Sons und Julia, der Marquis de Villeroy, Mr. Villars und Mr. Worthy kamen vor dem Maskenball nach London. Mr. Villars schrieb Lord Darnley, um ihn privat über ihre Ankunft zu informieren, und im Gegenzug wurde vereinbart, dass sie alle bei dieser Gelegenheit erscheinen würden.

Diese Unterhaltung wurde mit der Großzügigkeit und dem Geschmack von Lord Munster durchgeführt – und da sie ausschließlich zu Ehren von Lady Darnley stattfand, hatten die Hauptgegenstände seiner Arrangements einen Bezug zu ihr. Nie wurde elterliche Zuneigung liebevoller bekundet, nie war kindliche Dankbarkeit umfassender. – Es wurde bereits festgestellt, dass nichts jemals eleganter geplant wurde als Munster Village, die angrenzende Farm und die Vergnügungsanlagen, die zum Haus führen: Auf der Farm wanderte man von einer Anlage zur nächsten; Gebäude von großem Nutzen und viel Fantasie, Haine, die unterschiedliche Empfindungen hervorrufen, von den klaren Gipfeln, die den Geist zu Fröhlichkeit erwecken, bis zu den dunkelbraunen oder *hellen, dunklen* Bäumen, die ihre Zweige im Tal zusammendrängen und die Seele mit heimeliger Kontemplation erfüllen.

Über dreihundert Adlige und vornehmen Leute aus der Nachbarschaft waren eingeladen. Lord und Lady Darnley, Lord Munster, Lady Eliza und Mr Worthy waren die einzigen Personen ohne Aufschrift. Sie empfingen die Gesellschaft im Tempel der Minerva, der an einem schönen Gewässer mit einer Insel lag. Der Fluss stellte den Styx [42] dar, die Insel Elysium, und Charon beförderte Passagiere. Seine Bootsanlegestelle, die Namen von Demosthenes, Aristoteles, Pindar, Plato, Apelles, Phidias und Praxiteles, wurden Lady Darnley bekanntgegeben. Sie waren alle in griechische Gewänder gekleidet. Demosthenes teilte ihr in einer eleganten Ansprache mit, dass der weise Minos ihrer Bitte nachgekommen sei, diese Gelegenheit zu nutzen, um ihren überragenden Verdiensten zu huldigen und ihr dafür zu danken, dass sie ihre Erinnerungen durch die Förderung der Künste und Wissenschaften wiederbelebt habe, da die Musen unter ihrer Schirmherrschaft Munster Village zu ihrem Hauptstadtsitz gemacht hätten.

Dann sprach er ausführlich über die Vorteile, die sie der Gesellschaft verschafft hatte – den Einfluss des philosophischen Geistes bei der Humanisierung des Geistes und seiner Vorbereitung auf intellektuelle Anstrengungen und feine Freuden – bei der Erforschung des Systems des Universums mithilfe der Geometrie – bei der Förderung von Schifffahrt, Landwirtschaft, Medizin sowie Moral- und Politikwissenschaften. Lady Darnley (obwohl völlig unvorbereitet, da sie nichts von den Plänen ihres Neffen wusste) antwortete sehr bereitwillig und höflich und dankte ihnen für die Ehre, die sie ihr erwiesen hatten, was (wie sie sagte) ihnen keine andere *Freude bereiten konnte* , als ihnen *einen Gefallen zu tun* , und die Verpflichtung dadurch noch größer machte. Demosthenes erwiderte, dass große Genies immer ihren eigenen Fähigkeiten überlegen seien.

Einige Zeit später wurde beobachtet, dass Charon einige Passagiere in römischer Kleidung an Land brachte; Es stellte sich heraus, dass es sich um Cicero, Lucretius, Livius, Vergil, Horaz, Ovid, Varro, Tibullus und Vitruvius handelte. Cicero näherte sich und hielt für Lady Darnley eine Rede, die der von Demosthenes ähnelte – denn gleiche Gedanken werden immer von gleichen Untertanen geboren werden, von Menschen, die in entsprechenden Perioden der *Entwicklung der Sitten leben* . In solchen Fällen kann es durch die Wirkung *allgemeiner Prinzipien zu einer beträchtlichen Ähnlichkeit* der Ausdrucksweise kommen . Lady Darnley gab eine gnädige Antwort, in der sie ihr geringes Verdienst zum Ausdruck brachte und die Befürchtungen äußerte, dass körperliche Ursachen ihre guten Absichten behindern könnten; dass ihre Kräfte begrenzt waren; aber dass sie weit davon entfernt war, mit Boileau zu denken, dass, wo es einen Mæccenas gibt, ein Vergil oder ein Horaz auftauchen wird (mit einem Knicks vor diesen Herren). Cicero bemerkte ihr das Glück, das sie genoss, in einer *Zeit zu leben* , die von solchen Männern ausgezeichnet wurde glänzende Fähigkeiten in jeder Abteilung!

Lady Darnley antwortete, dass er ihre Landsleute sehr ehre: Sie erkenne an, dass wir gegenwärtig auf jedem Gebiet sehr fähige Männer hätten; aber sie fürchte, dass wir auf dem Gebiet der Moral mehr die *Laster* der Alten verfeinert hätten als *ihre Tugenden* , und sie könne nicht umhin, zu fragen, ob es heutzutage in Europa irgendeinen Geistlichen, Beamten oder Anwalt gebe, der die Entdeckungen Newtons oder die Ideen von Leibniz auf dieselbe Weise erklären könne, wie die Prinzipien von Zeno, Plato und Epikur in Rom veranschaulicht worden seien [43] .

Er dankte ihr für das höfliche Kompliment und zog sich mit seinen Begleitern zurück.

Ihnen folgten die Italiener Lawrence von Medicis, Michelangelo, Raffael, Tizian, Ariosto und Tasso. Lawrence von Medicis drückte seine Freude darüber aus, dass ihm die Ehre zuteil wurde, ihr seinen Respekt zu erweisen und die Werke ihrer Schöpfung zu bewundern, und lobte sie im Namen seiner Freunde für die Ermutigung, die sie den Künsten gegeben hatte. – Sie sagte, die Der Applaus der Würdigen ist zu wertvoll, um mit Gleichgültigkeit aufgenommen zu werden. aber dennoch lehnte sie das Lob, das ihr zuteil wurde, bescheiden ab und sagte, sie habe sich bemüht, *seinem* Beispiel zu folgen, obwohl die Nachahmung nur *schwach sei* ; und dass die einzige Belobigung, die sie anstrebte, *der Versuch war*. Dass sie ohne ihre Hilfe keinen Zweifel daran hegte, sofern physische Gründe dies nicht verhinderten [44] , dass die Gesellschaft zur Förderung von Kunst, Industrie und Handel in London gut geeignet ist, einen Geist des Geschmacks in dieser Nation zu verbreiten – eine Gesellschaft, die, ohne das zu vernachlässigen, was unmittelbarer auf die Verbesserung der Landwirtschaft und der notwendigen Lebenskünste abzielt, diejenigen, die elegant und dekorativ sind, aufs ehrenvollste fördert. Wäre eine solche Gesellschaft vor fünfzig Jahren gegründet worden, wäre London zu diesem Zeitpunkt vielleicht der große Sitz der Künste gewesen, da es der beneidete Sitz der Freiheit ist.

Michael Angelo, der berühmte Restaurator der Künste der Malerei, Bildhauerei und Architektur, brachte zum Ausdruck, wie unendlich er von Munster Village fasziniert war [45] : „Was wirklich schön ist, sagte er, hängt weder von der Mode noch von der Zeit ab; In verschiedenen Zeitaltern kann es *unterschiedliche Arten geben*, Dinge auszudrücken. aber es kann nur *eines geben* , sie richtig zu begreifen." Der Tempel, in dem sie sich befanden, war mit Gemälden von Raffael [46] geschmückt, die von einem fähigen Künstler kopiert worden waren. Lady Darnley zeigte auf diese (und wandte sich an ihn) und sagte: „Es gibt Beweise dafür, wie sehr wir hinterherhinken, wie wenig wir Originale kopieren!" – Raphael antwortete, dass Ihre Ladyschaft ihm große Ehre erwiesen habe; die Stücke, die sie ausgewählt hatte, fanden großen Anklang beim Publikum; aber dass, seiner eigenen Meinung nach, *die Cartoons* die besten seiner Darbietungen waren – was er fürchtete, dass ein gerechterer, vorherrschender Geschmack derzeit verurteilt wurde: Ansonsten der Vater seines Volkes, von Minos anerkannt – ein so guter, so nachsichtiger Fürst gegenüber seinen Untertanen – würde sie nicht von öffentlichen Beobachtungen ausschließen. – Lady Darnley war hier ziemlich ratlos; Sie errötete, zögerte und wollte sich weder ihrem souveränen *Geschmack* noch *ihrer Philanthropie* verweigern !

Lawrence von Medicis erkannte ihre Situation und zog sich aus Mitleid mit ihrer Verwirrung mit seiner Gesellschaft zurück.

Charon landete erneut eine Gruppe von Figuren; Ihre Kleidung verriet, dass sie Engländer waren und aus der Regierungszeit von König Karl II. stammten. Sie erwiesen sich als der Herzog von Buckingham [47] , Sir William Petty, Mr. Dryden, Mr. Locke, Mr. Waller usw. Der Herzog wandte sich mit dieser höflichen Anrede an Lady Darnley Er war in seiner Zeit eigentümlich und wurde seitdem sorgfältig studiert, um Eigenschaften zu verhindern, von denen es nur ein Vorbote sein sollte – er schwärmte ausführlich von ihren Verdiensten; dass sie der ganzen Nation gedient habe, da jeder Einzelne durch ihre Mittel eine Verbesserung oder Freude erfahren könnte. – Lady Darnley gab ihm eine äußerst gnädige Antwort und ließ dabei immer noch ihre Befürchtungen erkennen, dass die Künste auf diesem Boden vielleicht nicht gedeihen würden Unsere Bestrebungen, Meinungen und Neigungen variieren je nach Wetterlage – der Niedergang der Buchstaben nach der Herrschaft Karls II. aber sie begründete ihre Meinung zu vollständig. – Der Herzog antwortete ihr, dass dies tatsächlich die allgemeine und akzeptierte Meinung sei und dass die Regierungszeit, die sie erwähnte, die augusteische Zeit in England sei; aber dass er die Ehre hatte, ihr zu versichern, dass damals noch keineswegs ein gerechter Geschmack entstanden sei. – Der Fortschritt der philologischen Gelehrsamkeit und der *Belletristik* wurde durch die Einrichtung der Royal Society behindert , die die Gedanken genialer Männer veränderte zu physikalischen Untersuchungen. – Diesem Körper verdankten wir die Entdeckungen in Bezug auf Licht, das Prinzip der Gravitation, die Bewegung der Fixsterne, die Geometrie transzidenter Eigenschaften; aber dass es Ihrer Ladyschaft überlassen blieb, die angenehmen Künste wiederzubeleben, wofür ihr Name ehrenvoll an die Nachwelt weitergegeben werden muss.

Es kam zu folgendem Dialog zwischen Charon und einem Beau.

Beau. – Ich habe alle Teile der Welt gesehen und würde gern einen Blick auf Elysium werfen, da ich diese Seite des Styx ziemlich satt habe.

[48] Merkur zu Charon.—Er ist ein zu frivoles Tier, um es der Frau Minos vorzustellen!

Charon. – Minos, Herr, weiß nichts von *den Gnaden* – aber wenn es Ihnen recht ist, rudere ich Sie in die höllischen Regionen.

Beau.—Ich glaube von ganzem Herzen, dass ich dort mehr Leute von Rang und Namen treffen werde [49] ; aber, guter Meister Charon, womit soll ich meine Zeit verbringen?

Charon.—Wenn du gern nichts tust (eine Lieblingsleidenschaft vieler feiner Herren), wird Theseus dir bereitwillig seinen Platz überlassen. Oder wenn es dein Talent ist, wie das vieler anderer, nichts zu tun,

" Obwohl ohne Geschäft, doch voll beschäftigt, "

Sie können sich Sisyphos anschließen oder die Danaiden begleiten.

Beau.—Keines von beiden passt zu mir; *Müßiggang* ist *fad* , und ich *verabscheue Geschäfte* ! Aber gibt es keine öffentlichen Plätze?

Charon: O ja, große Vielfalt: Jeder Mensch an diesem Ort geht den Neigungen nach, durch die er beeinflusst wurde oder die ihn hier auf der Erde zu etwas Besonderem gemacht haben.

Beau. – Es gibt also natürlich schöne Frauen?

Charon. – Was Frauen betrifft, so kann ihm kein Serail der Welt das Wasser reichen; denn dort ist ein Teil dessen versammelt, was die Welt seit ihrer Erschaffung jemals an Schönen und Bezaubernden unter den Frauen hervorgebracht hat. – Dort können Sie Helena betrachten und bewundern, deren bezaubernder Charme für die Familie, die Stadt und das Reich des Königs Priamos so verheerend war. – Auf jeder Seite von ihr sind Galatea und Bressis, Lais, Phryne und Tausende andere. – Dort können Sie auch einige jener glücklichen Schönheiten in all ihrem Charme, im vollen Glanz der Anziehungskraft und geschmückt mit jeder Anmut erblicken, die die größten Dichter, die so verschwenderisch in ihrem Lob sind, in ihren Liedern verewigt haben; dazu gehören unter vielen anderen die Corinna von Ovid, die Lydia von Horaz, die Lesbia von Catull, die Delia von Tibullus, die Licoris von Gallus und die Cynthia von Propertius.

Beau. – Ich werde gehen; Ich bin entzückt von der Vorstellung, diese *lieben Geschöpfe zu sehen* . – Aber ich werde das Rad und den Spinnrocken der Schicksale an der Wand zerschmettern und ihre Hauswirtschaft verderben – ich werde ihre Spindel nehmen, wo die Fäden des menschlichen Lebens wie getriebene Balken hängen von der Sonne, und vermische sie alle miteinander, Könige und Bettler! Aber harkee, Meister Charon, gibt es gute Musik? Ohne Musik geht es mir nicht gut!

Charon. – Es gibt alle Arten von Konzerten und Opern, sowohl Gesangs- als auch Instrumentalkonzerte, aufgeführt von den allerbesten *Italienern* und den berühmtesten Stimmen aus allen Teilen der Welt. Zur allgemeinen Zufriedenheit des Publikums werden verschiedene Stücke in allen Sprachen und Geschmacksrichtungen aufgeführt. Diejenigen, die eine Vorliebe für alte Musik haben, werden in der Tottenham-Street [50] mehr Freude haben als je zuvor . Sie werden mit Bewunderung die sanfte Flöte von Marsius hören, sich vom Generalbass von Stentor hinreißen lassen und vor Freude über den mitreißenden Klang von Misurus' Trompete sterben.

Beau. – Das alles ist bezaubernd; aber was für eine Art Tisch wird gehalten? Man kann nicht nur von *Liebe* und *Musik leben* , obwohl man ohne sie ebenso *wie mit ihnen dahinsiechen* und *vergehen muss* !

Charon. – Wenn du gute Laune magst, brauchst du nichts weiter zu tun, als Tantalus einen Besuch abzustatten. Bist du durstig? Der Styx, der Kokytos und der Phlegethon bieten dir ihre Wellen zur Begrüßung an.

Beau. – Ich würde tatsächlich den Nektar der Götter vorziehen – aber da ich nicht lange bleiben werde (denn ich habe es mir zur Regel gemacht, nie lange an einem Ort zu bleiben), könnte Wasser genügen!

Charon. – Es wäre ebenso einfach gewesen, aus dem Labyrinth des Dädalus zu entkommen wie aus den höllischen Regionen!

Beau. – Ich war schon immer (wenn auch so wild wie der März und unbeständig wie der April) ein Favorit auf dem Jahrmarkt! Ariadne verschaffte ihrem Theseus einen Fluchtweg.

Charon. – Ich habe aus Ihrem Gespräch keinen Zweifel daran, dass Sie nicht nur der Favorit, sondern auch der gesegnete Adonis aller Frauen sind: Aber *das* wird Ihnen nichts nützen. Luzifer, der unbarmherzige Luzifer, würde dir, obwohl du versprichst, ihm jeden Tag dreihundert Stiere als Opfer darzubringen ‧ nicht einmal einen seiner kleinsten Kobolde leihen, um dir bei der Flucht zu helfen.

Beau. – Ist Herkules nicht entkommen und hat Cerberus mit sich genommen? Hat Æneas (mit Hilfe des goldenen Astes und angeführt von der Cumæan-Sybil) nicht die gleiche Reise unternommen, um seinem Vater einen Besuch abzustatten? Warum darf ich es nicht wie Orpheus zu Lebzeiten besuchen?

Charon. – Orpheus wurde besonders verwöhnt, und Eurydike gab ihm seine bezaubernde Stimme und die entzückende Musik seiner Leier zurück! Solche Ansprüche haben Sie nicht. Aber Alecto, Megara und Tysiphone werden dich gnädig empfangen und dir die Tore des *Tartarus öffnen*. Die geringste Ihrer Taten wird Ihnen Anspruch auf ihre Aufmerksamkeit verschaffen: Sie sind zu gut, zu vernünftig, zu nachsichtig, um von Ihnen die große Mühe zu verlangen, die Sie im Laufe Ihres Lebens auf sich genommen haben, um sich ihnen zu empfehlen.

Beau. – Dann lass uns gehen, alter Junge! Ich werde versuchen, was ein bisschen Schmeichelei bei ihnen bewirkt! Ich kann *mit Cäsar sagen* : Ich frage mich, was Furcht ist! – (Beiseite) Aber mein Herz ärgert mich zutiefst über *all das* ! Aber meine Umstände müssen sich zum Besseren ändern; mein Geld ist weg; und da ich nie gespielt habe, kann ich nicht erwarten, dass der *Club* oder *die Kellner im Club einen Beitrag für mich* zahlen !

Zwei Peers und ein Baronet baten Charon, sie nach Munster-House zu bringen, doch Merkur griff erneut ein und sagte Lord C——d, dass, obwohl man in der Welt geglaubt habe, er sei nicht *ohne sans quelque goût* in der *belle maniere* gewesen und ein Förderer der *Belletristik gewesen* , Minos ihnen nur erlaubt habe, in die Welt zurückzukehren (im vorliegenden Fall), um den höchsten weiblichen Werten Ehre zu erweisen, und dass nur solche, die dem Geschlecht zu Lebzeiten den gebührenden Respekt erwiesen hätten, dieses

Vergnügen genießen könnten. Aber wenn er sein Buch (in dem er Frauen herabwürdigt und sie nur als Spielzeuge der Liebschaft betrachtet) in *den feurigen Wogen des Phlegethon verbrennen würde* , würde er bei Minos für ihn eintreten. Der Peer lehnte dies ab und sein Bruder, der Baronet, bat darum, an seiner Stelle gehen zu dürfen, doch Merkur erinnerte ihn daran, dass er ein von Inigo Jones erbautes Haus abgerissen habe und daher keinen Anspruch auf Geschmack erheben könne!

Lord L——n wurde allein hinübergesetzt und kehrte zurück, nachdem er Lady Darnley seine Komplimente ausgesprochen hatte. Anschließend fand im Elysium folgender Dialog zwischen Seiner Lordschaft und dem anderen oben erwähnten Peer statt.

Lord C——d.—— Eure Lordschaft mag glauben, dass ich kein großes Vergnügen daran haben könnte, die Torheiten einer Frau zu sehen: Ich wollte nur fragen, was sie zu Hause oder in Amerika tun? Wollte ich einen Feind auf die härteste Weise bestrafen, würde ich ihm nichts Schlimmeres zufügen, als ihn zu zwingen, sich alle Torheiten anzuhören, an denen er keinen Anteil hat, und Zeuge von Fröhlichkeiten zu sein, an denen er nicht teilnehmen kann. Mein Herz wurde nie durch die Fülle großzügiger Prinzipien erweitert; Nichts war jemals interessant für mich, aber nur im Verhältnis dazu, wie es zu meinen *eigenen* besonderen *Befriedigungen* beitrug . Jetzt jedoch überwiegt bei mir die Neugier, herauszufinden, in welcher Weise sie vorgehen, da ich Angst vor den Konsequenzen der zuvor ergriffenen Maßnahmen habe. Wer den Menschen ihre natürlichen Rechte entziehen würde, ist ein Feind der Menschheit; und wer glaubt, dass es ohne allgemeines Unheil bewerkstelligt werden kann, dem sind die Wege der Vorsehung fremd; Die unveränderlichste Regel ist, dass niemals etwas erreicht werden darf, das seinen ursprünglichen Gesetzen widerspricht, weder physischer noch moralischer Natur, ohne das Volk zu ruinieren, das es eingeführt hat. Wie wenige sind in der Lage, die guten und schädlichen Auswirkungen zu unterscheiden, die die Einführung eines neuen Gesetzes mit sich bringen wird, bevor es in Kraft tritt! Um den gegenwärtigen Übeln abzuhelfen, erlassen sie ein Gesetz, das größeres Unheil mit sich bringt, wenn auch für ihre oberflächlichen Fähigkeiten nicht wahrnehmbar. Keine zwei Auffassungen auf der Welt sind unterschiedlicher als die juristische und die gesetzgeberische; Viele Männer erfreuen sich an ersterem, während sie von letzterem nicht die geringste Ausstrahlung haben. Wenn ein Gesetz begründet werden soll, das auf den ersten Prinzipien der menschlichen Natur beruht, kann nur das Genie die Entdeckung der Wahrheit bewirken; Der Geist muss von den Prinzipien, die er in der menschlichen Natur kennt, in die Zukunft vordringen: ein Genie ganz anderer Art als das, in einem bestimmten Fall zwischen richtig und falsch zu unterscheiden. Ersterer kann nur den Gesetzgeber bilden und Gesetze zum Nutzen und zum Gemeinwohl entwerfen, letzterer entscheidet über die Folgen dieser Gesetze, wenn sie erlassen werden. Die eine Fähigkeit ist der seltenste, vortrefflichste und wohltuendste Segen, der dem Menschen verliehen wird; Das andere kommt bei fast der gesamten Menschheit vor oder ist durch Gewohnheit erreichbar, aber dennoch nützlich, wenn es auf seinen eigentlichen Wirkungsbereich beschränkt ist und es ihm nicht gestattet ist, mit der Fantasie einiger *weniger Überlegener* in den Bereichen erhabener Genialität umherzuwandern.

Lord L——n.—— Es reicht nicht, mein Lord, dass die Engländer ein *elendes Volk sind*, sie machen sich selbst zu einem *lächerlichen* Volk: Und nach all dem Lärm, den die Schläger im Unterhaus machen, schlagen sie nur die Schlachten, Unterstützen Sie die Wünsche der Amerikaner und verherrlichen Sie den Triumph der Franzosen! Im Privatleben gilt es für ein gutes Mittel, im Interesse eines einfachen, ruhigen Lebens geduldig und unterwürfig zu sein gegenüber den vermeintlich *notwendigen Übeln . Ich bin jedoch so sehr von dieser Maxime abgewichen, dass ich davon überzeugt bin, dass diese jemals mit Füßen getreten* werden *auf* wen *kriechen* ; und dass bestimmte Unterwerfungen, die das Ehrgefühl eines Einzelnen oder der Nation beeinträchtigen, niemals *den Schlag verhindern , auch wenn er aus einem bestimmten Grund langwierig* sein mag , um ihn in einer Zeit, in der unsere Stärke geschwächt ist, mit verdoppelter Kraft auszuführen, und dass wir durch unsere Demütigungen geschwächt sind und das Gefühl haben, dass die Unterwerfungen, die wir gemacht haben, der Ehre eines Einzelnen oder dem Stolz der Nation schaden. Es ist eine demütigende Gegend, die aber in den Annalen dieses in Ungnade gefallenen Königreichs nicht fehlen darf, während die Extravaganz und jede Art von Fröhlichkeit täglich zunehmen.

Es tut mir leid, Ihrer Lordschaft mitteilen zu müssen, dass die Veröffentlichung Ihres Buches in England der Moral und dem Geschäft die gleiche Wunde zugefügt hat, wie die Veröffentlichung des *Geistes der Gesetze* in Frankreich der monarchischen Verfassung zugefügt hat. Die Engländer studieren jetzt nichts anderes als die *Grazien* . Aufschieben ist angesagt , denn alles, was *abrupt geschieht, ist unanständig* . Die Zunahme der Manieren wurde immer als unmerklich angesehen wie der Zeiger einer Uhr, der, obwohl er ständig in Bewegung ist, in *dieser Bewegung nicht unterschieden werden kann* . Aber Ihr Buch hat einen schnelleren Wandel herbeigeführt: Ihre Landsleute haben die *Rüstung des Mars* gegen die *Lieben der Venus eingetauscht* , ihre *Geistesgröße* und *Großmut* gegen *unbedeutende Unternehmungen* ; und anstatt im Senat energisch zu sprechen, jammern sie ihren Geliebten eine Liebesgeschichte ins Ohr: Sie sind wie geschickte Musiker plötzlich vom *Forte* und *Pomposo* zur *Pia* und zum *Pianissimo herabgestiegen* . Verfeinerung wird uns zurück zur Barbarei führen – es liegt mir fern, anzunehmen, dass ein solches Ereignis plötzlich passieren kann; Aber im Laufe einiger Jahre bezweifle ich nicht, dass ein Mann, der in früheren Zeiten lesen konnte und *den Vorzug des Klerus hatte* , auch als fähiger Minister oder als erfahrener Verhandlungsführer in Geschäften angesehen werden wird, wenn er dazu in der Lage ist Schreiben Sie ein hübsches Sonett – oder tanzen Sie ein gutes Menuett.

Lord C——d.—— Die Gnaden, Mylord, sage ich immer noch, die Gnaden für immer – und was das Tanzen betrifft, kann es für einen Geistlichen eine nützlichere Wissenschaft geben, als zu lernen – mit Anmut zu rechnen, nie Zeit zu *verlieren und* nicht einmal zu nicken, anstatt *ein Jahrhundert zu schlafen* ? [52]

Zwei weitere Passagiere, Homer und Ossian, wandten sich an Charon, um sie über den Styx zu befördern.

Merkur teilte Charon mit, dass er Homer zum Olymp bringen und ihn zu den Halbgöttern bringen könne; ihm dürfe aber nicht gestattet werden, nach Münsterhaus zu gehen, aus demselben Grund, aus dem Lord C. abgewiesen worden war. Doch Ossian hatte einen berechtigten Anspruch auf diese Nachsicht.

Der Chef der anderen Jahre, der an Land gegangen war, wandte sich wie folgt an Lady Darnley:

Ossian. – Ich bin aus *dem Narrow-House* [53] entkommen ! Ich habe *Col-amon überquert* [54] , oh Tochter von Munster, um deine Herrlichkeit zu sehen. Meine Freude kehrt zurück, als ich zum ersten Mal die Magd sah, die weißbusige Tochter von Fremden, *Moina* [55] mit den dunkelblauen Augen: Aber *Crimiona* [56] sollte dein Name sein, denn du bist der Leitstern der Frauen von Albion , die mit ihren Taten kein Jahr markieren! Die Zeit vergeht, die Jahreszeiten kehren zurück, aber sie sind noch unbekannt. Eitelkeit ist ihre Belohnung; Und wenn ihre Jahre zu Ende sind, wird kein grauer Stein zu ihrem Ruhm aufsteigen! Aber der Weggang deiner Seele wird ein Lichtstrom sein! Tausend Barden werden dein Lob besingen; und die Mägde der Harmonie werden mit ihren zitternden Harfen deine mächtigen Taten erzählen!

Dein Sohn wird, wenn die Jahre seiner Jugend anbrechen, die Form über deinem Stein erheben und ihn zu anderen Jahren sprechen lassen! Die Freude über seine Trauer wird groß sein! Wie die Erinnerung an vergangene Freuden, angenehm und traurig für die Seele. Er wird sagen: „Sie wird nicht mehr in ihrer Schönheit hervortreten, wird nicht mehr in den Fußstapfen ihrer Schönheit wandeln, sondern sie wird sein wie der Regenbogen auf Bächen oder die Vergoldung der Sonnenstrahlen auf den Hügeln!" Sie ist nicht unbekannt geblieben! Ihr Ruhm umgab sie wie Licht; Ihre Strahlen erfreuten wie die der Sonne alle, auf die sie fielen. Ihr Reichtum war die Unterstützung der Bedürftigen; die Schwachen ruhten sicher in ihren Hallen! Sie wurde weicher beim Anblick des Traurigen; ihre blauen Augen verdrehten sich in Tränen über die Leidenden; ihre Schneebrust hob sich für die Unterdrückten; und die Bewegung ihrer Lippen linderte ihren Kummer! – O Söhne Albions, möget ihr ihren Sohn wie den *Heiligenschein* des *Regenbogens sehen, der die gleichen,* wenn auch *schwächeren Farben* zeigt !'

Lady Darnley.—Vater der Helden, Bewohner wirbelnder Winde, dein Lob erfreut mein Herz! Meine Seele ist erhoben, mein Ruhm gesichert durch die Stimme von Conna [57] ! Du warst ein Lichtstrahl für die letzten Zeiten, denn deine mächtigen Taten wurden in Erinnerung behalten, obwohl du lange Zeit ein Windstoß warst!

Dein Ruhm wuchs nur durch den Fall der Hochmütigen. Deine Feinde waren die Söhne der Schuldigen, aber deine Arme retteten die Schwachen.

Du zogst in widerhallendem Stahl aus und besiegtest den König vieler Inseln: Er brachte dir seine Tochter Oina-moral als Friedensangebot. Sie war sanft wie die Abendbrise; ihr Haar war rabenschwarz und ihre Brust wetteiferte an Weiße mit der *Canna* [58] auf dem Fuar-Bhean [59] . – Und obwohl deine Locken jung waren, überließ sie sie dem Helden, den sie liebte [60] ! Aber wie bei Cathmor [61] in alten Zeiten merke ich, dass der Klang deines Lobes deinem Ohr missfällt!

war meinem Geschmack immer angenehm wie das Wasser einer *klaren Quelle ; doch ich habe mich nie über unverdienten Applaus gefreut und diese trübe Freude* den Söhnen späterer Tage überlassen!

Es ist wahr, oh Tochter Albions, dass ich, umgeben von den Tapferen in den Waffen, den König vieler Inseln besiegte – dass er mir die Magd in ihrer Schönheit als Friedensopfer darbrachte! Sie errötete den Morgen, als sie näherkam, und streute so helle Strahlen, als hätte die Sonne ihre Strahlen zur Herrlichkeit dieses Tages geschmückt! Aber sie hatte ihr Herz einem anderen geschenkt und begegnete voller Trauer meinem liebevollen Blick! In mitreißenden Tönen, die aus ihrer tiefsten Seele vibrierten, übermittelte sie mir die Schmerzen ihres Herzens! „Brecher des Schildes (sagte sie), höre auf die Stimme der Trauer, achte auf meine Geschichte, auf das Leid – eine Geschichte, die, obwohl deine Augen aus Stahl eher dazu dienen, Feuer zu entfachen, als eine Träne zu vergießen, diese Macht haben muss bewege dich.'

Meine Eltern hatten viele wiederkehrende Jahreszeiten mit ihren Frühlingen erlebt, aber es gab keine Nachkommen von ihnen. Meine Mutter beklagte eine Schande, die unter den Töchtern Kaledoniens kaum bekannt war. Sie befragte den schlauen Mann vom Felsen: Er sagte: „Tochter, sei guten Mutes; Nimm den Sohn deines Widersachers, der niedrig ist, und erziehe ihn; deine Frömmigkeit wird belohnt; Du sollst eine Tochter haben, die du *ihm zur Frau geben musst* !' Als sie dies meinem Vater erzählte (da sie angeschlagen war), lief sofort ein Lächeln über sein Gesicht, wie das kleine Kräuseln des Wassers, wenn eine sanfte Brise über die Oberfläche eines Sees weht; aber er adoptierte Tonthormid, und einige Monde später kam ich als Blume hervor; Aber wie die Knospe, die von einem neidischen Wurm getroffen wird, stirbt, bevor sie ihre süßen Blätter in die Luft ausbreiten oder ihre Schönheit der Sonne widmen kann, stirbt, so werde ich bald als Schatten davonfliegen. Nicht die weißen Daunen, die den silbernen Schwan schmücken, ähneln mehr dem Rücken des rußigen Raben als mein Geliebter vom Rest seines Geschlechts. Als ich mit ihm aufgewachsen bin, waren meine ersten Akzente auf die Liebe abgestimmt; er freute sich über meine kindlichen Liebkosungen. Die Zeit verging mit ihren Jahren – Mein Vater korrigierte meine Zärtlichkeit; und ich wurde mir meines Fehlers bewusst, sobald ich mir meiner Gefühle bewusst wurde. Auch Tonthormid versuchte aufgrund unseres ungleichen Vermögens, seine Leidenschaft zu unterdrücken, da er vermutete, dass das, was damals ein loderndes Feuer war, bald in Flammen aufgehen würde! Wahre Liebe liebt, wie das Maiglöckchen, das Verbergen; aber wie der Duft des einen seine Entdeckung veranlasst, so beweist das Verbergen des anderen seine Realität! Ich liebte und wurde geliebt; Mein Vater sah und billigte unsere Leidenschaft. Eine Reihe von Monden hatte den wohltuenden Strom seiner Seele nicht eingefroren, noch wiederholte Erschütterungen schwächten all seine zartesten Empfindungen ab – aber wir wussten nichts von seinen Absichten. Als er uns zu einem Treffen mit ihm in seiner Höhle der Kontemplation ernannte, klopfte Tonthormids Herz vor Angst, meins vor Hoffnung – wir hatten noch einen beträchtlichen Weg vor uns, *schwiegen aber* ! Lindenbäume, an deren Seite mit klagendem Murmeln ein kristallklarer Bach entlanglief, an dessen Seite labyrinthischer und durchscheinender Bach Büsche verschiedener Art gepflanzt waren, mit Vögeln in höchster Harmonie auf den Zweigen.

In der Höhle angekommen, verkündete mein Vater meinem Geliebten, dass er sich darauf vorbereiten müsse, ihn in die Schlacht zu begleiten! Entsetzt stand er da, still wie die Mitternachtsstunde, unbeweglich wie die Statue der Verzweiflung! Der ehrwürdige Häuptling warf ihm seine Kälte vor.

„Ach!", sagte er, „der Lärm der Waffen ist für mein Ohr nicht beleidigender als das Murmeln fallenden Wassers, die Frühlingsbrise, die durch die Blätter seufzt, oder das melodische Lied der Nachtigall am Abend. Aber wenn wir in der Schlacht fallen sollten, was wird dann aus diesem schönen Mädchen?"

Mein Vater schwor bei dem großen Loda und versprach ihm, dass ich ihm gehören würde, wenn wir siegten, aber er erinnerte ihn daran, dass

„Liebe sollte der Zephyr sein, nicht der Wirbelsturm der Seele!"

Tonthormid war völlig verzückt, während jede Zeile in meinem Gesicht meine Zufriedenheit bezeugte. Wir wurden zu jener unerwarteten inneren Ruhe zurückgekehrt, die bei den meisten Menschen natürlicherweise auf große Niedergeschlagenheit folgt, wenn die ersten Wehwehchen etwas nachlassen – nicht unähnlich der Stille am Himmel, die man manchmal beobachtet, wenn zwei gegensätzliche und sanfte Winde sich gerade überwältigt haben Bewegung – oder wie die Gezeiten im Moment des Hochwassers, bevor sie die entgegengesetzte Richtung erhalten haben.

Sie machten sich auf den Weg und empfingen meine Zärtlichkeiten, vermischt mit Lächeln und Tränen, wie eine Aprilsonne, die durch vorübergehende Schauer scheint. Sie begegneten dem Feind, *siegten* und *kehrten zurück* .

Das Fest der Muscheln war vorbereitet, die Freudenmädchen waren mit ihren Harfen dabei, und die aufgehende Sonne hätte mich Tonthormids erblickt! Die Jungfrauen beneideten mich im Saal, meine Schritte waren mit Blumen übersät, und ich war am glücklichsten, wo tausend glücklich sind. Die feine Luft war vom Nebel ruhig, und das Wasser fegte mit seinen gekräuselten Wellen über die begrenzten Kanäle der Tiefe; die Nachtigallen waren im Hain zu hören und beruhigten meine Seele mit zärtlichen Liebesgeschichten; keine Brise wehte durch die Bäume; Die ganze Natur war still, als wäre sie eine Hommage an unsere Leidenschaft. Aber oh! Mein Sommertag wurde bald zur Winternacht! Ah, Seelenehrgeiz! die wie Wasserfluten, die nicht an den Kanal gebunden sind, die Nachbarn überrennen! – fiel Gewalt hervor wie in einen Feuerball gehüllter Donner! Du bist mit deinen Männern aus Stahl gekommen; Ich habe dich aus den Felsspalten gesehen; Schrecken überfielen mich, wie ein Erdbeben erschütterten sie mein zitterndes Herz! Sie verfolgen meine Seele immer noch wie der Wind. Meine Freude ist verwelkt; mein Wohlergehen ist wie eine Wolke vergangen; Mein Trost war wie Wintersonnen, die spät aufgehen und rechtzeitig untergehen, mit dichten Wolken untergehen, die ihr Licht am Mittag verbergen!'

So sang das Mädchen in ihrem Kummer wie die *Lus-cromicina* , die sich in nachdenklichem Schweigen beugte, eine schöne Blume, die im Schatten schlaff hängt und die Strahlen der Sonne braucht, um sie wiederzubeleben. Sie erkannte bald, dass mein Herz nicht aus Messing war oder aus steinernem Felsen geschnitzt. Die Hoffnung belebte ihre geschwächten Geister, während die Würde ihrer Seele jedes Gesicht erstrahlen ließ; die Röte der Bescheidenheit stahl sich über ihre Wangen und die Anmut wohnte auf ihren korallenfarbenen Lippen. Süß wie der Tau vom Himmel fielen ihre lieblichen Töne und bewegten mich. Sie fuhr fort: „Ich sehe, meine Tränen haben dein Herz besänftigt! Wenn der Ruf wahr ist, haben deine Augen nie über die Gefallenen gefreut, und du kennst die Kräuter auf dem Hügel! [62] Gib mich dann dem Helden zurück, der niedrig ist; meine Tränen werden ihn erfrischen, wie der Tau des Morgens das grüne Kraut! – Er spottete über die Angst, wich nie vom Feind zurück oder wurde jemals besiegt, außer vom Sohn Fingals! Ruhmreich seist du, oh Held! Groß wird dein Ruhm sein; du hast den Ersten der Menschen unterworfen!

Wäre die Erde sein Bett, ein Fels sein Kissen, sein Vorhang der Himmel, mit ihm allein könnte ich gesegnet sein! Aus einem Felsen, der einen fließenden Kristall weint, werde ich seine Muschelschale füllen. Ich werde seinen geschwächten Körper sanft aufrichten [63] , und das Murmeln dieses Wassers wird ihn statt Musik in den Schlaf zaubern; und während er schläft, werden meine Sorgen wachen, um ihn vor dem Raubtier zu bewahren! Der Farn auf der Heide, wenn man ihn tausendmal abschneidet, stellt dieselbe Figur dar – so ist das Bild meiner Liebe in den innersten Kern meines Herzens eingraviert! Ich halte den *Faden* seines Friedens: Kann ich seine zarte Textur vergessen oder dass er mit *denen* seines Herzens verzerrt ist? Ich könnte meinem Helden wie Efeu nahe kommen; aber wie das Espenblatt zittere ich, wie die empfindliche Pflanze schrecke ich bei deiner Annäherung zurück! Du kannst mit einer Krabbe gegen den Strom schwimmen, mit dem Hirsch gegen den Wind fressen, aber du kannst niemals mein Herz besitzen! Liebe zu ihm oder Kummer sind die einzigen Leidenschaften, die das Herz von Oinamoral erfüllen können! Aber du kannst in widerhallendem Stahl weitergehen und deinen Ruhm mehren – oder die Herzen tausender anderer Jungfrauen werden im Gleichklang mit deinen Seufzern schlagen und deine Leidenschaft erwidern!'

So sang die Tochter vieler Inseln; Ihre zitternde Harfe verwandelte sich in Trauer und ihre Laute in die Stimme der Weinenden. Mein Herz war nie aus Stahl gearbeitet, noch aus dem schroffen Kieselstein gehauen; aber sie hätte Honig aus dem Felsen gewonnen und Öl aus dem Kieselstein! Mein Herz war *zart* , obwohl mein *Arm stark war* ! Ich habe sie dem Mann ihrer Seele überlassen! Aber ich hatte das höchste Vergnügen, die Träne auszuatmen, die von der Wange der Schönheit herabfließt, so wie der perlmuttartige Tau auf der Oberfläche der Narzisse und das Schneeglöckchen beim sanften Einfall des Sonnenstrahls verdunsten. Wäre ich gegenüber ihrer Leidensgeschichte taub gewesen, hätte ich einen kalten Schauer verdient, um meine Flamme zu löschen, als ob tausend *Winter sich zu einem* zusammenzogen , ihren Schnee verstreuten und die Mitte gefroren hätten! Für die Unterlassung von Barbarei kann kein Lob gebührt, was unbekannt war, bis die Söhne der Verfeinerung in die Welt kamen!

Lady Darnley. – Ein großer Geist ist stets hartnäckig gegenüber dem Schatten einer erhaltenen Gunst, verliert aber den Gedanken an eine verliehene Wohltat – Auf welche Weise, oh Erster der Menschen! Soll ich deine Annäherung begrüßen? Willst du am Fest der Muscheln teilnehmen oder mit den Gefahren der Jagd geehrt werden?

Ossian. – Chase war für mich nie ein Sport wie der Kampf der Schilde! Aber dies ist eine Geschichte aus alten Zeiten, die Taten der Tage anderer Jahre; Manieren ändern sich mit der Zeit, wie die Erde mit den Jahreszeiten. Lasst die Söhne Albions auf die Stimme von Conna hören: „Suche niemals nach einer Schlacht und fürchte dich auch nicht davor, wenn sie kommt."

Ossian zog sich zurück, und ein Henker vom Schwurgericht teilte Lady Darnley mit, dass sie sein Gewerbe ruiniert habe; denn da alle Armen des Landes in der Industrie usw. beschäftigt waren, hatten sie keinen Anreiz zum Stehlen, da Diebstahl die notwendige Folge von Müßiggang war [64].

Der Henker zog sich zurück, und Lady Darnley wurde von einigen Frauen in zerfetzten Gewändern angesprochen. Sie entschuldigten sich für ihre Kleidung und sagten, Ihre Ladyschaft sei es gewesen, die sie zu dieser unziemlichen Kleidung verurteilt habe. Sie fragte: „Inwiefern sei sie ihnen gegenüber schuldig?" Sie antworteten: „Indem sie nicht nur die Industrie förderte, die ihren Interessen höchst abträglich war, sondern auch durch ihre Großzügigkeit Theater- und andere Unterhaltungsangebote für die Menschheit verschaffte, die ihr Unglück komplettierten, da sie ihre Verlockungen wirkungslos machten: – Früher hätten sie (von den Gewinnen ihrer Industrie) Jahresrenten kaufen können, wie andere bedeutende Persönlichkeiten der Zeit, und bequem auf *Kosten anderer leben können* ; aber dafür hätten sie immer ein zu starkes Gewissen und eine zu große und freigebige Seele gehabt: – Jetzt stünden sie vor der Alternative, diesen Teil des Landes zu verlassen oder dort zu verhungern, wo sie waren; Sie zogen die erste der letzten vor und beschlossen, nach Birmingham zu gehen, wo sie unter der Schirmherrschaft der dortigen Richter [65] gute Aussichten hätten, in ihrem Beruf erfolgreich zu sein; denn man hatte schon immer festgestellt, dass Freizeitbeschäftigungen irgendeiner Art notwendig sind, und dass die Menschheit, wenn ihr harmlose Vergnügungen verwehrt würden, auf andere zurückgreifen würde.

Die Göttin der Torheit näherte sich Lady Darnley mit ihrer Mütze und ihren Glocken; Wer fragte sie lächelnd, was ihr die Ehre ihrer Gesellschaft verschafft habe? Sie antwortete: Dass sie zu allen anderen Zeiten von diesen Regionen ausgeschlossen war, veranlasste sie, für eine Nacht in ihrem Leben dorthin zu kommen, wo sie sich selbst schmeichelte, um nicht lächerlich gemacht zu werden; denn nur die Absurdität lacht über die Torheit. Ihre gnädige Frau antwortete: Niemand habe das Recht, über die Schwäche eines anderen zu lächeln, der sich seiner eigenen Schwäche bewusst sei.

Miss Bingley war auf Wunsch ihrer Tante in der Rolle einer Hirtin und gab sich sehr schüchtern und als große Jägerin aus. Sie sagte, sie könne mit dem Stock und dem Speer gleichermaßen geschickt umgehen, und obwohl sie bei der Stimme oder dem Erscheinen eines Liebhabers Angst habe, mache sie sich nichts daraus, einem wilden Eber den Kopf abzuschlagen oder einem Löwen einen Speer ins Maul zu stoßen. Sie wurde von (James Mordaunt als) einem Hirtenliebhaber verfolgt. Lady Darnley erzählte ihr, dass solche Burschen sehr gutmütig seien und niemals jemandem *außer sich selbst Schaden zufügen würden* ; ein Sprung von einem Felsen oder ein Sturz in einen Fluss sei ihre übliche Katastrophe.

Lord Munster ging mit Sir Harry Bingley weg und zeigte ihm auf einem der Hinterhöfe ein Häuschen, das dem im oben erwähnten Tempel abgebildeten ähnelte. Sie gingen weiter und sahen Miss Harris und ihren hübschen Jungen, die zu ihren Füßen spielten. Sir Harry starrte sie an und rief mit eigentümlicher Wildheit aus: „Spaß nicht an meinem Kummer, mein Freund!" – Lord Munster versicherte ihm, dass dies wahr sei; aber er fiel bei dieser Entdeckung fast in Ohnmacht und war vollkommen entzückt von seinem hübschen Jungen. Da jede Erklärung zu ihrer beiderseitigen Zufriedenheit verlief, da Mr. Burt und einige weitere Freunde in das Geheimnis eingeweiht waren, wurde die Zeremonie sofort durchgeführt und Miss Harris wurde noch am selben Abend als Lady Bingley der Familie in Munster-House vorgestellt.

Lord Munster verließ dieses glückliche Paar und schloss sich Lord Sombre an; Zwei Damen gingen an ihnen vorbei, die eine trug ein ähnliches Gewand wie Mademoiselle de Querci bei der Maskerade in Venedig, die andere hatte die Gestalt einer Diana angenommen. Beeindruckt von ihrer majestätischen Erscheinung folgten sie ihnen. Letzterer ließ seine Maske fallen, als schäme er sich, so viel Schönheit zu verbergen. Lord Sombre bückte sich und gab ihr augenblicklich den *untreuen* Hüter ihrer Reize zurück. Die Dame, übersät mit der angenehmen Verwirrung, die dem Geschlecht eigen ist, entschuldigte sich für die Mühe, die sie ihm bereitet hatte! Er antwortete, er könne nicht anders, als zuzugeben, dass es für ihn ein Ärgernis sei, das Instrument dafür zu sein, der Gesellschaft den Anblick so großer Schönheit zu verwehren. Das, mein Herr, antwortete sie, könnte Ihre Meinung sein; aber meine Absicht ist es zu sehen und *nicht gesehen zu werden* . Aber eine Dame, antwortete Seine Lordschaft, die Diana vertritt, würde charakterlicher erscheinen, wenn sie zustimmen könnte, nicht *verborgen zu bleiben* , noch jene Strahlen der Helligkeit zu verbergen, die dazu bestimmt sind, das Licht der Welt zu sein. „Sir", sagte sie, „wenn ich meine Rolle unterstützen muss, liegt es nicht umso weniger in meiner Macht, weil meine Maske auf ist, da sie immer noch der Mond ist, wenn auch in der Sonnenfinsternis – aber meine

Absicht, in der Rolle der Diana aufzutreten, war es, sie beizubehalten Actæon aus der Ferne.

In der Zwischenzeit hatte Lord Munster das obige Gespräch weder gesehen noch gehört, da seine ganze Seelenkraft in die Aufmerksamkeit der zuerst erwähnten Dame vertieft war. Aber welche Emotionen hatte er, als er die bekannte Stimme von Mademoiselle de Querci kennenlernte! Sie sagte ihm, dass sie glaubte, er sei der Herr, der in Venedig immer noch den Namen *Il Febo del Inghilterra trug* ! Er sagte ihr, es sei unmöglich, dass er den Anspruch auf eine so schmeichelhafte Auszeichnung erheben könne; aber er wollte wissen, ob er glauben könne, dass er das Glück habe, die Frau anzusprechen, die er verehrte, für die er aus Gründen der Ehre seine Leidenschaft unterdrückt hatte, aber von welchen Skrupeln seinerseits er seit dieser Zeit befreit worden sei? Mademoiselle de Querci (denn sie selbst war es) antwortete, dass jede Entschuldigung, die er für seine Untreue gegenüber der Gräfin de Sons vorbringen könne, ihn nur in ihrer Wertschätzung schmälern würde, da sie ihres sicheren Wissens nach immer noch ledig und innig verbunden sei zu ihm. Wäre es anders gewesen (sagte sie), mein Herr, hätte ich freudig dem *zugestimmt* , was ich jetzt ablehnen muss, da ich niemals im Widerspruch zu den Interessen der Gräfin handeln werde. Lord Munster war geschmeichelt darüber, dass sie nach Munster-House gekommen war, und fragte, ob sie mit dem positiven Hinweis, den sie ihm gegeben hatte, vollkommen aufrichtig war – dass nichts als seine Vorverlobung sie daran gehindert hätte, seinen Wünschen nachzukommen? Sie antwortete: Ich wünsche, mein Herr, dass du mich nicht nach deinen Landsfrauen verurteilst; denn nach dem, was ich über ihre Charaktere gehört habe, gibt es keine wohlerzogene Frau, die jemals Anspruch auf *Aufrichtigkeit erhebt* . Sagt nicht jeder, was er nicht meint, und verspricht, was er nie zu leisten vorhat? und doch werden sie alle, einer einzelnen Frau gegenüber, die Richtigkeit Ihrer Bemerkungen loben. – In Italien sind wir aufrichtiger; und ich habe jetzt die Ehre, Ihnen zu versichern, dass mich derzeit nichts so sehr beschäftigt oder interessiert wie die Erfüllung Ihrer Verpflichtungen mit der Gräfin de Sons, deren Beständigkeit für Sie von Ihrer Seite jede Gegenleistung verlangt. Als sie dies sagte, entfuhr Mademoiselle de Querci ein Seufzer, der sich in Lord Munsters Brust flüchtete – während ihr Erröten Hoffnungen weckte, die ihre Zunge nicht bestätigen konnte! Ihr Geliebter fühlte einen schweren Kampf zwischen Liebe und Ehre. – Das größte Unglück für einen tugendhaften Mann ist es, sich in einem Zustand zu befinden, in dem er kaum in der Lage ist, sein eigenes Verhalten zu billigen. Doch seine Ablenkung steigerte sich, als er feststellte, dass Mademoiselle de Querci seine *Träumerei* ausgenutzt hatte, um sich zurückzuziehen, mit einer Gelassenheit, die seine Wachsamkeit täuschte, und einer Ansprache, die sein Misstrauen verhinderte. – Er ging ihr überallhin nach, aber sie entging seiner suchen.

Ein Zauberer mit zwei verzauberten Rittern wandte sich an Lady Eliza, die (wie ich bereits bemerkt habe) als Sklavin gekleidet war, die Mrs. Worthy betreute. Er sagte ihr, er würde ihr zukünftiges Schicksal enthüllen, und wenn sie sich an einen Ort der Privatsphäre zurückziehen würde, würde er sie und die Königin, die sie besuchte, davon überzeugen, dass er sich sehr gut mit der Wissenschaft der Astrologie auskenne. Lord und Lady Darnley; Lord Sombre, Lord Munster und Mrs. Lee baten um Erlaubnis, sie begleiten zu dürfen. Die beiden Ritter begleiteten den Zauberer, der, wie er sagte, verzaubert bleiben müsse, bis er von den Händen seiner schönen Herrinnen befreit werde. Nach mehreren magischen Beschwörungen erzählte er Lady Eliza viele Dinge über den Marquis de Villeroi und Mrs. Lee von Mr. Villars. Aber er überraschte Lord Munster noch mehr, als er ihm sagte, er sei ein *verwirrter Liebhaber* – versicherte ihm aber, dass er bald von seiner Angst befreit sein würde; und dass vielleicht noch am selben Abend seine Abenteuer ein Ende finden und die ganze anwesende Gesellschaft fröhlich sein würde! Könnten Sie das tun, antwortete Lord Munster, ich würde schwören, Sie hätten mehr Verstand als Merkur oder sein Sohn Autolycus, der Schwarz in Weiß verwandeln konnte!

In der Zwischenzeit erschienen zwei Damen: Sie waren majestätisch in ihrer Erscheinung und sehr prächtig in ihrer Kleidung. Der Zauberer wandte sich an die Gesellschaft und sagte, wenn es ihm genehm sei, werde er ihnen Augenbeweise seiner Kunst geben. Sie antworteten: Auf jeden Fall! Dann präsentierte er einen der verzauberten Ritter Lady Eliza, den anderen Mrs. Lee und Lord Munster einer der Damen, die gerade erschienen waren (in der Zwischenzeit hatte Lord Darnley den Zutritt weiterer Gesellschaft verhindert). – Er verlangte dann sie alle zu entlarven. Die erfreuliche Entdeckung, die dies hervorbrachte, ist nicht leicht zu vermitteln; da der Zauberer kein anderer als Mr. Worthy war; die verzauberten Ritter, der Marquis de Villeroi und Herr Villars; und die Lady Mademoiselle de Querci. – Mr. Worthy wandte sich dann an Lord Munster und sagte: „Ihre Verwirrung, mein Lord, hat jetzt ein Ende: – Diese Lady ist die Gräfin de Sons (deren Lächeln ihr früheres Gespräch mit ihm an diesem Abend bestätigte). Er machte seine passenden Danksagungen: Während Lord Sombre entzückt war, in der Begleiterin der Gräfin seine schöne Diana zu entdecken, die ihr Kleid gewechselt hatte und sich als Julia, die Schwester des Marquis de Villeroi, herausstellte und von allen, die sie sahen, zu Recht bewundert wurde: Sie Die Form war so schön wie die Statue der Medici-Venus, sie hatte einen so schönen Teint wie die Leda von Corregio und einen süßen Ausdruck, der Guido dazu gebracht hätte, kein anderes Gesicht zu malen, wenn er noch am Leben gewesen wäre.

Der Maskenball, der so viel Unterhaltung geboten und den Gästen so viel Freude bereitet hatte, war zu Ende. Lady Bingley wurde von Lady Darnley mit äußerster Zuneigung empfangen. Es ist die Unvollkommenheit menschlicher *Güte* , ihren bewussten Wert als Argument für mangelnde Gnade gegenüber denen heranzuziehen, denen es daran fehlt: aber Lady Darnley hatte die nützlichste aller Wissenschaften, die menschliche Natur, gründlich studiert und war immer bereit, ihre Mängel zu berücksichtigen. Sie war Lady Bingley gegenüber umso aufmerksamer, weil ihre besondere Situation so groß war; und in den Ergüssen ihrer Dankbarkeit lag eine Würde, die ebenso viel Respekt einflößte, als hätte sie ihr einen Gefallen erwiesen, der über das hinausging, was sie anerkannte. Ihre Verwandten, die sie in ihrer Not im Stich gelassen hatten – obwohl nur wahre Freundschaft ihre Überlegenheit über ihren Schatten, die *weltliche Höflichkeit, beweisen kann* –, waren nun eifrig bemüht, ihr ihre Komplimente zu machen.

Mr. Villars war die einzige Person, die zu diesem Zeitpunkt unglücklich schien. Mrs. Lee war verletzt, seit dem Tod ihres Mannes nie wieder von ihm gehört zu haben, und sie wurde darin bestärkt, dass sein jetziges Erscheinen eher durch ein Zusammentreffen von Umständen als durch seinen eigenen besonderen Wunsch oder seine Neigung bedingt war. – Vergeblich betonte er, dass seine Abwesenheit aus England dadurch bedingt war, dass sie sich vor dem Tod ihres Mannes geweigert hatte, ihn zu sehen; ein Umstand, von dem er vor seinem Treffen mit dem Marquis de Villeroi in Paris nichts gewusst hatte. – Sie antwortete, dass er weder ein Liebhaber gewesen sei, der die Zärtlichkeit besessen hätte, noch ein Freund, der die Großzügigkeit besessen hätte, sich für sie zu interessieren; obwohl er ihre Voreingenommenheit gespürt haben müsse, da sie sich Mühe gab, ihn zu meiden; – dass sie sich hinsichtlich des seltsamen Ereignisses, das sich in Bezug auf ihren Mann und ihn zugetragen hatte, nie die Mühe gemacht habe, sich zu rechtfertigen; und sie glaube, dass die Leute im Allgemeinen schuld seien, die dies täten; denn Satire richtet sich im Allgemeinen gegen Personen, nicht gegen Laster, da es nur wenige gibt, die etwas bestrafen möchten, was sie nicht aus der Fassung bringt, und sie beleidigen den vorgeblichen Verteidiger der Tugend persönlich. Wenn eine Frau also *ihren Charakter bewahren möchte* , ist dies der wirksame Weg, *ihn zu verlieren* , und wenn sie *keinen zu bewahren hat* , braucht sie das nicht *aller Welt zu erzählen* . – „Aber (sagte sie), da ich jetzt Ihre dargebotene Hand ablehnen muss, deren Angebot Ihrer Großzügigkeit mehr Ehre erweist als die Annahme meiner Klugheit, werde ich Ihnen jetzt meine Gefühle ohne jede Verschleierung offenlegen: – Ich war mit einem Mann verheiratet, zu dem ich nicht im Bewusstsein seines überlegenen Verstandes oder Wertes aufblicken konnte; er hat mich verletzend behandelt; meine Gefühle konnte ich nur mit Mühe unterdrücken: meine schnelle Befürchtung einer Verletzung und meine Vorliebe für Sie ließen mich einer Neigung nachgeben, die die Schrecken meiner Lage für mich noch verschlimmerte. – Ich liebte und war völlig unfähig, mich von einer Leidenschaft zu lösen, die zwar oft gefährlich, aber immer entzückend ist. – Ich wurde für meine Kühnheit bestraft; die Verleumdung, die mir entgegenschlug, zog ich mir zu Recht zu, durch den Anschein, dem ich mich ausgesetzt hatte. Als ich mich von meinem Mann trennte, wollte ich Sie auf keinen Fall wiedersehen – Sie gingen ins Ausland; Ihre Laune bringt Sie jetzt zurück; Sie halten es vielleicht für angemessen, mich in die Welt zurückzubringen, die ich Ihretwegen aufgegeben habe – aber die Zeit hat meine Vorliebe besiegt, und nach meiner früheren Erfahrung in diesem Zustand kann ich nicht anders, als vor einem Vertrag zu schaudern, den nur der Tod auflösen kann. Für mich ist es schrecklich, wenn ich daran denke, dass es sich um einen seltsam ungleichen Konflikt handelt, bei dem der Mann nur den Verlust einiger vorübergehender Freuden in Kauf nimmt, die Frau jedoch den Verlust ihrer Freiheit und beinahe des Vorrechts der eigenen Meinung. – Von dem Augenblick an, in dem sie verheiratet ist, wird sie zum Untertan eines willkürlichen Herrn; sogar ihre Kinder, die gegenseitigen Pfande ihrer Zuneigung, stehen absolut in seiner Gewalt, und das Gesetz duldet ihn, wenn er davon Gebrauch macht – und eine Frau findet keine Wiedergutmachung für die taktlosen Missbräuche eines unhöflichen, leidenschaftlichen und habgierigen, unbeständigen oder sogar betrunkenen Ehemannes – gegen eheliche Entscheidungen gibt es keine Berufung." – Mr. Villars sagte alles, um sich zu rechtfertigen, und fügte hinzu, dass der aufrichtigste Geist unter bestimmten Umständen manchmal von sich selbst abweicht; aber es ist *nur die Eigenschaft* engstirniger Geister, an Vorurteilen gegenüber Überzeugungen festzuhalten. – Da die Streitigkeiten zwischen Liebenden die Erneuerung der Liebe darstellen, wurden diese Meinungsverschiedenheiten bald im Einklang mit ihren beiderseitigen Wünschen beigelegt.

Herr Burt zeigte große Freude über die Feierlichkeiten zur Hochzeit seines Enkels – dieser gute Mann starb am nächsten Tag ohne jede Beschwerde, mit einem Lächeln der Selbstzufriedenheit auf seinem ehrwürdigen Gesicht. In einer Zeit, in der die Literaten scheinbar ohne Rücksicht auf die Moral sind – in einer Zeit, in der sie mit nur allzu großem Erfolg versucht haben, die Menschheit davon zu überzeugen, dass die Tugenden des Geistes und des Herzens unvereinbar sind – mögen sie ihren Blick auf die Moral richten Charakter von Herrn Burt – Wenn sie finden, dass so viele Tugenden in einem Mann vereint sind, dessen Verständnis sowohl erhaben als auch gerecht war – wenn sie feststellen, dass ein Mann mit seiner Scharfsinnigkeit ein streng moralischer Mann war – dann werden sie vielleicht von diesem Laster überzeugt sein ist die natürliche Auswirkung eines unvollkommenen Verständnisses.

FUSSNOTEN

[1] Siehe das Fünfte Gebot.

[2] Plinius empfiehlt Spott als bewundernswerte Waffe gegen das Laster. Es ist sicherlich besser, es hier anzuwenden, als es Shaftesbury empfiehlt, zur Prüfung der Wahrheit.

[3] *Tribuna* , ein Begriff für ein Gebäude, das ganz rund ist oder aus vielen Seiten und Winkeln besteht, wie der berühmte Raum in der Galerie des großen Herzogs in Florenz; manchmal wird er auch für ein Gebäude verwendet, dessen Fläche oder Grundriss halbkreisförmig ist, wie das Abschnitt einer Kuppel.

[4] Der Grund dafür, dass Höflichkeitsliteratur in Paris stärker gepflegt wird als in London, liegt an den dortigen Universitätsbibliotheken und Akademien.

[5] Man sagt, die Chinesen verfolgen eine bewundernswerte Politik; der Sohn ist immer im Beruf des Vaters tätig, was sie zu bewundernswerten Handwerkern macht. Ist dies nicht die Ursache für den geringen Fortschritt der Künste in diesem Teil der Welt und für die langweilige Einförmigkeit und Geschmacklosigkeit, die alle ihre Werke auszeichnet?

[6] Die enormen Steuern, die die Spanier auf die Industrie erheben, ruinieren den Handel, der sonst florieren würde. Dieses Fehlverhalten der Herrscher zwingt das Volk dazu, von seinen Feinden Dinge zu kaufen, die es selbst herstellen könnte, wenn die Handwerker entsprechend ermutigt würden.

[7] Herr Wilkes in dem Antrag, die Petition der Treuhänder des *British Museum* zur Prüfung an den Haushaltsausschuss zu verweisen .

[8] Dr. Richard Terrick.

[9] Dr. Robert Lowth.

[10] Wir können aus der Zendavesta zitieren, einer weisen und wohlwollenden Maxime, die so manche Absurdität ausgleicht. Wer den Boden mit Sorgfalt und Fleiß sät, erwirbt eine größere Herde religiöser Verdienste, als er durch die Wiederholung von zehntausend Gebeten gewinnen könnte.

Die Institute des Zaraster.

[11] Siehe Voltaires Hist. aus der Zeit Ludwigs XIV.

[12] Vid. Vopiscus in Aureliano.

[13] Tacitus Annalen. II. Flav. Vopiscus in vita Taciti Imperat.

[14] Ælius Lampridius in vita Heliogabali. Primus Romanorum holoserica ist für die Fruchtbarkeit zuständig und wird in seinem Wesen von subserica gefangen.

[15] Procop. de bello Goth. P. 345.

[16] Siehe Duhaldes Beschreibung von China.

[17] Im Gegensatz dazu sind Adlige und vermögende Männer, die an der Universität Dublin ausgebildet wurden, von der Erlernung der Moral befreit, da sie ohne jegliche Kenntnisse in dieser Wissenschaft ihren Abschluss machen können. Der Professor lässt keinen Zweifel daran, dass mit Adel zwangsläufig auch Ehrlichkeit einhergeht. Dieselbe Universität verweigerte Swift seinen Bachelor *of Arts wegen Langweiligkeit und Unzulänglichkeit* , doch schließlich erhielt er ihn mit *besonderer Anerkennung* .

[18] Diese Lady Frances hatte keine Befürchtungen: Ein französischer Autor bemerkt zu Recht: „ *Jamais on ne prend les lasters d'une condition au dessous de la sienne: L'enfant du rich, par un sentiment d'orgueil, hausse les épaules sur les defauts du bauvre.* "

[19] Die Kaiserin Katharina II., deren Name unsterblich bleiben wird, gab ihrem Reich, das ein Fünftel der Erde umfasst, ein Gesetzbuch; und das erste ihrer Gesetze war die Einführung allgemeiner Toleranz. In Frankreich haben ausländische Protestanten alle Rechte der Einheimischen, nachdem sie eine gewisse Zeit in der Gobelinfabrik gearbeitet haben. Die gleiche Politik wurde von den Spaniern verfolgt.

[20] Rubens Bilder stellen *eine Toleranz gegenüber allen Religionen* dar. In einem der Abteile der Galerie Luxemburg stellt ein Kardinal Merkur Maria von Medicis vor, und Hymen stützt ihren Zug beim Sakrament der Ehe vor einem Altar, auf dem die Bilder von Gottvater und Christus stehen.

[21] Da beide gegen die Natur sind, wird sie am Ende sie besiegen. Die modernen Philosophen Schwedens scheinen sich darin einig zu sein, dass das Wasser der Ostsee allmählich in einem regelmäßigen Verhältnis sinkt, das sie auf einen halben Zoll pro Jahr zu schätzen wagten. – Vor zwanzig Jahrhunderten muss das flache Land Skandinavien vom Meer bedeckt gewesen sein ; Dies ist die Vorstellung, die uns Mela, Plinius und Tacitus von den riesigen Ländern rund um die Ostsee vermittelt haben. Adria, diese alte und berühmte Stadt, die dem Golf seinen Namen gab, ist heute nur noch ein erbärmliches, halb versunkenes Dorf.

[22] Siehe Gilberts Abhandlung über das Finanzgericht, Kap. 2. Es lohnt sich auf jeden Fall, diejenigen zu lesen, die mit den Grundlagen unserer Verfassung vertraut sind: auch das Buch von Herrn de Lolme über die englische Verfassung, das in beiden Kammern des Parlaments erwähnt und

von dem kommentiert und zitiert wurde berühmtesten Schriftsteller jeder Partei.

[23] Siehe Bacon zur Regierung.

[24] Kürzlich hörte ich die folgende Geschichte, die mich sehr berührte und die ich hier im Original wiedergebe: Es verdeutlicht, dass die Erwiderung von Zuneigung für die Existenz des menschlichen Herzens absolut notwendig zu sein scheint. „Ein anständiger Mann, der, nachdem er eine große Rolle in Paris gespielt hatte, in einem dunklen Verlies lebte, Opfer des Unglücks war und, wenn er bedürftig war, nicht von den Worten der Pfarrerin leben konnte. er erinnerte sich pro Woche an die für seine Ernährung ausreichende Schmerzmenge; es ist gut, einen Vorteil zu verlangen; der Pfarrer hat ihm aufgetragen, den Beamten bei ihm vorbeizukommen. es ist vorbei. Der Pfarrer hat mir mitgeteilt, dass es nur einen gibt. und mit ihm, Monsieur, antworten Sie ihm, möchten Sie wissen, was ich erwartet habe? mir ist schlecht, du siehst, dann wende ich mich an die Wohltätigkeitsorganisation und die ganze Welt wird verlassen, die ganze Welt! Aber, Monsieur, bleiben Sie weiterhin Pfarrer, wenn Sie allein sind. Warum verlangen wir Ihnen mehr Schmerz, als dies erfordert? Der andere Papagei ist außer sich. er schreckt vor einem Hund zurück: der Pfarrer lässt es nicht zu, weiterzumachen; er muss bemerkt haben, dass es nicht der Verteiler des Schmerzes an die Armen war, und dass die Ehrlichkeit absolut verlangt, dass er seinen Hund verliert. Eh! Monsieur, schreien Sie voller Freude über das Unglück, wenn ich mich täusche, wer ist es, der mir hilft? „Der Pasteur kümmert sich gerade um die Ohren, er legt seine Börse an, und seine Frau sagt im Stillen: ‚Predez, Monsieur, lasst mich euch sehen.'

[25] Kapitel des Markusbriefs. XVI. Kapitel des Lukasbriefs. VII. Kapitel der Römerbriefe.

[26] Dies geschah im heidnischen Rom, etwa zu der Zeit, in der wir Weihnachten feiern.

[27] Miss Carter übersetzte Epiktet

[28] Als Franz I. von Frankreich, der seine Untertanen hoch besteuert hatte, erfuhr, dass das Volk in seinen Liedern sehr freizügig mit seiner Persönlichkeit umging, antwortete er: „Es wäre sehr hart, wenn man ihnen nicht erlaubte, *für ihr Geld zu singen* ."

[29] Siehe Band I, Seite 47.

[30] Sie hatte vor, jeden Tag auszuschlafen.

[31] In den vorgeschlagenen Versöhnungsmaßnahmen hinsichtlich Amerikas.

[32] Der Gefährlichkeitsunterschied zwischen der Ansteckung einer Person auf natürlichem Wege und der Übertragung durch Impfung beträgt nach niedrigsten Schätzungen *dreißig* zu *eins* zugunsten der Impfung.

[33] Mr. Blacklock kann in der Tat als ein Wunderkind betrachtet werden. Er ist ein Mann von äußerst liebenswürdigem Charakter, von einzigartigem Einfallsreichtum und von außerordentlichen Fähigkeiten.

[34] Beide waren Geistliche.

[35] Ein Kompliment an die Königin, die zu viel gesunden Menschenverstand besitzt, um Lächerliches gutzuheißen.

[36] Ein Beispiel hierfür ist der Kauf einer Sammlung antiker und etruskischer Vasen durch öffentliche Gelder und die Durchführung einer Lotterie für Spielzeuge.

[37] So opfern viele Frauen ihre Gesundheit, ohne zu bedenken, dass es vergeblich ist, die Natur zu besiegen. Der Mensch kann nur für eine bestimmte Zeit wach oder schlafend existieren. Durch ständiges Beobachten würde die unaufhörliche Bewegung der Fasern ihre organische Elastizität zerstören und ihre zukünftige Wiederherstellung verhindern. Und durch ständiges Schlafen würde die Nervenflüssigkeit, obwohl die Fasern nicht ermüden, durch die Tätigkeit der Lebensorgane allmählich erschöpft und würde nie wiederhergestellt werden.

[38] Alle Vergehen werden bei den Dänen mit Kettenknechtschaft von längerer oder kürzerer Zeit bestraft.

[39] Band I, Seite 165.

[40] Admiral Byng; bei dieser Gelegenheit wurden die folgenden Verse verfasst, die ich nun dem Leser vorlege.

Wir Kriegsgerichte fangen jetzt an, krank zu werden,
und stellen schließlich fest, dass wir von Gewissensbissen betroffen sind.
Traurige Bittsteller für Byng kommen wir,
und in aller Demut bitten wir Sie, sein Schicksal hinauszuzögern!
Durch unseren Eid gebunden, können wir noch nicht klarstellen,
was wir gemeint haben, und wir fürchten, dass wir es auch
nie tun werden. Wir haben ihn für schuldig befunden, und wir haben ihn nicht
für schuldig befunden;
Wir wünschten, er würde gerettet, und doch wünschten wir, er würde
erschossen.
Aber wie an Land, so stellten wir auch auf See fest:
Wenn wir das eine taten, konnte das andere nicht sein.
Rette ihn, großer Häuptling – deine königliche Gnadenshow!
Erschieß ihn, Schreckenshäuptling – lass die königliche Gerechtigkeit

walten!
Beruhige unser Gewissen mit einem mitleidigen Blick
und gewähre, dass Byng weder lebt noch stirbt!

[41] Siehe Band II, Seite 52.

[42] Elysium, Minos, Merkur, Charon, Styx usw. müssen hier zwangsläufig
eingeführt werden. Sollten sie frommen oder kritischen Ohren auf die
Nerven gehen, so werde ich mich (wie schon früher getan) mit der feierlichen
Erklärung verteidigen, die die italienischen Schriftsteller stets ihren Werken
beifügen, in denen sie solche Ausdrücke gebrauchen müssen: „ *Se havessi
nomenato Fato, Fortuna, Destino, Elysio, Stigé, Etc. sono scarzi di penna poetica, non
sentimenti di anema catolico.* “ Wenn ich Schicksal, Fortuna, Bestimmung,
Elysium, Styx usw. beigefügt habe, so sind sie nur die Spiele einer poetischen
Phantasie, nicht die Gefühle eines katholischen Geistes.

[43] Von Cicero.

[44] Nach der Hypothese des Abbé de Bos.

[45] Diejenigen in den Schatten sollen mit den Transaktionen in der Welt
vertraut sein.

[46] Die Bilder waren: der Parnassus von Raffael – und die Schule von Athen,
die eine höchst glorreiche Leistung darstellt und der Hand einer Gottheit
würdig ist – Das erste befindet sich in der Halle von Konstantin in Rom und
enthält nicht weniger als zwanzig - acht Figuren – zwei davon, die eine stellt
die Gerechtigkeit dar, die andere die Sanftmut, sind unvergleichlich – sie
waren die letzten Dinge, die er vor seinem Tod ausgeführt hat – sie enthalten
alles, was in der Malerei hervorragend ist, unabhängig davon, ob wir sie in
ihrer Schönheit betrachten der Komposition, die edle Anmut der Charaktere,
die ungewöhnliche Größe des Stils der Vorhänge oder die wunderbare Kraft
von Farben, Licht und Schatten.

[47] Nach der Wiedereinsetzung des Königs wurde er als außerordentlicher
Botschafter nach Frankreich geschickt. Er wurde an diesem Hof mit großer
Ehre empfangen, da es selten auf mehr als das äußere Erscheinungsbild
ankommt. Seine Exzellenz besaß *alle Vorzüge* . Ludwig XIV., damals in der
Blüte seines Alters, sagte, er sei der einzige *englische* Gentleman, den er je
gesehen habe.

[48] Gottheiten mischen sich ein, wann immer es ihnen gefällt – für
Sterbliche unsichtbar!

[49] 1. Korinther, Kapitel 4, 26.

[50] Dort fand im Jahre 1776 ein Konzert statt.

[51] Horaz, Buch II, Ode 14.

[52] Spielt auf einen Umstand an, der im Unterhaus vorgetragen wurde.

[53] *Das schmale Haus* , das Grab.

[54] *Col-amon* , ein schmaler Fluss.

[55] *Moina* , eine Frau mit sanftem Temperament.

[56] *Crimona* , eine Frau mit einer großen Seele.

[57] Ossian wird manchmal poetisch Conna genannt.

[58] *Canna* , eine Art Daunen, aber weißer und kürzer als Baumwolle; Es kommt sehr häufig auf den Hügeln des Hochlandes vor. Sie haben versucht, es zu spinnen, aber es war entweder zu kurz oder die Finger, die das Experiment zu unfein machten – nichts kann die Reinheit seines Weiß übertreffen.

[59] *Fuar-Bhean* , kalte Berge.

[60] Livius hat Scipio zu Recht gelobt, der die keltiberische Gefangene ihrem Geliebten zurückgab; das in jedem Zeitalter und in jedem Land das Lieblingsthema der Beredsamkeit war. Der Autor kann nicht glauben, dass es ein solches Lob verdient hätte, da ein anderes Vorgehen bloße Brutalität gewesen wäre – aber wenn man es Scipio so großzügig gewährt, kann man es Ossian nicht verweigern.

[61] Cathmor wird in Ossians Gedichten dargestellt, als er sich an einen Fluss legte und der Klang seiner Lobpreisungen im Klang eines Wasserfalls unterging.

[62] Die Highlander sind besonders intelligent im Verständnis der Wirkung von Pflanzen bei der Wundheilung – die Regelmäßigkeit ihres Lebens schließt alle Krankheiten aus, mit Ausnahme des Alters.

[63] Tonthormid wurde vermutlich von Ossian verwundet.

[64] In den Jahren 1759 und 1760, als wir mit Frankreich Krieg führten, gab es in Tyburn nur 29 Verbrecher, die ihr Leben verloren. In den Jahren 1770 und 1771, als wir mit der ganzen Welt Frieden hatten, belief sich die Zahl der verurteilten Verbrecher auf einhunderteinundfünfzig.

[65] Der dort letztes Jahr gegen ein lizenziertes Theater war.

www.ingramcontent.com/pod-product-compliance
Lightning Source LLC
LaVergne TN
LVHW051542170726

843492LV00006B/1891